세련되게 해결해 드립니다,
백조 세탁소

세련되게 해결해 드립니다,

백조세탁소

이재인 장편소설

차례

1
그 랜 드 오 픈

정말 지긋지긋할 정도로 한결같은 도시다.

관광도시의 명성에 걸맞지 않은 작은 기차역, 기차에서 내리자마자 느껴지는 짠 기운 머금은 바람과 그 짠 내에 취하기라도 한 듯 잔뜩 들뜬 채 무리 지어 플랫폼을 빠져나가는 관광객들까지. 무서우리만치 변함없는 풍경이다.

그럼, 말이 나왔으니 여기서 문제. 이 기차역 안에 있는 사람들 가운데 관광객을 구분하는 방법은?

정답. 코트, 구스다운, 기타 등등. 두꺼운 외투로 한껏 무장한 사람들은 거의 95퍼센트 확률로 외지인이다. 기차에서 내린 후 당혹스러운 얼굴로 입고 있던 외투 자락을 펄럭이면 100퍼센트고. 물론, 이런 현지인 짬바에서 나오는 관찰력이 밥 먹여 주는 건 아니라서 전부 쓸데없긴 한데……. 뭐, 그렇다는 거지.

사람들이 다 빠져나간 플랫폼에서 내가 이놈의 코트랑 씨름하고 있는 게 외지인 흉내 내느라 그런 건 아니고. 그냥, 너무 오랜만이라 잊고 있었다. 일기예보에서 매일같이 염불 외듯하는 꽃샘추위 타령이 남쪽 항구도시와는 전혀 상관없는 얘기라는 걸.

텅텅 빈 플랫폼 위로 캐리어 가방 바퀴 굴러가는 소리가 덜그럭거리며 신경을 긁는다. 어쩌면 역사 안에서 울리는 저놈의 '여수 밤바다' 타령하는 노래 때문인지도 모르고.

아니, 질리지도 않나 진짜? 벌써 몇 년째야?

저놈의 노래 때문에 관광객들이 죄다 이 동네가 낭만적인 동네인 줄 아는 거다. 항구도시가 얼마나 험악한 줄도 모르고.

"그 동네에는 호텔이 없는디?"

목적지를 들은 기사님이 룸미러로 눈을 맞춰 왔다.

집이에요, 하는 대답에 아저씨는 곧장 시선을 돌렸다. 흥미가 떨어졌다는 티가 팍팍 난다. 아마 내가 관광객이었다면 나는 이 택시에서 내릴 때까지 이 동네의 각종 자랑거리는 물론이고 기사님의 아들딸 자랑까지 듣고 있어야 했을 거다.

역 앞을 출발한 택시가 빠르게 시내 중심을 통과했다.

사시사철 관광객이 몰리는 이순신광장 앞을 지나 주택가와 시장 같은 현지인들의 생활 공간이 가까워질수록 사람들의 옷차림이 더 가벼워졌다. 괜히 무릎에 놓인 코트를 매만졌다. 그치, 한겨울에도 롱 패딩 같은 게 필요 없는 동넨데. 내가 생각을 잘못했네. 백은조 진짜 멍청하게.

"딸내미, 눈 단디 뜨고 다녀야 된다?"

택시가 집 앞 골목에 들어설 때쯤이 되어서야, 나는 어젯밤 공항 출국장 게이트 앞에서 엄마가 했던 말을 실감했다.

세상에, 겨우 5년 새에? 이렇게까지 변한다고?

지은 지 오래된, 동네 토박이들이 모여 사는 주택단지에 5년 전 그대로 남아 있는 집은 겨우 절반. 솔직히, 아주 예상하지 못했던 풍경은 아니다. 집을 떠나 있는 동안 엄마가 전해 주던 소식들을 대부분 기억하고 있으니까.

"골목 입구에 그 왜 있냐. 하숙집 하던 2층 집. 그 집은 카페가 됐다니까?"

더이상 하숙생이 없으니 당연한 일이다. 우리 집 골목 바로 옆에 있는 전남대학교 여수캠퍼스는 내가 고등학교를 졸업할 때쯤 전남대학교 여수캠퍼스의 '평생교육원'이 되었다. 그러자 그나마 명맥을 유지하던 학교 주변 상권이 죄다 죽고 드문드문 남아 있던 하숙집들이나 원룸들도 하나둘 문을 닫았다.

20년 전 골목에 첫 번째로 생겼던 하숙집이 양옥을 개조한 카페가 되는 동안 주변에 있던 다른 하숙집들은 게스트 하우스가 됐다. 엑스포 이후 늘어난 관광객들을 상대하는 거다. 그마저도 장사가 잘되지는 않았을 거다. 시내에서 한참 떨어진 주거지역에 있는 게스트 하우스를 찾을 관광객이 얼마나 되겠냐고. 시내에서 여기까지 들어오려면 정류장이 몇 갠데.

이렇게, 내가 태어나고 자란 동네는 어느새 죽어 가는 동네가 되었다.

× ◇ ×

스쿠터가 두 번째 방지턱을 넘을 때 깨달았다. 죽어 가는 동네에 사는 게 문제가 아니라, 이미 죽어 심폐 소생도 불가능한 동네에서 장사를 하는 게 더 큰 문제라는 걸.

국동아파트 2단지.
우리 집 앞 골목을 나와 큰길 하나만 건너면 있는, 지은 지 40년도 더 된 아파트 단지다.
단지 초입에는 내가 다니던 피아노 학원이 있었고, 초등학교 때 같이 놀던 우리 반 친구들이 살았고, 엄마 아빠가 30년 가까이 운영한 세탁소가 있는, 그렇지만 내가 사는 '우리 동네'는 아닌 열세 동짜리 아파트 단지.
아니, 방지턱 끝이 이렇게 다 깨져 있는데 대체 왜 보수를 안 하는데? 염병할 거 진짜!
아니다. 안 할 만도 하다. 그리고 앞으로도 영원히 안 할 게 분명하다. 이미 말했지만 여긴 죽은 동네니까.

과거의 영광? 그런 게 있을 리가. 그냥 내가 어릴 때도 똑같았다. 시골 변두리에 있는 그저 그런 주공아파트였다.

단지 입구 왼쪽에 있는 102동과 103동을 지나자 상가 앞 갈림길이 나왔다. 여기서 핸들을 오른쪽으로 꺾으면 101동과 상가 후문 사이에 우리 가게가 있다. 핸들 한 번만 꺾으면 된다. 꺾으면 되는데…….

"아야, 니 은조 아니냐?"

익숙한 목소리. 아씨……. 망했네.

"아……. 안녕하세요?"

하하. 말끝에 어색한 웃음을 붙이며 고개를 치켜들었다. 상가 앞 노을광장 담벼락에 딱 달라붙어 말을 거는 저 아줌마는 2단지 관리 사무소 경리 부장님이다. 남편은 관리 사무소 소장님이고.

여러 의미로, 미숙 부장님은 정말 하나도 안 변했다. 푸근한 몸매를 가리려는 듯 펑퍼짐한 바지와 넉넉한 티, 무릎까지 오는 카디건, 뽀글뽀글한 전형적인 아줌마 파마머리까지. 내가 이 동네를 떠나기 전 모습 그대로다.

아마 오지랖 넓은 성격도 그대로일 거다. 이 동네의 오만 소문은 다 수집하고 남의 일에 간섭하는 걸 자랑으로 여기는 아줌마니까.

"어째 내려왔냐?"

나는 대답 대신 입꼬리를 끌어올렸다. 이 아줌마가 진짜……. 이 정도면 악취미다. 이미 다 알고 있으면서 굳이 묻는 거 봐.

이 봐 이 봐. 애초에 내 대답은 필요 없었다는 듯, 미숙 부장님이 상가 방향으로 휙 고개를 돌렸다. 곧이어 노을광장 위로 쩌렁쩌렁한 목소리가 울렸다.

"아야! 캔디야! 니 얼른 나와 봐라!"

아씨……. 진짜 망했네.

"어머머머? 은조 아냐?"

농담이 아니라 진짜 망했다. 진짜 피곤한 일은 이제부터 시작이거든.

"네, 안녕하세요?"

이 아줌마는 또 누구냐 하면, 이 동네 최고의 로맨티시스트, 상가 만화방 '달려라 하니'의 캔디 사장님 되시겠다. 이 사장님의 특기는…….

"어머머머머! 학교 망해서 세탁소 물려받는다길래 난 농담인 줄 알았지! 진짜였어? 어머! 난 또 그것도 모르고 우리 백 사장님이랑 조 사장님 농담도 참 살벌하게 하시네, 그랬지!"

웃으면서 먹이기.

엄마는 '좀 푼수 같긴 해도 사람이 맑고 티가 없어서 말하는 데 악의가 하나도 없어!'라고 했는데 글쎄……. 저런 말을 악의 없이 한다는 게 더 문제 아닌가?

"가게는 언제부터 여는 거야?"

글쎄요. 그냥 영원히 열고 싶지 않은데.

"다음 주부터요."

그치. 열어야 한다. 다음 주 월요일부터. 이게 현실이다.

"어머머! 어머! 너무 잘됐다. 지금 가게로 가는 거야? 둘러보러 온 거지? 가게 문 잠깐 열어 줄 수 있어? 조 사장님이 출국 전에 옷 찾으러 오라고 하셨는데 내가 깜빡했지 뭐야?"

가슴팍 앞에 모은 양손. 과장되게 치켜뜬 눈. 캔디 사장님이 숨도 안 쉬고 묻는 저 말의 진짜 의미는 그냥 가게 문을 열어 달라는 소리다. 이 봐 이 봐. 내가 대답도 안 했는데 이미 나한테 오고 있잖아.

몇 개 되지 않는 광장 계단을 경쾌하게 뛰어 내려오는 캔디 사장님의 무릎께에서 조금 크게 폭이 잡힌 하늘색 풀스커트가 살랑거렸다. 칼라가 둥근, 단정하고 사랑스러운 디자인의 블라우스 단추는 목 끝까지 잠겨 있고.

"스쿠터도 몰 줄 알고. 다 컸네, 다 컸어!"

스쿠터 주변을 한 바퀴 둘러본 캔디 사장님이 냉큼 뒷자리에 올라타더니 내 허리를 잡았다. 그러고는 내가 뭐라 반응할 틈도 주지 않고 말을 이었다.

"요 앞이라 다 왔잖아, 나 이렇게 입고 스쿠터 뒤에 타 보는 게 로망이었어. 태워 줄 거지?"

생긋 웃으며 짧은 앞머리를 매만지는 걸 보니, 이 사장님은 지금 머리끝부터 발끝까지 오드리 헵번 흉내를 내고 있다. 이분도 여전하다는 소리다.

"아야, 근다고 위험하게 그러고 갈라고야? 캔디 니는 좋게 걸어서 가제? 아니믄 니도 헬멧을 쓰든가."

담벼락 위에서 미숙 부장님이 나무라자 내 허리를 꼭 끌어안은 캔디 사장님이 한쪽으로 모아 앉은 다리를 달랑이며 대꾸했다.

"에이, 1분도 안 걸리는데? 코너만 돌면 바로 내리는데 뭐."

어휴, 1분이 뭐야? 30초도 안 걸리겠는데. 그래도 재미는 있겠어요. 동네가 아주 그냥 오드리 헵번이 스쿠터 타던 로마 시내 한복판처럼 유서 깊고 낡아 빠져서 스쿠터 타기 참 좋아요. 방지턱도 막 100개씩 있고. 그쵸?

이렇게 말할 수 있을 리가. 대체 이 사장님은 본인 로망 실현을 왜 내 스쿠터로. 아니다, 말을 말자.

그냥 모든 걸 포기한 채 핸들을 고쳐 쥐었다. 조금 늦은 감이 있긴 하지만 지금이라도 빨리 여길 벗어나야 하니까. 원치 않는 만남은 이 두 사람으로 이미 충분하다.

"거, 뭔데 이렇게 시끄럽게 굴어?"

아씨. 진짜 망했네, 진짜.

삼총사 합체. 저 아줌마는 이 껄끄러운 삼총사의 리더, 세라 원장님이다. 상가 미용실 '세라뷰티' 원장님. 내가 이 동네에서 제일 안 만나고 싶은 사람.

"언니도 알지? 우리 은조!"

캔디 사장님이 담 너머의 세라 원장님을 향해 손을 팔랑거렸다.

"그 딸내미가 왜 니네 은조야?"

원장님의 퉁명스러운 목소리에 캔디 사장님이 금세 기가 죽은 듯 찻 소릴 내더니 팔랑거리던 팔을 다시 내 허리에 감았다. 내가 이래서 저 아줌마가 싫다는 거다.

노란 바탕에 보라색으로 마름모무늬가 빼곡한 블라우스와 나팔바지 셋업, 진한 아이라인, 사시사철 바르는 짙은 벽돌색 립스틱. 그리고 이 착장에 찰떡같이 어울리는 그 옛날 미스코리아 사자 머리 같은 히피 펌.

1년 365일 비슷한 저 착장은 말할 것도 없고, 상대를 가리지 않고 툭툭 쏘는 말투로 매사 어깃장 놓기 일쑤에, 상가 사장님들은 물론이고 동네 사람들 사이에서 대장 놀이 하려는 성격까지. 뭐 하나 나랑 맞는 구석이 없다. 제일 싫은 점을 꼽자면 이런 모든 면을 합친 상태로 우리 엄마 아빠를 대한다는 점이고.

이 봐 이 봐. 지금도 사람을 막 이렇게, 어? 위아래로 훑어보고.

뭐라 한 소리 더 할 것처럼 인상을 쓰고 있던 원장님이 혀를 한 번 차고는 혼잣말처럼 "서울로 유학 갔다더니" 하고 중얼거렸다. 나 들으라고 하는 말이다.

아씨 진짜. 여수에 내려오는 게 아니었다. 어떻게든 서울에서 뭉갰어야 하는데. 그러니까 엄마랑 아빠는 왜 갑자기 은퇴를 한다고 그래서. 아니, 은퇴할 수 있지, 그치. 근데 세계 일주는 왜? 그것도 1년도 넘게? 하필 이 시점에?

이놈의 동네.

망할 놈의 학교.

아니다. 이미 망한 학교니까…… 거지 같은 학교!

어이없게도, 오만 욕지거리를 주워섬기며 가게 앞에 도착하자마자 나는 순식간에 전의를 상실하고 말았다.

〈3월 15일부터 엽니다.〉

엄마가 가게 문에 써 붙이고 간 종이 때문이었다.

"많이 변했지?"

문에 걸린 자물쇠에 열쇠를 꽂아 넣는데 캔디 사장님이 왠지 기대에 찬 어조로 물었다. 마치 이 변화를 확인한 내가 금방이라도 애틋한 감정에 사로잡히길 바라는 것처럼.

가게 바로 앞, 2단지 101동. 화단이라고 하기에도 뭐한 이름 모를 조잡한 풀이 심긴 손바닥만 한 공간이 각 호 라인 현관을 따라 늘어선 5층짜리 아파트. 외벽의 작은 균열들을 따라 성의 없게 칠해 놓은 페인트조차도 이미 너무 오래되어 색이 바랬다. 금방이라도 무너질 것 같은 모양새다. 정말 여전히 하나도 변한 게 없는 동네다. 물론 나쁜 의미로.

웃기는 일이다. 조금만 왼쪽으로 시선을 돌리면 바로 옆에 삐까번쩍한 새 아파트가 있는데. 드문드문 이어진 철책과 커다란 나무 몇 그루를 경계로 이쪽과 저쪽이 너무 극명하게 대비된다.

서정 스타힐. 내가 고등학교 때까지는 국동아파트 1단지였다. 대학을 가던 해에 재개발이 결정되었고 엄마에게 듣기론 작년에 새 아파트가 완공되어 주민들이 입주했댔다.

재개발에 성공한 1단지와 실패한 2단지. 그리고 그 둘의 경계에 있는 작은 세탁소.

백조 세탁소.

세탁소를 운영하는 엄마 아빠가 부끄러웠던 적은 맹세코 단 한 번도 없었지만 그렇다고 이렇게 세탁소를 물려받을 생각 또한 해 본 적 없었다.

하지만 더는 떨어질 바닥이 없다. 다니던 학교는 부실 대학으로 선정되어 폐교되었고 편입과 취직에도 실패했다. 어쩌면 엄마 아빠가 은퇴를 선언한 것은 갈 곳 없는 딸내미 때문일 수도 있다.

맞다. 나 때문이다. 생각이 거기에 미치자 어쩐지 목구멍이 화끈거렸다.

"이제 우리 은조가 사장님이네? 백 사장이네, 백 사장! 앞으로 잘 부탁해, 응?"

캔디 사장님이 가게를 나서며 소녀처럼 웃음을 터트렸다.

10평이 겨우 넘는 손바닥만 한 세탁소에 세탁기 두 대, 건조기 한 대. 행거 가득 빼곡하게 들어찬 촌스러운 옷들과 가게 문 옆 정수기 위에 놓인 종이컵과 믹스커피. 낡고 오래된 3인용 소파와 그 앞에 놓인 작은 테이블.

조용한 가게 안을 둘러보다가 문득 다림질 작업대에 팽개치듯 올려 둔 종잇장에 눈이 갔다.

그래. 백수보다는 백 사장이 낫다.

〈3월 ~~15일~~ 10일부터 엽니다.〉

엄마의 글씨 위로 내 글씨를 덧댔다. 뭐, 기왕 이렇게 된 거 내일 바로 시작해도 나쁘진 않을 것 같다.

× ◇ ×

나쁘다. 여수에 도착한 지 하루 만에 다시 가게를 열겠다고 설쳤던 건 아주 나쁘고 잘못된 생각이었다. 전조가 있었냐고? 있었다. 그것도 아주 강하게.

엄마가 그랬다. 뭐든지 마수걸이가 중요한 법이라고. 장사하는 사람의 하루 운세란, 마수걸이를 어떻게 했느냐에 달려 있다고.

오늘 아침 첫 손님은 캔디 사장님이었다. 정확히는, 미숙 부장님과 세라 원장님을 대동하고 나타난 캔디 사장님이었다.

아무리 봐도 점심때까지 우리 가게에 눌러앉아 있다가 같이 점심을 먹자는 둥 할 게 뻔해서 급하게 스쿠터를 몰고 나왔다. 배달 핑계를 대면서.

스타힐 진입로를 지나 첫 번째 언덕을 올랐다. 아침 일찍부터 아파트 전체에 물청소라도 했는지 단지 곳곳에 작은 물웅덩이가 많았다.

너무 당연한 말이지만 배달 갈 때 가장 중요한 건 첫째도 옷의 안전, 둘째도 옷의 안전이다. 세탁 커버를 씌우고 있어도 항상 조심. 옷이 주인에게 인계되는 그 순간까지 안전하게. 옷이 상전이라는 소리다.

마주 오던 검은색 아반떼를 제때 피하지 못한 건, 그러려면 물이 고인 자리를 그대로 통과해야 했기 때문이다. 아니, 어쩜 이렇게 딱 내 앞에만 물난리가 난 거야? 그리고 대체 누가 갓길에 차를 이따위로 세워 놨어? 세탁 마친 옷에 물 튀면 끝장이라고!

웅덩이 앞에서 어쩔 줄 모르고 중앙선을 살짝 넘어 잠깐 스쿠터를 세운 사이, 뒤늦게 발견한 아반떼가 나를 향해 그대로 직진했다.

스쿠터가 아반떼에 가볍게 부딪혔다. 뒤에 가득 실린 옷만 아니었다면 그냥 문콕 정도의 해프닝처럼 넘어갈 정도로 아주 가볍게. 하지만 스쿠터에 실려 있던 옷들이 가볍지가 않았단 말이지.

야트막한 오르막에서 자동차 앞 범퍼에 툭 밀린 스쿠터가 그대로 반쯤 뒤로 기울었다.

어? 넘어진다. 넘어진다! 아픈…… 왜 안 아파?

"괜찮으십니까?"

시야에 가득 찬 목련 꽃망울 사이로 희멀거니 멀끔하게 생긴 얼굴이 다가와 물었다. 아, 여기 옛날에 1단지였을 때도 단지에 목련이 엄청 많았는데. 그걸 그대로 옮겨 심었나 봐.

"사장님?"

남자가 또 한 번 나를 부르며 고개를 기울였다.

"괜찮아요. 잠시만요."

그러니까, 스쿠터를 타고 있다가 자동차에 부딪혀서 넘어졌는데. 안 아파. 안 아프다고. 이유를 알 것 같아 울컥 짜증이 밀려왔다.

천천히 고개를 돌리니 저만치에 옷 서너 벌이 세탁 비닐 바스락거리는 소릴 내며 굴러다니고 있었다. 원피스다. 얇고 나풀거리는 원피스. 있어 봐, 아까 스쿠터에 싣고 온 옷이…….

아홉 벌. 그중 세 벌은…….

"계속 그러고 계실 겁니까? 혹시 어디 불편하십니까? 허리 라든가."

"아뇨, 괜찮다니까요. 일어날 거예요."

괜찮다구요. 이놈의 구스다운 점퍼를 세 벌이나 깔고 누워 있어서 멀쩡하다고요! 이런 따뜻한 동네에서 구스다운 점퍼가 대체 왜 필요한가 했더니, 이러려고 필요했구나?

아씨!

벌떡 일어나 뒤통수를 매만졌다. 어디 한 군데 깨진 데 없이 멀쩡하다. 아, 세 벌 모두 솜털 90에 깃털 10인가 봐. 이렇게 푹신할 수가!

"정말 괜찮으신 거 맞습니까?"

"네."

왜요, 제가 지금 정상이 아닌 것처럼 보이나요?

"보험 처리 하시죠?"

"네."

맞다. 정상이 아니다. 몸은 멀쩡한데 마음이 멀쩡하지가 않다. 길바닥에 내동댕이쳐진 채 이른 봄바람을 맞으며 맹렬한 기세로 펄럭이고 있는 옷들도 멀쩡하지가 않고.

"혹시 면허 없습니까?"

기운이 쫙 빠진 얼굴로 널브러진 옷을 쳐다보고 있는 내 모습에 오해를 한 모양이다. 남자가 미간을 확 구기며 명함을 건넸다.

형사…… 이정도?

"면허 있고요, 보험 처리 하시죠. 과실 반반인 거 같은데."

스쿠터 안장 안에 있던 세탁소 명함을 꺼내 건네자 형사 양반이 떨떠름한 얼굴로 명함을 받아 들었다.

뭔데? 왜 범죄자 보듯이 쳐다보는데?

"아마 사장님 과실이 더 크다고 나올 겁니다."

이 양반이 지금 뭐라는 거야?

"왜요? 형사님이 들이받았잖아요?"

"중앙선 넘으셨잖아요. 급정거하면서 비상등 안 켰고 갓길로 비키지도 않았고. 저는 제 차선 유지하며 내려오고 있었는데요. 사장님이 갑자기 멈출 줄도 몰랐고요."

"앞바퀴 그거 쪼끔 넘은 거 가지고 진짜. 운전 중에 앞을 보는 건 기본 아니에요? 저는 분명히 멈췄는데요? 근데 형사님이 냅다 들이받았잖아요!"

"운전 중 전방 주시가 기본인 걸 아시는 분이 마주 오는 차가 있는지도 모르고 급정거를 했습니까? 다시 말씀드리지만, 어쨌든 중앙선 넘으셨고요. 애초에 사장님이 차선 유지하고 그대로 직진했으면 부딪힐 일도 없었을 텐데요."

아씨. 이건 인정. 물웅덩이 때문에 한눈팔다가 앞에서 오는 차를 너무 늦게 발견했으니까.

"어쨌든 보험 처리 하시죠. 혹시 보험……."

"아, 있어요! 있습니다!"

성큼 다가가 그의 발치에 떨어져 있던 옷을 낚아채듯 들어올렸다. 물에 젖은 정장 바지가 축 늘어지며 구정물이 뚝뚝 떨어졌다. 아마 다른 옷들도 상태가 별반 다르진 않을 거다.

내가 하나씩 옷을 주워 모으는 걸 보면서도 그는 도와주는 시늉은커녕 어딘가에 전화를 하기 바빴다. 아마 보험사겠지. 돌아가는 꼴을 보니 세탁비를 보상받긴 힘들 모양이다.

스쿠터 뒷좌석 간이 행거에 옷을 다시 하나씩 거는데 흙탕물이 아주 그냥. 이야, 백은조. 오픈발 장난 아니네. 구질구질하다 진짜.

× ◇ ×

그러니까 정말로 이게 다, 마수걸이를 잘못한 탓이었다.

내 자동차 보험료가 왕창 오르게 된 것도.

얄미운 형사 양반과 지긋지긋하게 엮이게 된 것도.

삼단 합체한 상가 삼인방의 수다에 매일같이 귀에 피가 날 것 같은 기분으로 영혼까지 탈탈 털리게 된 것도.

모두 장사 첫날 마수걸이를 잘못한 탓이다.

2
여수는 항구다

낚시 의자에 눕다시피 늘어져 앉아 쪽지를 쥔 팔을 쭉 뻗었다. 가느다란 종잇장 뒤로 알록달록한 차양이 더운 바람에 들썩이고 딱 의자 폭만큼 열어 둔 가게 문을 통해 등 뒤로 에어컨 바람이 스친다.

크!!! 이 맛이지!!!

목 주변에 닿는 서늘한 바람과 물안경 너머로 조금 어둑하게 보이는 시야. 종일 틀어 놓는 영상 속에서 참가자들이 서로를 격려하고 결과물을 칭찬하는 소리. 모든 게 완벽한 브레이크 타임이다.

그럴 뻔했다.

오늘 아침, 어느 원피스 주머니에서 이 쪽지를 발견하지만 않았더라면.

× ◇ ×

정말 가지가지 한다.

내가 세탁기랑 건조기 바꾸자고 몇 번이나 말했는데.

'멀쩡한 물건 버리면 못 쓴다'라는 엄마 아빠의 신조를 이해 못 하는 건 아니다. 그치만 정도껏 해야 말이지.

이놈의 세탁기랑 건조기가 벌써 서른 살이다, 서른 살. 원피스고 블라우스고 바지고 할 것 없이 옷이라고 부를 만한 모든 천 쪼가리에 이렇게 눈이 내린 것처럼 하얀 부스러기가 붙어 있는 게, 다 이 나이 많은 놈들 탓이라는 뜻이다.

세탁기에서 건조기로 옮길 때는 이러지 않았으니 건조기 탓일 텐데 원인을 찾겠다고 눈에 불을 켜고 건조기를 들여다봤자 아마 소용없을 거다. 업소용 세탁기와 건조기는 먼지 필터가 일체형 정수기처럼 되어 있으니까.

세탁기 두 대, 건조기 한 대. 이 세 대의 기계가 열심히 돌아간 덕에 유치원을 다니고 대학까지 갔다. 하지만 맹세코 내가 이놈의 낡은 기계들과 씨름하게 될 줄은 몰랐다.

학교가 그렇게 망하지만 않았어도. 아니, 엄마 아빠가 갑자기 은퇴를 선언하지만 않았어도.

이렇게 구시렁거려서 이 옷들이 갑자기 깨끗해지면 얼마나 좋겠냐만. 무릇 인생 최고의 미덕은 빠른 수긍과 그보다 더 빠른 포기랬다. 그러려니 하면 얼마나 편해지는데?

돌돌이 테이프를 굴릴 때는 신속 정확하게. 그리고.

"센트럴 세인트 마틴스."

그치, 그렇게 말할 줄 알았다. 수십 번도 넘게 돌려 본 영상이니 이제 눈 감고도 참가자들이 무슨 말을 할지 알고 있다. 이제 진행자가 참가자들에게 물어볼 차례다.

"이 중에 세상에 자기 이름이 알려진 사람이 있나요?"

참가자들은 모두 나처럼 고개를 가로젓는다.

무명의 패션 디자이너들이 잔뜩 나오는 서바이벌 형식의 리얼리티 쇼. 진행자와 출연자들이 화기애애한 분위기로 웃으며 뭐라 말을 섞는다. 그래, 참 좋겠수다.

센트럴 세인트 마틴스.

철없던 시절에는 열정적으로 공부만 하면 저런 유명한 패션 스쿨에 갈 수 있을 줄 알았다. 피아노를 배우면 누구나 다 피아니스트가 되는 줄 알았던 여섯 살 때처럼. 초등학교 5학년 때까진 장래 희망을 써내라고 하면 피아니스트라고 했던 것 같은데.

화면 안에서 참가자들이 환호성을 지른다. 부족할 것 없이 주어진 각종 원단과 부자재를 보며 감격에 겨워 입을 틀어막는 사람도 있고.

번쩍번쩍한 고급 원단이 화면에 비칠 때마다 손에 쥔 정장 바지가 더없이 초라하게 느껴진다. 가장 무난한 원단으로 만든, 싸지도 비싸지도 않은 평범한 옷. 작은 시골 동네 세탁소에 가장 어울리는 옷.

분수대로 살자, 싶지만 사람 마음이 마음먹은 대로 척척 되면 내가 여기서 이러고 있을 게 아니라 벌써 디자이너로 데 뷔를 했겠지.

디자이너 지망생에서 세탁소 사장으로 신분이 바뀌었다고 해서 사는 게 극적인 방향으로 변했다거나 한 건 아니다.

받은 옷의 주머니 안을 확인하고, 안감 구석구석을 천천히 매만지고, 케어라벨 사이에 있는 공간까지 모두 확인한 후에 세탁법에 따라 옷을 분류하는 단순노동. 혼자 열고 혼자 닫는 세탁소의 하루 일과가 이렇게 지루할 수가 없는데 극적인 방 향은 무슨.

"지루하긴? 난 우리 공주랑 여기서 놀 때가 제일 재밌는데?"

거짓말.

쥐고 있던 옷을 팽개치듯 놓자 작은 먼지들이 허공을 부유 했다.

가게 안까지 길게 늘어진 아침 햇살 사이로 조용하고 느리 게 떠다니는 작고 반짝이는 것들. 겨우 먼지 따위가, 혹은 하 잘것없는 종잇조각마저도. 모든 느리고 작은 것은 언제나 사 람을 감상적으로 만든다. 쓸데없이.

세탁소 일이라는 게 늘 옷 먼지와 싸우는 행위의 연속이긴 하지만, 오늘따라 유독 코와 눈이 더 간질거리는 건 괜히 감상 에 젖어서가 아니라 붙들고 있는 옷의 절반이 겨울 코트여서다.

코트가 제일 많이 들어오는 시기가 딱 초여름 이맘때다.

날이 따뜻해져 트렌치코트를 입기 시작할 때부터 한여름까지. 손님들은 너 나 할 것 없이 온갖 겨울옷을 들고 세탁소를 찾는다. 맡긴 옷을 찾아가는 건 다시 계절이 바뀌고 아침저녁으로 공기가 서늘해질 때쯤. 그런 식으로 옷장 안에 있는 짐을 줄이는 거다. 그래서 아이러니하게도 푹푹 찌는 한여름의 세탁소에는 겨울옷이 가장 많다. 물론 겨울엔 정반대다.

그러니까, 세탁소는 사실 다른 사람들이 지나온 계절을 보관하는 박물관 같은 공간이다.

이 안에서는 늘, 이미 지나 버린 계절의 흔적들이 수장고 깊은 데 보관되어 있는 유물처럼 두 달이고 세 달이고 자리를 차지하고 앉아 계절이 바뀌기를 기다린다.

하지만 동시에 세탁소는 오늘을 위한 공간이기도 하다.

잠자리 날개처럼 얇고 나풀거리는 화려한 무늬의 원피스를 수선할 때나 제법 값이 나가 보이는 리넨 블라우스를 보기 좋게 다릴 때가 되면 정말 귀신같이 가게 앞 아스팔트에 아지랑이가 피어오르고 매미가 울어 댄다. 무슨 돌림노래처럼 쓰피오쓰피오쓰피오 하고 울던 소리가 멈추면 곧장 다른 쪽에서 밈밈밈미이이이이 하면서.

매미 소리에 장단을 맞추듯 들고 있던 원피스를 허공에 대고 탁탁 털었다. 허리 라인을 따라 숨어 있던 주머니가 휙 벌어지고 안에서 가장자리가 너덜너덜하게 찢긴 종잇조각이 튀어

나왔다.

너구나? 이 모든 사달의 원흉이.

분명히 세탁기에 넣기 전에 전부 확인했는데…… 이게 뭘까? 이 옷에 주머니가 있는 걸 몰랐나? 아닌데. 분명히 확인했는데.

순간 얼굴에 열이 확 올랐다가 금세 가라앉았다.

짜증 내서 뭐 해.

그래 봤자 전부 내 손해다. 뭐, 실수했나 보지. 그래서 이렇게 고생을 하나 보지. 이럴 때는 그냥 신속하게 일을 수습하는 편이 현명하다. 빠른 포기와 그보다 더 빠른 수긍. 정말 인생 최고의 미덕이라니까.

아니야, 잠깐만. 지금 이 원피스…… 짐머만? 진짜로? 이런 시골에서?

원피스 등 부분에 붙은 라벨을 몇 번이나 더듬거리며 어제는 왜 몰랐을까 곱씹었다. 몰랐던 게 아니라 모르는 척하고 싶었을 수도 있다. 어제 이 옷을 건네받았을 때의 나는, 이런 시골에서 한 벌에 300만 원이 훌쩍 넘는 원피스를 입는 사람이 있다는 사실을 인정하고 싶지 않았던 거다.

천천히 심호흡을 하고 가봉 마네킹을 꺼내 옷을 입혔다. 요새는 브랜드 로고는 물론이고 케어라벨까지 감쪽같은 짝퉁이 허다하니까 신중하게 살펴봐야 한다.

신중하게……가 맞는데. 아씨, 이거 진짜잖아?

소매 라인에 짙은 노란색 실로 잠자리 무늬 자수를 놓은 검은색 크로셰 원피스.

짝퉁이 아무리 정교해도 실까지 흉내 낼 순 없다. 몇몇 브랜드는 자기네가 생산한 전용 실로만 옷을 만든다. 혹은 특정 회사 제품만 쓰는 곳도 있다. 이 원피스는 후자다. 내 졸업 작품에 썼던 회사의 실을 내가 못 알아볼 리가!

진짜다. 이건 진짜 짐머만이다. 그렇지만…… 그 사람이 이걸 입는다고?

× ◇ ×

다시 말하지만, 완벽한 브레이크 타임이 될 뻔했다. 이놈의 쪽지만 아니었으면.

손가락만 한 길이의 얇은 종이 위에 빨간 볼펜으로 쓰인 내용은 따따따 따 따 따 따따따.

작년 여름에 개봉해 대히트한 어느 영화에 나온 덕에 이제 전 국민이 다 안다고 해도 과장이 아닐 모스부호다. 혹시 다른 내용이 더 적혀 있었을까? 그렇지만 남은 조각이 이것뿐이라 뭘 더 캐낼 수도 없다.

이 원피스를 가져왔던 여자가 장부에 남기고 간 주소는 2단지 110동 301호.

하지만 그 손님은 이 옷의 진짜 주인이 아니다. 평소 즐겨 입는 스타일을 보면 알 수 있다. 매일 트레이닝복 차림으로 다니는 사람이 좋아할 만한 옷이 아니다. 안에 슬립을 입지 않고서는 소화하기 힘들 정도로 구멍이 숭숭 뚫린 원피스니까.

무엇보다도 그 손님이 입기엔 사이즈가 좀 작다. 흔히 말하는 44사이즈. 그러니까 이 옷을 입는 사람은 마르고 키가 큰 사람이다. 원피스 밑자락을 바닥에 질질 끌고 다니진 않을 테니까.

아, 모르겠다. 모르겠고, 아무래도 이번 달이 가기 전에 선글라스를 하나 장만해야겠다. 사람들을 관찰하는 시선을 숨기기엔 물안경이 딱인데. 역시 동네 한복판에서 이러고 있으니 너무 튀는 것 같기도 하고. 뭣보다 간지가 안 나요, 간지가. 백은조 인생에 간지 빼면 시쳰데.

통장 잔고를 떠올리다가 의자 등받이 뒤로 고개를 쭉 넘겨 기댔다. 한동안 들썩이던 차양이 얌전해지니 주위가 조용해졌다.

눈을 감고 가만히 귀를 기울이면 스타힐 놀이터 쪽에서 희미하게 아이들 목소리가 들리고, 소음을 향해 조금 더 집중하면 아파트 단지 사이로 차가 지나다니는 소리도 간간이 들린다.

스타힐 쪽에서 들려오던 희미한 소음은 곧 2단지의 고요에 잡아먹히고 만다. 이 동네는 조용하다. 조금 지나치다 싶을 정도로 부자연스럽게 고요하고 생기가 없다.

그럴 만도 하다. 마흔이 넘은 이 낡은 주공아파트의 절반은 빈집이고 그나마 남아 있는 주민들의 반 이상이 독거노인이니까.

이 동네 사람들은 여전히 스타힐을 1단지라고 부른다. 그런데 우습게도 스타힐 사람들은 그 말에 경기를 일으키듯 질색한다. 그중 8할은 스타힐이 주공아파트 1단지였을 때부터 살던 사람들인데도.

내가 이렇게 나와서 앉아 있을 때마다 스타힐이든 2단지든 가릴 것 없이 동네 사람들이 죄다 똑같은 모양새로 수군거린다는 걸 알고 있다. 점심시간을 훌쩍 넘겨서까지 브레이크네 뭐네 하며 쉰다고. 알 게 뭐야? 세상만사 내 마음대로 되는 일이 하나도 없는데, 이거라도 내 맘대로 해야지.

아…… 자꾸만 생각이 쪽지를 향해 튄다. 하긴, 이런 심란한 마음으로 브레이크 타임을 온전히 즐길 수 있을 리가.

쪽지가 나오지만 않았더라면 평범하게 생각했을 거다. 가족 대신 옷을 맡기는 건 흔한 일이니까. 그렇지만 이런 쓸데없는 장난을 칠 사람으로 보이지는 않았는데. 그렇다고 이게 진짜 구조 요청일 리도 없고.

아니지. 구조 요청이어서는 안 된다. 어떤 방식이든 젊은 여성이 뭔가 신호를 보낼 때 무슨 일이 벌어지는지 이미 너무 잘 알고 있으니까.

"그동안 오냐오냐해 주니까 내가 아주 병신으로 보였지? 씨발, 내가 오늘 니년 버릇을 제대로 고쳐 놓을 거야. 어? 알아들어?"

눈물범벅인 얼굴을 훑어보던 불쾌하고 번들거리는 눈빛. 윽박지르는 말투. 글쎄, 대체 뭘 오냐오냐했다는 거였을까. 단 한 순간도 그랬을 것 같지 않은데. 버릇을 고치려면 꼭 그렇게 머리채를 틀어쥐어야만 했던 걸까.

생각해 보면 처음부터 끝까지 알아들을 수 없는 말뿐이었다. 그땐 그랬다. 지금은 아니지만. 아…… 속이 좀 울렁거리는 것 같은데 기분 탓인가?

자리에서 벌떡 일어나 도망치듯 가게 안으로 들어와 문을 잠갔다. 몇 번의 헛손질 끝에 블라인드가 차르르 소리를 내며 유리문을 가렸다.

순간순간 심장이 빨리 뛰고 손끝이 곱아드는 이 감각은 어떻게 해도 익숙해지지 않는다. 그게 너무 화가 나고, 또 화가 나서. 가만히 바닥을 노려보며 세탁기와 건조기 돌아가는 소리에 애써 신경을 집중했다. 금방이라도 토할 것 같던 속이 조금씩 가라앉았다.

내내 손에 쥐고 있던 문제의 쪽지를 작업대 구석에 놓여 있던 틴 케이스에 던지듯 넣고 쾅 소리 나게 뚜껑을 닫았다.

아, 이건 쾅은 아닌가? 뭐 어쨌든. 이런 하찮은 생각을 하고 있으니 케이스에 그려진 곰돌이가 날 비웃는 거 같고. 아무튼, 기분이 아주 찜찜하다는 소리다.

"뭐야아, 없잖아!"

은조가 빽 소릴 지르며 들고 있던 틴 케이스를 팽개치자 은수가 입술을 말아 물었다. 웃음을 참는 티가 역력한 언니의 얼굴을 보며 은조가 코 평수를 넓히며 입가를 씰룩였다. 금방이라도 울음이 터질 듯한 얼굴이었다.

"원래 다 그래."

"왜? 왜 그래?"

따박따박 따져 묻는 아홉 살짜리의 이마를 다정히 쓸어준 언니가 입꼬리에 미소를 걸며 대답했다.

"글쎄? 언니가 우리 공주만 할 때도 그랬는데? 사랑방 사탕 통에는 사탕이 없고, 곰돌이 쿠키 통에는 쿠키가 없어. 공주야 예쁜아, 할머니 댁에서도 봤지? 원래 이런 통엔 다 실이랑 바늘, 단추 같은 게 들어 있는 거야."

"그런 게 어디 있어?"

"어디 있긴? 여기 있지. 공주야, 이제 피아노 학원 갈 시간 다 됐는데? 가자, 언니가 데려다줄게."

"사탕은?"

"사탕도 사 줄게."

× ◇ ×

실이랑 바늘, 단추 같은 거 말고. 의미 없는 쪽지 한 장이 덜렁 놓인 케이스를 노려보고 있으면……. 아, 정말 이게 다 언니 때문이라니까.

그 시절, 나보다 열 살 많은 사촌 언니의 틴 케이스 안에는 단추나 골무 같은 것 말고도 꽤 다양한 물건들이 들어 있었다.

집성촌에 모여 살던 할아버지 세대를 지나 결혼 후 마을을 떠나도 결국엔 또 형제끼리 시내 어귀 같은 동네에 살게 되는 아빠 세대의 자식으로 자란 나 같은 시골 애들은, 사촌끼리도 관계가 제법 돈독한 편이다. 사촌이면 거의 친형제나 다름없다고 봐도 된다. 주말이며 명절에 시골 갈 때마다 온 동네에 육촌에 팔촌이 넘쳐 나니까.

물론 언니와 내가 좀 더 유별난 사이긴 했다. 온 식구를 통틀어 딸은 우리 둘뿐이었고 둘 다 외동이었으니.

사촌이라고는 밑으로 줄줄이 시커먼 남동생들만 있던, 장손의 외동딸인 언니는 한참 뒤에 집안 막내로 태어난 나를 공주야 예쁜아 하면서 손에 쥔 유리 다루듯 대했다. 내가 어린 시절을 기억할 수 있는 나이가 된 후로 내 기억 속에 언니가 존재하지 않았던 날은 단 하루도 없었다.

큰아빠 댁 곳곳에 놓인 틴 케이스를 뒤지는 건 일종의 보물찾기였다. 어떤 쿠키 케이스에는 단추나 실, 천 쪼가리 같은 게 들어 있었고, 고급 티 세트 케이스에는 스티커나 종이 인형이 들어 있었다.

언니가 아기자기한 뭔가를, 작고 반짝이는 뭔가를 사서 틴 케이스에 숨겨 두는 건 전부 나 때문이었다. 기대에 찬 눈으로 케이스를 흔들어 보고, 그 안에 뭐가 있는지 상상하고, 결국엔 뚜껑을 열고 잔뜩 신이 난 얼굴로 손뼉 치는 나 때문에. 자신보다 열 살은 느리게 자라는 작은 꼬맹이를 위해.

모든 느리고 작은 것은 언제나 사람을 감상적으로 만든다. 정말 쓸데없이. 쓸데없이 사람을 약하게 만든다.

그러니까 이게 다 언니 탓이다. 별것 아닌 쪽지에 이렇게나 신경이 예민해지는 것도. 아니겠지 하면서도 결국 이 망할 놈의 쪽지를, 그 안에 적힌 메시지를 따라가게 되는 것도. 경찰 양반들 따위를 불신하며 혼자 거하게 사고를 치러 가는 것도.

이 봐 이 봐, 다 언니 때문이라니까.

백은수. 정말 미워 죽겠다 아주.

× ◇ ×

110동 301호. 은조가 벨을 누른 후 한참이 지나도 안에서는 별 기척이 없었다.

벌써 두 번이나 눌렀는데……. 집에 없나? 전화번호를 받아 뒀어야 했는데.

잠시 생각하던 은조가 한 번 더 초인종을 향해 손을 뻗었다. 낡은 현관문과는 어울리지 않는 짧고 경쾌한 벨 소리가 울리고 곧바로 다시 정적이 찾아왔다.

은조는 가만히 현관에 귀를 붙이고 온 신경을 집중했다. 뭔가 작게 소음이 나는 것도 같은데. 아닌가? 착각인가? 싶을 때쯤 쿵쿵거리며 마룻바닥을 울리는 소리가 들려왔다.

"아, 뭐예요?"

안전 고리가 걸린 채로 현관이 열리고 문 틈새로 여자가 삐딱하게 은조를 내다봤다. 옷을 맡긴 손님이 아니다. 하지만 들고 있는 원피스 사이즈와 딱 맞는 체구의 여자였다.

것 봐. 그 손님이 입을 만한 옷은 아니라고 했지! 근데, 그치만 이건 감이 좋지 않은데…….

은조의 머릿속에서 빨간 경고등이 깜빡이기 시작했다.

"세탁 맡기신 거 가져왔는데요."

여자가 생글거리는 은조를 수상한 사람 보듯 훑었다. 빠르게 위에서 아래로 향하던 시선이 은조의 팔에 걸린 원피스에 멈추더니 문이 쾅 닫혔다가 열렸다.

거뭇한 눈 밑, 부스스한 머리와 전반적으로 푸석한 얼굴. 막 잠에서 깨어난 듯 마른세수를 하며 몇 번이나 머리를 흔들던 여자가 고개를 좌우로 뚝뚝 꺾더니 현관 바로 옆에 있는 방으로 들어갔다.

"잠깐 기다려요."

닫힌 방문을 바라보던 은조는 재빨리 집 안을 살폈다.

거실 하나에 방 두 개짜리. 12평. 신식 오피스넬 같은 모양새로 깨끗하게 리모델링했지만 전반적으로 낡은 아파트와는 어울리지 않는 인테리어였다.

특히 거실과 주방 풍경이 어색했다. 거실 옆 주방 입구 쪽에 놓인 양문형 냉장고는 분명히 문을 한 짝씩 해체해 집 안으로 들여왔을 거다. 이 좁은 현관을 그대로 통과하긴 힘들었을 테니까. 냉장고 옆으로 언뜻 보이는 드럼 세탁기는 빌트인이고.

현관에서 정면으로 보이는 거실 벽에 딱 맞게 짜 넣은 수납장 가득 채워진 양주와 술잔들. 그 앞에 놓인 바 테이블. 다리가 긴 스툴. 화장실 문 옆에 놓인 콘솔 위에 차곡차곡 쌓여 있는 크기가 다른 두 종류의 수건.

여자가 들어간 방은 작은방일 거다. 작은방과 나란히 있는 큰방도 문이 닫혀 있다. 저 방에는 침대밖에 없을 거다. 아주 크고 넓은, 방의 대부분을 차지하는 침대. 그 옆에 협탁 하나 정도가 더 있을 수도.

이 집의 풍경이 의미하는 건 딱 하나다.

"얼마예요?"

여자가 가느다란 손가락 끝으로 지갑을 열었다.

"4000원이에요."

옷을 내미는 은조를 향해 여자는 만 원짜리 지폐를 건넸다.

"잔돈은 필요 없어요."

여자가 손가락만큼이나 가는 팔을 뻗어 은조가 들고 있던 원피스를 낚아챘다. 일 다 봤으면 빨리 꺼지라는 듯, 여자는 멍하니 서 있는 은조의 손에 만 원짜리 한 장을 쥐었다.

"아, 안……녕히 계세요."

은조는 거스름돈을 꺼낼 생각도 하지 못하고 뒷걸음질 치며 현관을 빠져나왔다. 은조가 문밖에 서기 무섭게 여자가 또 한 번 쾅 소리 나게 문을 닫았다. 두 개의 잠금장치가 잠기고 안전 고리까지 걸리는 소리가 들린 후에야 은조는 퍼뜩 정신을 차렸다.

여자의 팔 안쪽을 빼곡하게 채우고 있던 주삿바늘 자국과 그 위로 푸르스름하다 못해 보랏빛으로 얼룩덜룩한 진한 멍 자국.

"다쳤어?"

"다치긴. 아무것도 아냐. 우리 공주는 신경 안 써도 돼."

팔 안쪽에 찍힌 두어 개의 주삿바늘 자국과 턱 밑의 푸른 멍 자국을 떠올리던 은조는 도망치듯 계단을 뛰어 내려갔다.

저 여자는 백은수가 아니다. 언니가 아니다. 속으로 몇 번을 되뇌어도 방금 본 여자의 모습이 눈동자 깊숙한 곳에 끈덕지게 달라붙었다.

은조는 심호흡을 크게 하려고 애썼다. 금방이라도 구역질이 날 것 같았다. 가슴팍이 크게 부풀어 올랐다가 가라앉기를 반복하는 동안 꽉 쥐고 있던 손 안에 식은땀이 흥건하게 차올랐다.

"씨발, 진짜……."

손바닥에 얼굴을 묻고 입술 새로 욕을 짓이겼다. 축축한 감촉이 식은땀 때문인지 눈물 때문인지 구분하기 힘들었다.

"어이, 왜 길을 막고 그러고 있어?"

얼마나 그러고 있었을까. 낯선 목소리가 툭 말을 붙였을 때 은조는 여태 쿵쿵대는 심장 소리를 뒤로하고 얼굴을 가리고 있던 손을 떨궜다.

"아…… 그……."

눈이 마주치자 남자의 눈썹 한쪽이 눈에 띄게 솟아올랐다. 눈썹에서 관자놀이 방향으로 흉터가 있는 쪽이었다. 불만스러운 눈길로 1호 라인 현관 앞에 바짝 세운 은조의 스쿠터를 보던 남자가 발끝으로 앞바퀴를 툭 챘다.

"똑같네……."

은조가 멍한 얼굴로 중얼거렸다. 그 말을 제대로 듣지 못한 듯한 남자가 뭐? 하며 고개를 기울이자 두 사람의 눈높이가 비슷해졌다.

"아, 홍보 때문에 왔거든요. 요 밑에 세탁소 아시죠? 107동 옆 계단 길로 내려가면 101동 바로 앞에요. 부모님이 은퇴하셔서 물려받았는데 제가 너무 어려서 그런가…… 단골손님이 많이 끊겨서요. 여기요. 이거 한 장 드릴게요."

배시시 웃으며 하는 말에 남자가 미심쩍은 눈길로 은조를 훑어봤다. 너스레를 떨던 은조가 스쿠터 시트를 열고 가게 명함을 꺼내 건넸다. 남자는 별말 없이 명함을 바라보기만 했다. 그러다가 갑자기 눈가를 매만지며 웃음을 팍 터트렸다. 흉터가 있는 자리였다.

"귀엽네."

남자가 가볍고 경쾌한 손길로 은조의 손가락 사이에서 명함을 낚아챘다.

"그래서. 이걸 하나하나 돌리려고?"

남자가 제법 흥미가 동한 듯 되물으며 스쿠터 스크린에 팔을 걸쳤다. 그러고는 검지와 중지 사이에 끼운 명함 모서리를 엄지 끝으로 탁탁 튕기며 손장난을 쳤다. 뭉툭한 손톱 끝이 종이에 부딪는 소리가 거슬렸다.

"네. 우편함에 넣어 두기엔 사이즈가 작아서 안 보일 거 같고…… 대문 옆에 하나씩 붙여 볼까 했는데요."

열려 있던 시트 커버를 닫은 은조가 남자 들으라는 듯 크게 한숨을 쉬며 말을 덧붙였다.

"근데 테이프를 안 가져왔어요."

"열정은 있는데 똑똑하진 못하네."

"그러게요. 좀 더 똑똑하게 굴 걸 그랬죠?"

어깨를 으쓱하며 스쿠터에 앉은 은조가 시동을 걸었다. 남자가 손등으로 스크린을 툭툭 치더니 혀끝으로 입술을 축였다.

"아가씨, 이름이 뭐야?"

"옷 한 벌 가지고 오세요. 세탁소에 오시면 알려 드릴게요."

말을 마친 은조가 다문 입가를 길게 늘여 웃는 얼굴로 핸들을 돌렸다.

× ◇ ×

[형사님, 서울 가고 싶죠? 광수대 복귀하고 싶으면 지금 당장 세탁소로 오세요.]

메시지를 보내기 무섭게 전화벨이 울렸다. 하이고, 이 양반 성질도 참 급하셔.

"또 무슨 수작입니까?"

수자악? 수자아아악?

"길게 말할 시간 없어요. 안 오면 그냥 112에 신고할 거예요. 20분 드릴게요."

전화를 끊자마자 다시 벨이 울렸다. 참 나, 이 양반아. 나 같으면 다시 전화 걸 시간에 얼른 오겠다.

핸드폰을 작업대 위에 던져 놓고 옆에 놓인 거울에 비친 내 얼굴을 들여다본다.

그치. 예쁘장하게 생겼지 내가. 나도 알지. 근데 누가 개양아치 깡패 새끼 아니랄까 봐 지보다 스무 살은 어릴 애한테 수작을 부려? 미친 새끼 아냐 이거.

개새끼. 하나도 안 변했네 진짜. 그때나 지금이나 똑같이 분리수거도 못 할 소각용 쓰레기 같은 새끼.

껄렁한 말투에 낮은 목소리. 오른쪽 눈썹 옆에 있는 흉터. 자기 스쿠터인 양 스크린에 척 걸쳤던 팔이 움직일 때마다 보이던, 팔꿈치와 손목 사이에 새겨진 그때보다 조금 희미해진 문신. 그래, 그 빌어먹을 놈의 문신.

당신이었다. 당신이었어.

허, 그치. 그땐 내가 어려서 그 꼬부랑 글씨가 영어인 줄도 몰랐지. 근데 이젠 알거든. 백은수가 사랑에 빠진 눈으로 '그 남자'에 관해 얘기해 줬던 걸 내가 하나도 안 빼놓고 다 기억하고 있거든. 와, 백은조…… 예쁜데 똑똑하기까지 하네.

기억하고 있는 걸 하나하나 헤아리자면 끝도 없다.

그날 그 골목에서, "그러니까 좀 더 똑똑하게 굴었어야지" 하며 언니 머리채를 움켜쥐던 당신의 팔에 새겨진 그 문신을, 나는 눈으로 사진 찍듯 통째로 머릿속에 저장했으니까. 덕분에 언니가 가끔 낙서처럼 깨작이던 그림이 그 문신 모양이라는 건 알게 됐지만 그게 정확히 무슨 그림인지, 그 꼬부랑 글씨가 무슨 의미인지 알게 된 건 그로부터 한참 후였다.

내가 네 살 때 개봉했다던 그 영화의 잘생긴 주인공도 내일모레면 환갑이다. 몇 년 전 극장에서 재개봉한 그 영화를 봤을 때 옆에 앉은 친구들이 주인공의 잘생김에 온몸을 흔들며 소리 없는 비명을 지르는 동안 내가 어떤 심정으로 그 영화를 봤는지 당신이 알까.

주인공이 만들던 그 빌어 처먹을 비누가 화면에 잡힐 때마다 내가 얼마나 가슴이 짓눌리고 숨이 막히는 기분이었는지 당신은 영원히 모르겠지.

그래, 전혀 알 수가 없을 거다. 당신이 언니에게 했던 말을 내가 똑같이 되돌려 준 그 순간에도 번들거리는 시선 위로 떠오르는 추잡한 욕구를 숨길 생각도 없이 나를 보며 입맛을 다신 쓰레기 같은 새끼니까, 당신은.

언니를 기억할까 싶었던 내가 등신이다. 그것도 아주 상등신. 하기야, 맞은 놈은 기억해도 때리는 놈은 기억 못 하는 게 세상 이치니까.

"대체 무슨 일입니까?"

아이고, 형사 양반 오셨네.

"오!!! 10분밖에 안 걸렸네요? 이야아, 우리 형사님 진짜 빠른데!"

허, 하며 짧게 탄식한 형사 양반이 얼굴을 쓸어내렸다. 마음이 급하긴 했는지 가게 앞에 세워 둔 차에 아직 시동이 걸려 있었다.

"일단 시동부터 끄고 오세요, 운전석 문도 좀 닫고!"

들으라는 듯 쾅 소리 나게 문을 닫고 돌아온 그가 작업대 옆에 섰다.

"그렇게 닫아서 문이 부서지겠어요? 근데 왜 혼자예요? 파트너 같은 거 없어요? 형사님 진짜 왕따예요? 직장 내 괴롭힘 뭐 그런 거?"

"서울 얘긴 어떻게 알았습니까? 저는 백은조 씨한테 얘기한 기억이 없는데요."

이런 상황에서조차 바른 자세로 꼿꼿하게 서 있다. 재미없는 양반 같으니. 이러니 다들 흥을 못 봐서 안달이지. 알 만하다, 알 만해.

"지난번에 접촉 사고 보험 처리 끝나고 형사님 만나러 경찰서 갔을 때요. 다른 형사님들이 그러시던데요? 광역수사대 마약범죄수사대 에이스 어쩌고, 딱 봐도 형사님 얘기던데."

"됐으니까 용건만 간단히 하시죠. 딴소리 하는 걸 보니 또 허위신고 같은데."

"형사님은 말을 왜 매번 그렇게 해요?"

"왜요. 더 친절해야 합니까? 저는 지금도 충분히 친절한 것 같은데요. 백은조 씨가 저지르고 다니는 일에 비하면요."

아니, 이 양반 보게. 또 이런다, 또.

이 양반과는 가게를 오픈했던 날의 사고 이후로도 다섯 번, 아니 여섯 번이나 마주쳤다. 내가 신고한 크고 작은 일들이 하필이면 모두 이 양반에게 인계된 탓이다.

그때마다 우리는 같은 레퍼토리로 다퉜다. 허위신고네, 아니네, 오버네, 아니네 하면서. 지난 세 달간 보름에 한 번 꼴이었다. 방금 이 형사 양반이 또 같은 태도를 취했으니까 이제

일곱 번째고.

"기대했으면서."

내가 이죽거리자 형사 양반의 입매가 일자로 단단하게 맞물렸다.

"파트너 없이 굳이 혼자서만 온 이유를 내가 정말 모를 것 같아요? 혼자서 크게 한 건 하려고 했겠죠. 건수 잡아서 서울로 복귀하려고. 맨날 허위신고니 공무집행방해니 했으면서 내가 오란다고 여기 온 게 그 이유 말고 또 있어요?"

말없이 나를 노려보던 형사 양반이 한숨을 내쉬더니 눈가를 꾹 눌렀다. 어지간히 열 받은 거 같은데 이쯤 해야겠네.

"알겠습니다. 일단 들어 보죠. 그건 뭡니까?"

"뭐긴 뭐예요? 쿠키 케이스지."

"쿠키 케이스인 거 저도 압니다. 근데 왜 그런 게 들어 있냐는 거죠."

어허, 이 양반 보게?

"이거 몰라요?"

"뭘요?"

"원래 다 이래요. 이건 동서고금을 막론하고 다 이런 거라구요. 이런 틴 케이스엔 죄다 쓸데없는 것만 들어 있는 법이에요. 사랑방 사탕 통에는 사탕이 없고, 곰돌이 쿠키 통에는 쿠키가 없고."

"허……."

"뭐, 이번에 제가 넣어 둔 건 쓸데없는 게 아니지만."

작업대 위에 펼쳐진 쪽지를 보던 형사 양반이 흠 소리를 내며 팔짱을 꼈다.

"근데 형사님 진짜 몰라요? 이런 거 본 적 없어요? 할머니 댁에서도?"

단호하게 고개를 가로젓는 모습이 좀 웃겨서 나도 모르게 웃음이 터졌다. 목소리가 점점 커지고 손에 힘이 들어갔다. 터질 듯한 심장과 떨리는 손끝을 감추려고. 나는 자꾸 더 크게 웃고 더 세게 손을 쥐었다.

"경찰서, 지금 서장님 이름이 뭐예요?"

"그건 왜 묻습니까?"

"아 진짜. 뭘 한 번에 제대로 대답하는 꼴을 못 봐 내가."

"오상훈 서장님입니다."

그가 쪽지를 들어 올리며 무성의하게 대답했다.

"그래요? 그럼 뭐…… 그다음으로 높은 분은 이름이 뭐예요? 그리고 형사님 직속 상사는요?"

"모스부호는 암호로 쓰기엔 너무 흔하지 않습니까?"

"김택수, 한성준, 이성용. 같이 일하는 사람 중에 이런 이름 있어요?"

잊으려고 해도 잊을 수가 없는 이름들이다. 그 당시 직급은 경위 하나에 경사 둘. 어쩌면 이젠 은퇴했을 수도 있고.

구체적인 이름이 입에 오르고 나서야 형사 양반은 쥐고 있던 쪽지를 내려놨다.

"없는데요."

"그럼 다행이네. 이제 동료분들 부르세요. 혼자서는 안 돼요. 그래도 일단은 강력범이니까."

"백은조 씨. 지금 무슨……"

"수작질 아니고요. 오버 아니고요. 예전에 한 번 빠져나간 전적 있는 놈이에요. 기차역 앞에 있던 집창촌에서 제일 크게 판 벌였던 포주인데 엑스포 때문에 재개발한다고 거길 싹 밀어 버리면서 뭐…… 이런저런 일이 있었어요. 사람이…… 사람이 하나 죽었고요. 근데 귀신같이 빠져나가더라고. 알고 보니까 경찰서에 댄 줄이 아주 튼튼한 놈이어서. 무슨 뜻인지 알죠? 근데 그때 그 줄들이 일단은 형사님이랑 같은 서에 있는 건 아닌 모양이니까 이번엔 잡을 수 있겠네요."

아니, 대체 왜 멍하니 서 있어? 허위신고 아니라니까 또 사람 말 안 듣지, 또.

"뭐 해요? 빨리 동료들 부르라니까. 110동 301호예요. 예전 버릇 못 버렸을 테니까 아마 옆집이랑 그 위아래도 전부 그놈이 관리하는 업장일 거예요. 어쩌면 그 1~2호 라인 전체가 다 업장일 수도 있고. 일단 301호부터 털어요. 그놈 지금 거기 있을 거예요."

301호 현관 한쪽에 놓여 있던 남성용 운동화는 손님 것이 아니라 그 새끼가 신는 것일 터다. 꼴에 취향이 확실한지 아까 마주쳤을 때 그놈이 신고 있던 신발은 현관에 있던 것과 색상만 다른 동일 모델이었다.

그제야 형사 양반의 손이 바쁘게 움직였다. 메시지 몇 개, 통화 세 번.

다시 가게 안이 고요해지자 그는 내가 끼적이던 낙서를 향해 고개를 기울였다.

"팔꿈치 아래에 이런 문신이 있어요. 크게."

"파이트 클럽?"

"네. 영화요. 파이트 클럽."

네모 안에 굵게 쓰인 영문 스펠링. 영화에 나온 비누 모양 그대로다.

지가 타일러 더든이야 뭐야? 그래, 아마 감명받았겠지. 주인공이 잘 포장한 개소리에.

자신의 마초스러움을 극단적으로 내세우고 무리 안에서 그 남성성을 인정받아 사람들 위에 군림하려는 욕망을 가진 개새끼. 그게 타일러 더든이다. 하지만 아무리 좋은 말로 포장해 봤자 개소리가 개소리라는 점은 변하지 않는다.

영화 주인공을 흉내 내는 그놈의 달콤한 말에 속아 사랑에 빠졌던 언니를 아주 이해 못 하는 건 아니다. 원래 그만한 나이 때는 다정한 남자보다 나쁜 남자한테 끌리거든. 거칠지만 내 여자한테는 따뜻한 뭐 그런 거. 잘생긴 양아치가 들이밀면 홀랑 넘어가게 되어 있다니까.

하지만 언니는 몰랐을 거다. 그 영화를 인생 영화로 꼽는, 영화 속 타일러 더든을 롤 모델로 삼는 남자는 가까이해서는 안 된다는 걸. 그런 놈은 상종 못 할 소각용 쓰레기 같은 놈이라는 걸.

"제 딸에게 맥스라는 친구가 있었어요. 딸이 그러더군요. 그 친구가 가장 좋아하는 영화가 〈파이트 클럽〉이라고. 저는 딸에게 다시는 맥스와 단 한마디도 나누지 말라고 했어요.(My daughter had a friend named Max. She told me 'Fight Club' is his favorite movie, I told her never to talk to Max again.)"[+]

감독의 인터뷰에서 이런 말을 발견했을 때 내가 어떤 기분이었는지도. 언니는 영원히 알 수 없겠지.

"아직도 동네가 시끌시끌허네."

"짭새들이 인자사 정신을 차렸는갑지. 어제 그렇게 털어놓고 또 뭐가 남았으까?"

짭새라는 말에 요구르트를 고르던 은조가 입술을 꾹 말아물었다. 한낮의 마트. 벌써부터 저녁 찬거리를 사러 나온 동네

+   David Fincher: 'Fight Club' Sold 13 Million DVDs—'It Paid for
         Itself', Variety, 2014.07.27.

사람 서넛이 마트 주인과 함께 수군거리고 있었다.

"아 왜, 그동안 110동 302호 처녀가 그리 그리 신고를 해도 통 꿈쩍도 안 했다 그러대."

"왜야?"

"나야 모르지. 저 길 건너 파출소 짭새들도 전부 한통속이 었는가."

"왐마, 근갑다! 근께 파출소가 아니고 경찰서에서 나왔는 갑다."

"그 처녀가 보통 인물은 아니여. 나가 그 처녀 올봄에 이사 왔을 때부터 알아봤당께? 암만 봐도 그 처녀가 뭔 수를 써서 그 난리가 났단 말이시."

"아이갸? 수수허니 그리 생겼드만. 자네 말마따나 뭔 수를 내긴 냈는갑네. 어제 뉴스 봤는가?"

"봤제. 조용한 동네가 뉴스에 다 나와 불고 별일이다 별일!"

장바구니를 소파에 아무렇게나 올려 둔 은조가 물안경을 들고 나가 낚시 의자에 앉았다.

"그래에. 별일이다 별일."

[뉴스 봤어요. 화면발 장난 아니던데요?]

메시지를 전송한 은조가 물안경을 썼다. 그러고는 의자 등 받이에 기대 으차차차 알 수 없는 소리를 내며 몸을 늘렸다.

"대체 그게 뭐 뉴스에까지 날 일인지 모르겠습니다."

"엄마야 깜짝이야!"

불쑥 들려온 목소리에 은조가 펄쩍 몸을 일으켰다.

"아니, 대체 왜 기척도 없이 다녀요?"

"그런 걸 뒤집어쓰고 있으니까 사람 오는 것도 못 보는 거 아닙니까."

물안경 너머로 정도가 고개를 가로저었다. 그러고는 제법 자연스럽게 가게 안에 놓인 의자 하나를 끌고 와 은조 옆에 앉았다.

"대체…… 왜 그런 걸 쓰고 있는 겁니까?"

"원래 이래요."

"네, 백은조 씨는 원래 이렇게 이상한 사람인 것 같긴 했습니다. 처음부터."

은조가 물안경을 머리 위로 밀어 올리고는 정도를 한껏 째려봤다.

"저 말고, 이런 동네는 원래 이렇다고요. 뉴스요."

정도가 흠 소리를 내며 팔짱을 끼자 은조가 물안경을 획 빼내 검지 끝에 걸어 뱅글뱅글 돌리며 말을 이었다.

"뉴스에 못 나갈 건 또 뭐예요? 어제 형사님 인터뷰한 기자님, 그분이 세탁소에 원피스 맡긴 손님이잖아요. 그 아사리판 바로 옆집에 살면서 기자님이 그동안 얼마나 벼르고 있었겠어요? 다섯 번 넘게 신고를 했는데도 파출소에선 매번 그냥 왔다만 갔다는데. 그러니까 하다 하다 그런 수를 쓴 거지. 어떻"

게 한 건진 몰라도. 아 맞다, 기자님이 옷 얘긴 하지 말랬는데."

은조가 입을 가리며 정도의 눈치를 봤다. 정도가 피식 웃으며 고개를 저었다. 모른 척해 줄 모양이다.

"뭐, 아무튼 이런 조용한 동네에서 어제 같은 일은 엄청나게! 핫한 일이라구요. 어르신들 고정 채널은 하루 종일 KBS인 거 몰라요? KBS1이랑 KBS2만 왔다 갔다 한다구요. 아, 모르시겠네. 서울 분이라. 원래 이런 시골에서는 서울 뉴스 30분 만에 끝나고 바로 지역 뉴스로 넘어가요. 경상도 충청도 강원도 다 그래요, 다."

손끝에서 한참 돌아가던 물안경이 멈췄다.

"근데 형사님 서울 안 가요? 십수 년도 넘게 크게 해 먹던 놈 잡았는데. 어제 그 집에 불법 약물도 있었을 텐데?"

"특진이 그렇게 쉬운 줄 압니까?"

어이가 없다는 듯 정도가 말끝에 허허 웃음을 흘렸다.

"아닌데? 쉽던데? 302호 기자님은 어제 특종 낸 덕분에 다음 달에 여의도 본사로 다시 올라가신대요."

"그분으로선 잘된 일이긴 합니다만 이게 여기서나 특종이죠. 서울에선 이런 사건이 하도 흔해서 별로 큰 뉴스거리도 아닙니다."

"아, 뭐 혼자만 서울 살다 온 줄 알아 진짜. 저도 서울 생활 해 봤거든요."

"네. 압니다."

"그걸 형사님이 어떻게 알아요? 전 말한 적도 없는데?"

눈을 부릅뜨는 은조를 향해 정도가 어깨를 들썩이며 모르쇠 했다.

"아니, 근데 형사님 왜 고맙다는 말을 안 해요?"

"지금 하려고 했는데요."

"하이고, 빠르기도 하셔라. 받은 걸로 치겠습니다."

은조가 피식 웃으며 의자 위로 목을 기댔다. 느리게 부는 더운 바람이 차양 끝을 쥐고 흔들다가 사라지자 정적이 일었다. 알록달록한 차양을 눈으로 덧그리던 은조가 눈을 길게 감았다 떴다.

"형사님은 숙적 같은 거 없어요?"

"평범한 사람이 숙적 같은 게 있으면…… 그게 더 이상하지 않습니까?"

"왜요? 오래 쫓던 범인이라든가 뭐 그런 거 있잖아요. 영화에 나오는 형사들은 다 그런 상대가 있던데."

"그건 영화니까요. 현실은 영화가 아니잖습니까."

말끝에 낮게 웃는 정도를 따라 한숨 같은 웃음을 흘린 은조가 기지개를 켰다.

"맞네요. 현실은 영화가 아니니까."

영화에는 언제나 악당이 필요하다. 하지만 현실 속 삶은 매 순간이 드라마틱한 장면으로 꽉 찬 영화 같은 게 아니니까. 평범한 사람들의 소소한 하루에 악당이 끼어들 자리는 없다. 그럴 필요도 없고.

　한동안 잠잠하던 매미 소리가 다시 들려오기 시작했다. 잠시 그 소리를 듣던 은조가 자리를 털고 일어났다.

　잘 가라 이 악당! 개자식! 이번엔 빠져나오기 힘들 거다!

　닿지 않을 말을 중얼거린 은조의 입꼬리가 길게 호를 그렸다.

3
팔 로 워

"짜란!"

리나가 짜란! 소리에 맞춰 얼굴 옆으로 양손을 펼쳐 보였다.

"마지막으로 보여 드릴 아이는, 오늘 언박싱의 진짜 주인공이에요."

손을 팔랑이던 리나가 테이블 가운데에 놓인 박스를 가리켰다. 오늘 준비한 박스 일곱 개 중 유일하게 검은색인, 흰 리본과 카멜리아로 장식된 박스였다. 경쾌한 손길로 카멜리아를 툭 떼어 내자 광고가 나왔다. 벌써 일곱 번째 광고였다.

"호들갑은."

여자가 혀를 쯧 차며 광고 스킵 버튼을 눌렀다. 다시 시작된 영상 속에서 리나가 쉼 없이 말을 이으며 리본을 풀어 헤쳤다. 그리고 마침내 박스를 개봉하려는 순간 또다시 영상이 멈추고 광고가 나왔다.

"이게 진짜 미쳤나."

여자가 쥐고 있던 마우스를 팽개쳤다. 체감상 박스 하나 여는 데만 10분은 넘게 걸리는 듯한 기분이 들었지만, 영상의 총 재생 시간은 15분이 채 되지 않았다.

"사실 이 백의 베스트이자 스테디 셀러인 색상은 블랙이잖아요? 뭐, 이제 이 아이는 기본 템이나 마찬가지기도 하구…… 근데 저는 이미 블랙은 미디엄 사이즈랑 라지 사이즈가 있기도 하구, 이번에 신상으로 나온 요 크림색이 이전까지와는 다르게 좀 더 화사한 색으로 뽑혀서 이 색으로 선택했어요. 제가 좋아하는 여리여리한 색이기도 하지만 이번에 제작한 원피스에 너무 딱! 어울릴 것 같았거든요. 그럼, 이 아이는 제가 옷을 입고! 가방을 멘 상태로 보여 드리도록 할게요!"

화면이 바뀌었다. 흰 원피스 차림의 리나가 전신 거울 앞에 서서 어깨에 멘 백을 이리저리 거울에 비췄다.

"지랄."

여자가 한쪽 입꼬리를 끌어올렸다. 6만 원짜리 원피스에 들겠다고 800만 원짜리 가방을 산다니. 800짜리 가방이 기본 템이라니. 무슨 말 같잖은 소릴 하는 걸까 싶은 생각이 들었다.

픽 웃은 여자가 다음 영상을 클릭했다. 최신 영상 속 리나는 방금 전 그 원피스를 입고 있었다.

× ◇ ×

R ronan 1주 전

제발 제보 부탁드립니다. 010-XXXX-XXXX

▼ 막먹는녀석들 님 및 다른 사용자의 답글 1564개

× ◇ ×

싸움을 원하는 사람들은 언제나 애매한 말과 행동으로 상대방의 신경을 긁는다.

"브레이크 타임이 있어? 세탁소에?"

굳이 물안경을 밀어 올려 확인해 보지 않아도 알 수 있다. 저 미묘하게 기분 나쁜 말투. 세라 원장님이다.

"어휴, 언니! 요새는 다아 이렇게 쉬는 시간 챙겨 가면서 일해. 그 뭐야, 어? 워라밸! 그래, 그거! 언니는 여태 세탁소 드나들면서 브레이크 타임 있는 줄도 몰랐수?"

"워라밸은 무슨 얼어 죽을…… 자영업자가 그런 거 하나하나 다 챙기다가는 밥 굶기 십상이다."

원장님이 캔디 사장님을 향해 혀를 끌끌 찼다. 사실은 나한테 하는 소리인 걸 내가 모를 리가. 아니, 이분들은 왜 자꾸 우리 가게에 와서 이러는데? 미용실이랑 만화방 지금 비어 있지 않나? 손님이 없나? 아, 몰라 몰라.

두 분의 대화가 들리지 않는 척 물안경을 쓴 채 낚시 의자에 누워서 하던 생각을 마저 해 본다. 이 망할 놈의 매미 소리는 언제까지 들어야 하는지. 저 두 분이 내 앞에 서서 나를 주어로 쓰지 않고 대화하는 게 언제쯤 끝날지.

아니, 어떻게 헤드폰을 뚫고 이 소리가 다 들리는데? 이거 노이즈 캔슬링 된다며! 된다고 했는데…… 어…… 나 지금 내가 중고 거래 사기 피해자라는 걸 막 깨달은 거 같은데.

"잠들었나 봐."

캔디 사장님이 속삭이는 소리까지 아주 선명하게 들린다. 당했네. 나 이거 눈탱이 맞았네. 그치.

"저 딸내미 성격에 잘도 이렇게 남들 다 보는 데서 자겠다."

와, 예리한데?

"딸내미. 깍쟁이 짓 그만하고 일어나."

원장님이 내 팔뚝을 툭 쳤다. 나는 여태 아무것도 못 보고 못 들은 척 움찔대는 연기를 하며 몸을 일으켰다. 와, 나 칸에서 여우주연상 주겠다고 할 것 같은데. 아…… 원장님 눈빛을 보니까 아닌가 보다.

원장님은 내 무릎에 옷만 툭 던져 두고 미용실로 돌아갔다. 또 우리 가게에 앉아 나는 듣지도 않는 수다를 한참 떨고 갈 줄 알았는데. 아니, 용건이 있는 건 본인이면서 왜 캔디 사장님은 끌고 다녀?

그러고 보면 지난 다섯 달 동안 원장님은 한 번도 우리 가게에 혼자 찾아온 적이 없다. 상가 삼총사 중 가장 '혼자서도 잘해요' 스타일 같은데…… 내가 껄끄러운 게 분명하다.

원장님이 맡기고 간 옷은 위아래로 새하얀 수트. 흔히 말하는 '빽정장'이다. 남편인 쟈니 사장님 옷이고.

라이브 카페를 운영 중인 쟈니 사장님은 원장님과 옷 취향이 정반대다. 무늬가 없는 옷은 절대 입지 않는 원장님과 무늬가 조금이라도 있는 옷은 절대 입지 않는 사장님의 조합이 좀 희한하게 보일 수도 있는데, 막상 두 사람이 같이 서 있는 걸 보면 또 막 그렇게 엄청 이상하고 그렇진 않다.

아니, 아무리 그래도 이렇게 광택이 번쩍번쩍한 백정장은 좀 너무하지 않나? 너무…… 참기름 싹싹 발라 놓은 가래떡 같은데?

기가 차서 옷을 쳐다보고만 있는데 가게 문이 작게 소리를 내며 열렸다.

"백은조 씨."

이 동네에서 나를 이렇게 부르는 사람은 하나밖에 없다.

"브레이크요."

돌아보지도 않고 대꾸했으니 또 뭐라고 깐족거릴 줄 알았는데 형사 양반 대신 낯선 목소리가 들려왔다.

"세탁소에 브레이크 타임이 있어?"

말끝에 혀 차는 소리까지. 뭐야, 나 오늘 이 소리 처음 아닌데. 그치. 근데 두 번을 들어도 묘하게 기분 나쁘네?

"누구세요?"

"강남 경찰서에서 왔습니다. 서울, 강남요."

나보다 약간 크고 형사 양반보다는 확실히 작은 키. 삐딱하게 선 자세를 따라 종아리와 등에 자글자글 주름이 생긴 네이비 컬러 리넨 셋업. 흰 티. 앞코가 날렵하게 잘 빠진 다크브라운 컬러 가죽 더비슈즈.

나이대로 보나 직업으로 보나 지금 차림에는 저 매끈한 더비슈즈보다 흰 스니커즈를 신는 게 훨씬 센스 있어 보일 텐데. 딱 봐도 일부러 저 신발을 신은 거다. 저 패션의 완성은 신발이라서. 무지하게 비싼 신발이거든 저게. 음, 시계도 비싼 거네. 경찰이라기엔 전반적으로 좀 날티가 나는 차림새다.

내가 대꾸하지 않자 남자가 작게 한숨을 쉬며 가게 안을 둘러봤다. 무척 못마땅하고 미심쩍은 눈초리로.

뭔데, 왜 저렇게 보는데? 시골 세탁소 처음 보는 사람처럼. 거, 되게 기분 나쁘네?

"무슨 일이신데요? 아, 서울에서 오신 분 말고 이정도 형사님이 말씀해 주실래요?"

내 말에 남자가 들으라는 듯이 허, 하고 웃었다.

"제가 이름을 모르는 사람하고는 말을 안 섞거든요. 보시다시피 세탁소는 물건 주고받을 때 전부 실명제라."

나는 남자가 뒤적거리던 세탁 장부를 탁 소리 나게 덮었다. 허락도 없이 남의 가게 물건을 막 그렇게 무슨 못 만질 거 만지듯이 손가락 두 개로만 들춰 보고 말이야. 기분 나쁘게.

"이 정도 형사님. 5분 드릴게요."

내 말에 남자가 어처구니없다는 눈길로 형사 양반을 닦달하듯 쳐다봤다. 뭔데? 왜 형사 양반을 윗사람이 아랫것 부리듯 보는데? 아는 사인가?

눈싸움을 하는 나와 남자를 번갈아 보며 들으라는 듯 한숨을 쉰 형사 양반이 한 손으로 양쪽 눈가를 꾹 눌렀다.

"이쪽은 서울 강남서 선종률 경위. 이쪽은 백은조 사장님이시고."

"사장님?"

남자가 들릴 듯 말 듯하게 말하며 입꼬리를 움찔거렸다. 아니, 왜 자꾸 사람을 위아래로 훑어봐?

"알겠고요. 4분 남았어요."

"실종 사건을 조사 중입니다."

형사 양반이 태블릿을 내밀며 말했다.

"커피홀릭?"

"네. 유튜버인데 3주 전에 이 동네에 방문한 브이로그를 올린 후 사라졌습니다. 실제로 신고가 들어온 건 열흘 전쯤이고요. 실종자가 마지막으로 다녀간 곳이 여기 상가에 있는 호박 카페예요. 영상을 보니 카페에 들르기 전 세탁소 앞을 지났는데 아마 가게 CCTV에 찍혔을 겁니다. 그래서 백은조 씨가 협조를 좀……."

"드릴게요."

내 말에 남자가 그럼 그렇지 하는 얼굴을 했다. 하지만 형사 양반은 미간을 찡그렸다. 협조적인 내 태도를 의심하는 거다. 그치, 우린 이런 사이지. 좋게 좋게 해 줘도 미심쩍어하는.

"드릴게요. 한 시간 뒤에. 브레이크 끝나면 오세요."

"이보세요! 지금 이게 무슨 장난인 줄 알아요?"

남자가 기어이 짜증을 냈고 형사 양반이 또다시 손으로 눈가를 꾹 눌렀다. 농담 아닌데, 장난처럼 보이나.

"5분 끝. 뭐 하세요? 안 나가고."

황당해하는 남자의 얼굴을 흘끗 내려다본 형사 양반이 입술을 꾹 말아 물었다. 어, 형사 양반 지금 고소하다고 생각하는 거 같은데. 맞네. 그치.

가게 문턱을 넘기 무섭게 남자가 형사 양반을 향해 빈정거렸다.

"뭘 이렇게 쩔쩔매? 동네 세탁소 주인이 뭐 대단하다고."

형사 양반한테 하는 소리가 아니다. 문이 휜히 열려 있으니 나 들으라고 하는 소리지.

× ◇ ×

"와……. 귀신 나오겠다. 귀신 나오겠어."

온통 붉은 벽돌로 바닥을 깔고 야트막한 담을 쌓아 올린 상가 광장에 들어서자 선 경위가 혀를 차 댔다.

"말 가려서 해. 동네 분들 듣는데."

정도의 타박에 선 경위가 허, 하는 웃음소리를 흘렸다.

"말 가리긴 새꺄. 너 진짜 성질 많이 죽었다? 광수대에 있을 때는 안 그러더니 쫓겨 내려와서 반성 많이 했나 봐?"

이죽거리는 선 경위의 말을 무시한 정도가 고개를 들어 눈앞의 상가를 훑었다. 입을 크게 벌린 ㄴ 자 모양의 낡아 빠진 2층 건물. 선 경위의 말이 영 틀린 건 아니었다. 이 단지 안에 있는 건물은 아파트고 상가고 할 것 없이 모두 이렇게 허름하다 못해 금방이라도 귀신이 튀어나올 것같이 생겼다.

원래는 하늘색이었겠지만 이젠 칠이 다 벗겨지다 못해 희끗희끗한 부분이 더 많은 상가건물을 훑어보는 정도의 미간이 좁아졌다. 다닥다닥 머리를 맞대고 붙어 있는 조잡하고 현란한 색 간판들을 보고 있자니 기가 막혔다. 이 동네에서 지금 당장 강력범죄가 일어난대도 이상하지 않을 모습이다.

모퉁이에 있는 뜨개방을 기준으로 오른쪽엔 호박카페, 만화방, 미용실이. 모퉁이를 돌아 왼쪽엔 칼국숫집과 작은 마트가 있었다. 닫혀 있는 뜨개방과 호박카페를 바라보던 정도가 만화방을 향해 걸음을 옮겼다.

달려라 하니. 만화 제목을 그대로 따온 가게 간판부터 심상치 않더라니. 흑백영화에서 튀어나온 듯한 차림새를 하고서 자신을 캔디라고 소개하는 만화방 사장의 모습에 정도는 가만히 혀끝으로 입안을 쓸었다.

"모르죠? 호박 갑자기 문 닫은 게…… 한 보름 됐나?"

"최근에 동네에서 수상한 사람을 보신 적은 없습니까?"

정도의 물음에 캔디가 고개를 가로저었다.

"수상한 사람? 어머, 없죠. 이렇게 작은 동네에선 외지인이 드나들면 금세 말이 퍼지거든요."

캔디가 말끝에 기억을 더듬듯 눈동자를 한쪽으로 치켜뜨자 선 경위가 태블릿을 내밀었다. 커피홀릭의 실종 당시 방송이 캡처된 화면이었다.

"이런 사람 본 적 없어요?"

"젊은 아가씨네? 아이고, 고와라. 근데 어쩌지? 이 동네에는 이렇게 젊은 사람들이 안 살고 잘 드나들지도 않고 그래서요."

"네, 뭐…… 그래 보이긴 하네요."

선 경위가 가게 안을 훑어보며 혀를 차자 캔디가 팔짱을 끼며 한 걸음 뒤로 물러섰다. 방어적인 태도가 정도의 눈길을 끌었다.

"사장님, 그럼 혹시 뜨개방은……."

정도의 말이 채 끝나기도 전에 캔디가 아무것도 모른다는 듯 어깨를 으쓱했다. 정말 모르는 건지 모르는 척하는 건시는 알 수 없었지만 후자에 가까워 보였다. 선 경위의 태도에 기분이 상한 게 분명했다.

하여간 예나 지금이나 도움 안 되는 새끼. 속으로 중얼거린 정도가 여태 가게 안을 흘끔거리는 선 경위의 뒤통수를 슬쩍 째려봤다.

바로 옆에 있는 미용실에서도 상황은 크게 다르지 않았다.

정도가 선 경위와 함께 가게 문을 열고 들어서자 네 쌍의 눈길이 일제히 두 사람을 향했다. 수사를 하겠다는 건지 말겠다는 건지. 동네 사람들을 향한, 아니 어쩌면 이 동네 자체를 향한 선 경위의 은근한 무시를 눈치채지 못하는 사람은 아무도 없었다.

세탁소에서 그랬던 것보다 더 노골적이고 확실한 축객령을 받은 두 사람은 들어간 지 5분도 채 되지 않아 미용실에서 쫓겨났다.

"동네가 뭐 이러냐? 여기까지 내려왔는데 뭐 건질 게 하나도 없어!"

동네가 아니라 네 입이 문제야, 인마. 속말을 삼키며 정도가 관자놀이를 꾹 눌렀다.

미용실과 만화방은 실패. 호박카페와 뜨개방은 닫혀 있으니 남은 건 모퉁이를 돌아 있는 칼국숫집과 마트다. 볼펜 끝으로 손에 쥔 수첩을 툭툭 치던 정도가 이내 걸음을 옮겼다. 어딜 가나 이런 식은 아닐 거라고, 누구 하나 제대로 된 도움을 줄 만한 사람이 있을 거라고 애써 긍정하면서.

아니다. 아무래도 오늘 탐문수사는 실패한 것 같다. 뜨개방 옆 코너를 돌자마자 정도는 그렇게 확신했다. 실패라고. 이 동네에서 뭔가를 더 찾기는 글렀다고.

빨간 바탕에 하얀, 아니 누리끼리한 글씨로 그저 '칼국수'라고 쓰인 단조로운 간판. 대낮임에도 쥐 죽은 듯이 고요한 상가. 또다시 습관처럼 정도의 미간이 좁아졌다.

까라면 까는 시늉이라도 해야 하는 게 이 바닥 일이라 수사에 협조하라니 협조는 하는데 그냥 모든 게 마음에 들지 않았다. 어느 한 군데서도 생기라는 게 느껴지지 않는 다 죽어가는 이 동네도. 예나 지금이나 밉살스러운 짓만 골라 하는 선 경위도. 선 경위의 말처럼 이곳으로 쫓겨 내려온 자신도.

× ◇ ×

형사 양반이 돌아간 후 작업대에 앉아 태블릿을 켰다.

커피홀릭의 〈커피홀릭〉.

채널 구독자 수가 20만 명이 조금 안 되는 카페·베이커리 리뷰 유튜버가 실종됐다. 정확히는 딱히 이렇다 할 콘텐츠가 없는 채널을 운영하는 유튜버였다.

업로드된 영상이 중구난방이다. 그나마 조회수가 높은 엉상을 뽑으라면 명품 하울. 그렇지만 영상 자체는 특별할 게 하나도 없었다. 중학생들도 명품 하울을 하는 게 요즘 유튜브 판인데 뭐.

비교적 지속적으로 이어 오던 콘텐츠는 일주일에 한 번 짤막하게 올리는 카페·베이커리 리뷰 정도였는데 마지막 영상이 올라온 건 7월 말. 딱 3주 전 일이다.

한참 영상을 들여다보고 있는데 핸드폰 알람이 울렸다.

4시 52분. 오늘은 금요일이니까 5시쯤 폐지 수거를 하러 오실 거다. 창고 안에서 잘 펼쳐진 박스 세 개와 쇼핑백 서너 개를 안고 나왔다.

가게 문 옆에 박스를 내려놓고 손을 탁탁 털고 있으니 가게 앞 101동 11~12호 라인 코너 옆에 한 무리의 사람들이 서 있는 게 보였다. 뭐야? 왜 사람을 훑어보면서 수군거려? 기분 나쁘게.

어…… 어……?

무리 안에 있던 남자 중 한 명과 눈이 마주쳤다.

"나왔다!"

남자가 우리 가게를 향해, 아니 나를 향해 손가락질했다. 온다. 그것도 아주 떼로 몰려온다.

"여기 직원이세요? 커피홀릭 본 적 있으세요?"

"커피홀릭 알아요? 커피홀릭?"

"야! 세탁소 문 열렸어!"

"정말요? 진짜 몰라요?"

소형 카메라 세 대에서 동시에 빨간 불빛이 깜빡였다. 천천히 뒷걸음질 쳐도 카메라의 붉은 빛이 집요하게 나를 따라왔다. 어디서 이렇게 찾아왔는지 어느새 더 늘어난 사람들 사이로 카메라도 두어 대 늘어났다.

카메라 뒤에 서서 끊임없이 말을 붙이는 사람들의 목소리가 점점 더 커졌다. 하지만 그들 중 누구도 카메라 앞에 자신의 얼굴을 내보이는 사람은 없었다. 개중에는 이쪽을 보라는 듯 손가락으로 딱딱 소리를 내며 주의를 끄는 사람도 있었다.

모여 있는 사람들의 나이대는 다양했지만 카메라나 핸드폰을 치켜든 사람들 대부분은 20대 초중반처럼 보였다. 많게는 30대 초반 정도로 보이는 사람도 두어 명 있었다. 다른 사람의 카메라를 의식한 모양인지 한여름 무더위에도 마스크와 야구모자로 얼굴을 가린 사람들도 있고.

세상에, 자기들은 어떻게든 화면에 잡히지 않으려고 기를 쓰고 있으면서 내 얼굴은 이렇게 아무렇게나 막 찍는다고? 이래도 되는 거야?

도망치듯 가게 안으로 들어와 문을 잠갔다. 사람들이 한여름 밤 불빛에 모여드는 나방처럼 가게 문에 다닥다닥 날라붙었다. 진저리 치며 문에 달린 블라인드를 내렸다.

뭐야, 무슨 유튜버 실종된 걸로 사람이 이렇게 떼로 몰려들어? 단순 실종이 아니고 뭐 다른 게 있는 거야? 아님, 구독자 20만짜리 유튜버라서? 하지만 100만도 아니고 20만인데?

실수인지 고의인지 누군가가 가게 문을 툭 치자 그것이 신호라도 된 듯 사람들이 일제히 문을 두드려 대기 시작했다. 덜컥 겁이 나 문에서 멀리 떨어져 섰다. 철제 미닫이문에 달린 유리가 얼마나 부실한지 너무 잘 아는 터라 더 그랬다. 움츠린 어깨로 자꾸만 문에서 멀리, 멀리, 가게 깊숙한 곳을 향해 뒷걸음질 쳤다.

좀비야 뭐야! 미쳤나 봐! 신고를 해야 하나? 뭐라고 할 건데? 영업 방해?

당황한 손끝이 핸드폰 위에서 방황하는 찰나 길게 진동이 울렸다. 화면에 뜨는 익숙한 이름. 아 맞다, 이 양반 다시 오기로 했지?

× ◇ ×

문밖에 선 상대가 누구인지 알고 문을 열어 주면서도, 나도 모르게 형사 양반의 어깨 너머를 흘끗거리게 된다.

그 많던 사람들이 순식간에 사라졌고 내놨던 폐지도 없어졌다. 언제 그런 소란이 있었냐는 듯 사람 머리카락 한 올 보이지 않는 고요한 풍경이 도리어 위화감을 주었다.

"폐지 할아버지 말입니다."

"네?"

형사 양반이 가벼운 턱짓으로 가게 문 옆을 가리켰다.

"솜씨가 대단하시던데요? 박스 밟고 서 있지 말라고, 요새 젊은 것들은 왜 이렇게 막돼먹었냐고 호통 몇 번 치시니까 다들 슬금슬금 자리를 피하더라고요. 덕분에 저도 큰 마찰 없이 들어왔습니다."

"할아버지 아니에요."

"예?"

"할머니예요, 그분."

형사 양반의 표정이 묘해졌다.

하긴, 언뜻 보면 할아버지로 오해할 법도 하다. 나도 처음엔 그랬으니까. 벙거지 안에 숨겨진 짧은 커트 머리와 허스키한 목소리 때문에 더 그렇기도 하고.

"근데 왜 혼자 와요?"

"백은조 씨가 그 친구를 별로 안 좋아하는 눈치길래."

"나보다 형사님이 더 안 좋아하는 거 같던데."

"……그런 거 아닙니다."

아닌 게 아닌데? 방금 말하기 전에 멈칫했는데!

"자주 어울리는 사이였나 봐요. 보니까 오래전부터 알고 있었던……."

"그냥 경찰대 동기였습니다."

"네?"

"예?"

형사 양반이 한쪽 눈가를 찡그렸다. 그런 거 아니라더니? 말 안 해 줄 것처럼 그러더니?

"아뇨. 아까 그분이랑 형사님 말고요. 이 두 사람요."

형사 양반의 시선이 내 손끝을 따라 태블릿으로 옮겨 갔다.

리나의 〈리나월드〉. 사라진 커피홀릭과 자주 어울리던 유튜버다. 구독자 수 360만. 주된 콘텐츠는 명품 하울. 진짜, 명품 하울.

"아……. 주요 참고인이라고 하던데요. 선 경위 말로는 벌써 참고인 조사도 마쳤다고 했습니다."

"아아, 그래요?"

"왜요? 뭡니까?"

"뭐가요?"

CCTV 파일 복사본을 받아 들던 형사 양반이 또다시 미심쩍은 눈빛을 보냈다.

"뭐 아는 거 있는 표정인데."

"아닌데?"

"맞는데. 백은조 씨 그런 표정 할 때마다 사고 치던데."

"내가 무슨 사고를 쳤다 그래요?"

"내가 그동안 백은조 씨가 친 사고를 수습하고 다닌 게……정말 하나하나 다 세 봐도 괜찮겠어요?"

아, 맞다. 이 양반과 나는 좋게 좋게가 안 되는 사이지.

"CCTV 영상 봤습니까?"

아, 당연히 봤지. 보지도 않고 영상 사본을 줬으려고?

"이번엔 뭘 찾았습니까?"

찾긴 뭘 찾아, 이 양반아. 그쪽 말마따나 맨날 사고나 치고 다니는데.

"그러지 말고 말하죠?"

아 뭐야, 세탁소가 경찰서야 뭐야. 왜 취조하듯이 이러는데? 이 양반 정말 볼수록 웃기는 양반이네 진짜.

"제가 왜 말해야 되는데요?"

"그야 당연히······."

"세상에 당연한 게 어디 있어요? 형사님, 저랑 형사님이 팀이에요? 제가 형사님 부하 직원이에요? 저는 참고인도 용의자도 아닌데요? 그럼 수사에 협조할지 아닐지는 전적으로 제 의사에 달린 거죠. CCTV 영상 얻은 걸로는 만족이 안 돼요?"

한바탕 쏴붙인 후 고집스럽게 입을 닫는 나를 향해 형사 양반이 손을 내밀었다. 딱 하는 경쾌한 소리와 함께 그의 손끝이 가볍게 부딪쳤다.

"숨 쉬세요."

아, 맞다. 그치, 숨을 쉬어야지. 그래야 살지. 그래야 사는 게 맞는데······. 나 지금 되게 이 양반한테 말리는 기분이 든다? 막 그래 기분이.

"아무튼, 그러니까 제 말은."

"알겠습니다. 알았으니까 그렇게 흥분 안 해도 됩니다."

"그렇게 살살 달래면 내가 속을 줄 알고?"

"속을 줄 알았는데."

"와, 진짜 뻔뻔했다 방금."

"이 직업이 원래 이렇습니다."

말하는 형사 양반의 얼굴이 침착하다 못해 사뭇 진지해 보이기까지 해서 어쩐지 김이 샜다.

"진짜 말 안 해 줄 겁니까?"

이 양반아, 뭘 알아야 말을 하죠.

"진짜 몰라요? 하나도?"

아니. 하나는 안다. 근데 아직 하나뿐이라는 게 문제다.

"짝퉁이에요."

"예?"

"실종된 날 커피홀릭이 입고 있던 원피스. 짝퉁이라고요. 이번 S/S 지방시 신상이고."

"그걸 영상만 보고 어떻게 압니까?"

어허, 이 양반 보게? 지금 비웃었지? 그치? 입꼬리 올라간 거 내가 다 봤어!

"형사님이 지금 입고 있는 폴로셔츠는 톰브라운 제품인데 70만원대예요. 물론 형사님은 몰랐겠지만. 이걸 선물해 준 사람은 형사님이 한동안 자주 입던 그 핑크색 옥스퍼드셔츠를 선물해 준 사람이랑 같은 사람이겠네요. 뭔지 알죠? 저랑 맨 처음에 접촉 사고 났을 때 입고 있던 옷. 선물해 준 분 취향이 굉장히 일관되네. 아, 그리고 혹시 몰라 얘기하는데 그 셔츠도 가격대가 비슷해요. 바지는 형사님이 직접 샀어요. 항상 캘빈 제품만 고집하길래 처음엔 취향인 줄 알았는데 그게 아니라 그냥 귀찮아서 한번 갔던 매장만 맨날 가서 그런 거예요. 운동화는 서너 켤레를 번갈아 신는데 지금 신고 있는 건 나이키 북미 한정판 두 시즌 전 제품. 이것도 선물 받은 거. 근데 셔츠랑은 다른 사람. 뭐, 이래도 커피홀릭이 입고 있던 옷이 짝퉁이 아닐까요?"

형사 양반이 입을 벙긋거리다가 한숨 같은 웃음을 흘렸다.

"아무튼 전 CCTV 영상 달라고 해서 줬고! 아는 거 있냐고 해서 대답 다 했고! 이게 중요한 단서일지 아닐지는 형사님이 알아봐야 하는 거고요. 이제 가세요, 가!"

× ◇ ×

W **wonki** 3개월 전
금수저예요? 맨날 명품 입고 다니네? 아님 학벌이 좋아서 직업이 빵빵한 거? 대체 직업이 뭐길래 ㅋㅋㅋㅋ 일 안 하고 맨날 이렇게 놀러만 다녀요?
▼ 레지나 님 및 다른 사용자의 답글 712개

C **coco** 2개월 전

초반이랑 다르게 갈수록 리나티비 따라 하는 느낌…… 뭐 하는 사람인지 궁금함. 진짜 금수저? 리나랑 어울리는 거 보면 그런 거 같기도 하고…… 리나는 찐이라던데…….

▼ 홍반장 님 및 다른 사용자의 답글 628개

레 **레지나** 2개월 전

얘 그냥 처음부터 작정하고 리나 언니한테 붙은 거예요. 금수저 아님.

▼ wonki 님 및 다른 사용자의 답글 1152개

R **roseamy** 2개월 전

아 헐 ㅠㅠㅠㅠ 이 와중에 언니 너무 예쁘시뮤 ㅠㅠㅠㅠ 원피스 정보 아시는 분?

▼ 막먹는녀석들 님 및 다른 사용자의 답글 98개

× ◇ ×

형사 양반이 다녀간 후 이틀 만에 채널 〈커피홀릭〉 구독자 수가 50만을 넘어섰다.

궁금한 이야기 어쩌고 하는 공중파 프로그램에서 커피홀릭의 실종 사건을 다룬 탓이다. 제발 제보 부탁드린다며 커피홀릭의 친구라는 사람이 모자이크 처리된 화면 너머로 울먹이며 호소하는 인터뷰 영상이 여기저기 퍼져 나갔다.

그러자 동네에 외지인이 전보다 더 많아졌다. 방송이 나간 직후, 마치 기다렸다는 듯 호박카페가 다시 문을 연 탓이기도 했다. 하루에도 몇 번씩 우리 가게를 흘끔거리며 서성이는 사람들 때문에 이틀 내내 블라인드를 내려 둔 채 일하고 있다.

하지만 가십을 쫓아 떼로 몰려온 사람들보다 더 신경 쓰이는 게 있다.

커피홀릭은 대체 왜 짝퉁을 입었을까?

아니, 왜 유튜브 영상을 찍을 때마다 꼭 명품 브랜드 짝퉁만 입고 나왔을까? 부자처럼 보이고 싶어서? 그렇게 해서 얻는 게 뭔데?

솔직히 말하면 커피홀릭이 실종된 날 입고 있던 원피스를 보자마자 한눈에 짝퉁임을 알아차렸던 건 아니다. 형사 양반 앞에선 있어 보이는 척하느라고 단번에 알아챈 척했지만.

커피홀릭은 실종 전에도 그 원피스를 입은 적이 있다. 리나와 함께 한남동에 있는 프렌치 레스토랑을 갔을 때였는데, 그날도 커피홀릭은 스카프를 한 채로 식사를 했다. 코스가 진행될 때마다 행여 뭐라도 흘릴까 싶어 아주 티 나게 조심하면서.

호박카페에서도 마찬가지였다. 흰 바탕에 핑크와 코럴 컬러 꽃무늬가 빼곡한 원피스. 그 원피스와 같은 원단으로 만든 스카프. 그리고 스카프 끝에 묻은 붉은 자국. 대체 어디서 묻은 걸까? 그런 얼룩이 생겼으면 벗을 법도 한데.

벗지 않은 게 아니라 벗지 못한 거다. 탈착이 안 되니까. 진품은 스카프가 탈착식이지만 커피홀릭이 입은 옷은 짝퉁이라 스카프가 분리되지 않으니까.

커피홀릭이 올린 모든 영상에서 입고 나온 옷이 다 그랬다. 모조리 다 짝퉁이었다. 심지어 명품 하울이라며 언박싱을 하는 영상들까지도. 아주아주 정교한 짝퉁.

대체 왜? 굳이 그렇게 집착적으로 짝퉁을 챙겨 입으면서 명품을 입는 척하는 이유가 뭔데?

웃기는 건 커피홀릭이 올린 영상 속에서 리나가 입고 두른 건 죄다 진짜 명품이었다는 점이다. 늘. 단 한 번도 빠짐없이.

커피홀릭이 가진 가짜들을 리나가 정말 몰랐을까? 가짜가 아무리 정교하다고 해도 진짜를 가진 사람은 가짜를 알아볼 수밖에 없기 마련이다.

두 사람은 꽤 자주 붙어 다녔다. 하지만 만날 때마다 늘 영상을 찍는 쪽은 커피홀릭이었고 그 영상을 올리는 쪽도 커피홀릭이었다. 마치 리나와 함께 다니는 것을 과시라도 하듯이.

"무슨 생각을 그렇게 합니까?"

아씨, 깜짝이야.

"진짜 기척 좀 내면서 다닐 수 없어요?"

"동네에 사람이 더 많아졌네요? 다 관광객 같은데."

형사 양반이 피곤한 기색으로 눈가를 꾹 문지르며 물었다.

외지인. 혹은 관광객. 어느 쪽으로 정의하든 이 동네 주민들에게 그리 달갑지 않은 존재인 건 확실하다.

이 불청객들은 동네 구석구석을 향해 카메라를 들이밀고 있다. 커피홀릭 실종 사건이 사람들 입에 하나둘 오르내리기 시작한 이후 호박카페를 찾아왔던 외지인들 사이에서 2단지가 레트로풍 인생사진 명소로 소문이 나기 시작한 탓이다.

군데군데 녹슨 놀이 기구 덕에 어쩐지 더 처량해 보이는 놀이터 사진을 찍고. 낡은 아파트 외관을 찍고. 색이 바랜 상가 간판을 찍고. 단지 내 정자에 앉아 이야기를 나누는 동네 할머니 할아버지의 사진을 찍질 않나. 심한 경우엔 베란다에 널린 남의 빨래 사진을 찍어 감성 사진이라고 보정해 올리기도 한다.

인스타그램엔 호박카페 관련 태그로 #국동아파트2단지가 함께 따라다닌다. 이곳 사람들에겐 일상 공간인데 누군가에겐 핫 플레이스가 된 거다.

불과 사흘 전까지만 해도 팔로워가 겨우 20만쯤에 불과하던 유튜버가 방송 한 번 탔다고 이렇게까지 파급력이 커진다고? 온갖 사람들이 찾아와 호박카페가 열었나 안 열었나 확인할 정도로? 심지어 사람들이 줄줄이 분 낳힌 호박카페를 성지 순례 하듯 찾아왔던 건 실종 사건이 방송을 타기도 전이었다.

"신고가 들어왔습니다."

"아니, 또요? 하여간 이놈의 농네, 난 하루라도 조용할 날

이 없…….”

“백은조 씨가 도둑질을 했다는 신고가 들어왔습니다.”

어처구니가 없어 대꾸를 하지 않았더니 잠시 정적이 흘렀다.

어제저녁 다녀간 그 아줌마가 신고를 한 모양이다. 우리 집에 맡긴 코트 주머니에 다이아 반지가 들어 있었단다. 남편이 결혼기념일에 선물해 준 아주 비싼 다이아 반지. 반지가 있었다면 내가 발견하지 못했을 리가 없다. 세탁물을 받으면 맨 먼저 주머니부터 확인하는데 무슨 소릴 하는 건지. 못 봤으니 못 봤다고 했는데 아줌마는 날 도둑 취급하며 펄펄 뛰었다.

“표정 보니 무슨 일인지 아는 모양인데…… 사실입니까?”

“사실이겠어요?”

형사 양반이 소파에 앉으며 가게 천장을 한 번 훑어봤다.

“가게 안에도 CCTV가 있는 걸 다행으로 여기세요, 백은조 씨.”

이 양반 말본새 봐라? 애초에 그 CCTV를 누가 달았는데?

형사 양반의 시선이 내 손과 얼굴을 번갈아 훑었다. 지난번보다 훨씬 더 익숙하게 CCTV 파일을 착! 복사해 내미는 내가 무척 이상하다는 듯이.

“왜 이렇게 태평합니까? 백은조 씨 지금 절도 용의자로 지목됐습니다.”

“그럼 뭐, 아니라고 펄쩍펄쩍 뛰기라도 할까요?”

“보통은 그게 일반적인 반응입니다.”

"그렇겠죠. 참고인이네 용의자네 하면서 경찰서로 사람 불러 대고 조서 쓰고. 근데 형사님이 직접 여기로 오셨잖아요. 긴급체포 그런 걸 할 거였으면 가게 문턱 넘자마자 미란다원칙 고지부터 했을 텐데 그것도 아니고. 뭣보다, 내가 진짜 범인이라고 생각했으면 그렇게 들어오자마자 자리 찾아 앉진 않았겠죠. 나보다 형사님이 더 태평한데, 지금?"

"제가 지금 백은조 씨 편을 들기라도 한다는 겁니까?"

형사 양반의 목소리가 살짝 뾰족해졌다. 형사 이정도 씨는 방금 막 자신이 객관적이지 못하다는 사실을 깨달았고 그게 불편해진 거다.

좀생이.

"더 정확히 말해 줄까요? 형사님 지금 괜히 화풀이할 데 찾아서 온 거잖아요."

"아닌데. 저 아무한테나 화풀이하고 그런 사람 아닙니다."

"맞는데. 무슨 일 때문인지는 몰라도 광수대 에이스, 그것도 마약 범죄 수사씩이나 했다는 양반이 이런 시골구석에 내려온 게 승진일 리도 없고. 하필 밉상인 동기한테 그런 모습 직접 보인 것도 짜증 나는데 단순 절도 같은 잡스러운 사건 맡으라고 하니까 열 받았잖아요, 지금. 그러니까 내숭 좋게 좋게 빨리 이 사건 치우고 싶잖아요. 내가 그걸 모를까 봐?"

형사 양반의 입매가 일자로 굳었다. 침묵이 이어진다. 긍정이다.

"사건 빨리 해결하면 좋은 건 백은조 씨도 마찬가지 아닙니까? 길게 끌어 봤자 세탁소 평판에 좋을 게 하나도 없을 텐데요. 작업대가 텅텅 빈 걸 보니 오늘 손님이 하나도 없었던 모양인데."

이번엔 내가 입을 다물었다. 참 이상하지. 분명히 다 맞는 말인데 저 양반 입에서 그 맞는 말이 나오면 굉장히 기분 나쁘단 말이야.

"굳이 이번 일 때문이 아니더라도 백은조 씨가 이 동네에서 딱히 평판이 좋은 것 같진 않습니다만."

참 나. 그건 자기도 마찬가지면서. 서에서 사람들이 뭐라고 떠드는지 내가 다 들었는데!

내 평판이 어떤지는 상관없다. 하지만 이 양반 말대로 세탁소 평판이 나빠지는 건 문제다. 이런 작은 사회에선 나에 대한 평가가 곧 우리 가족에 대한 평가가 되니까. 여긴 내 세탁소가 아니라 엄마와 아빠의 세탁소니까.

"강남서 그분이 뭐래요? 아직 커피홀릭 못 찾았죠?"

"네. 못 찾았습니다."

"내가 찾아 줄게요."

"백은조 씨가 무슨 수로?"

"커피홀릭은 내가 찾을 테니까 형사님은 그 다이아 반지 사건 범인 찾으세요. 아니다, 범인 못 찾아도 돼요. 내가 범인이 아니라는 것만 밝히면 되니까. 이틀 안에 해치웁시다. 할 수 있죠? 무려 광수대 에이스였는데."

내가 내민 손을 물끄러미 보던 형사 양반이 가볍게 내 손을 툭 치고 자리에서 일어났다.

"이틀 후에 봅시다. 백은조 씨."

× ◇ ×

추 **추적60인분** 1주 전
영상 쭉 살펴봤는데, 금수저가 취미로 하던 채널인 거 맞는 듯. 흥미 떨어지니까 관둔 거 아닌가? 맨 위에 저 댓글이 진짜 친구면 여기에 댓글을 쓸 게 아니라 신고를 먼저 하는 게 순서라고 봄. 우리끼리 이렇게 심각할 필요 없음.

레 **레지나** 5일 전
금수저는 무슨 ㅋㅋㅋㅋㅋ 얘 원래 이렇게 뻥튀기 잘하는 애임. ○○ 압구정 한** 성형외과 코디였…… ㅋㅋㅋㅋㅋㅋㅋㅋㅋ 거기서도 손님들 엄청 홀렸음. 얘 때문에 필요 이상으로 비싼 시술 받은 손님이 한 트럭 ㅋㅋㅋㅋㅋㅋㅋㅋㅋㅋㅋㅋ

P **pine_c** 5일 전
@레지나
커피홀릭 님이 성형외과 코디였던 걸 윗님은 어케 앎? 그 성형외과 손님이었나 ㅋㅋㅋㅋㅋㅋㅋ 분수에 안 맞게 비싼 시술 받고 어지간히 빡지셨나 봄? ㄱㄱㅋㅋㅋㄱㄱㄱㄱㅋㅋㅋ

S   **susukang**   5일 전

여러분, 우리가 이렇게 싸우는 건 의미가 없어요. 하루라도 빨리 커피홀릭 님 찾아야죠.

레   **레지나**   5일 전

@susukang

찾긴 뭘 찾아요. 그동안 우리 리나 언니 옆에 붙어서 꿀 빨다가 팽 당하니까 나가떨어진 거임. ㅋㅋㅋㅋ 여기 그거 모르는 사람도 있어요? ㅋㅋㅋㅋㅋㅋㅋㅋㅋㅋㅋ

P   **pine_c**   5일 전

@레지나

커피홀릭이 진짜 리나랑 싸우고 해코지당한 거면 어쩔 건데요? 리나가 이 문제에 대해 해명 안 하는 것도 진짜 수상한데?

E   **everglow**   4일 전

윗님들 진짜…… 일이 이 지경인데 저런 말 하고 싶을까?

▼ Lululu 님 및 다른 사용자의 답글 485개

× ◇ ×

　문을 활짝 열어 둔 세탁소 안에서 어디서 많이 들어 본 듯한 음악이 흘러나왔다. 커피홀릭의 마지막 영상에 삽입되어 있던, 제목은 몰라도 귀에는 익은 어느 영화 OST였다.

은조는 그 음악 소리를 배경 삼아 몇 번이나 가게 앞을 왔다 갔다 했다. CCTV 영상에서 커피홀릭이 지나갔던 길을 그대로 따라 걷기를 한참. 스타힐과 2단지를 구분 짓는 철책 앞에 선 은조가 오른쪽으로 고개를 들어 올렸다.

101동.

대체 왜 커피홀릭이 여기서 출발했는지 이해할 수 없었다. 101동과 철책 사이에는 아무것도 없었다. 그렇다고 스타힐 쪽에서 넘어온 것 같지도 않았다. 스타힐과 통하는 철책 출입구는 이쪽이 아니라 반대쪽 1~2호 라인 옆에 있었다.

아래로 내려온 은조의 시선 끝에 11~12호 라인 출입구가 보였다. 바로 이틀 전 은조를 향해 카메라를 들이밀었던 사람들이 서 있던 곳이다.

다시 세탁소 방향으로 돌아선 은조가 천천히 걷기 시작했다. 세탁소를 지나쳐 나오는 작은 삼거리에 서서 어깨 너머로 가게 출입구에 붙은 CCTV를 흘끗 쳐다봤다. 지금 서 있는 자리는 CCTV 시야각에 들어오지 않았다.

유튜브에 올라온 영상은 여기서 한 번 끊겼다. 세탁소 앞을 지난 후 바로 상가 노을광장에서 호박카페로 들어가는 장면이 이어졌다. 영상을 복기하던 은조가 오른쪽 길로 몸을 틀었다. 세탁소에서 상가까지 통하는 가장 가까운 길. 상가 후문 방향이었다.

"아휴 정말, 우리 은조는 그럴 애 아니라니까 그러네!"

막 칼국숫집 코너를 돌던 은조가 발을 멈췄다.

"넌 왜 자꾸 그 딸내미더러 너네 은조라고 하는 거야?"

높고 가느다란 목소리 뒤에 곧바로 들려오는 퉁명한 목소리. 처음은 캔디, 나중은 세라다.

"그러는 언니는 왜 그렇게 백 사장한테 퉁퉁대는 거유? 내가 우리 은조 볼 때마다 난감해서 정말."

"니가 난감할 게 뭐 있어? 그 딸내미가 평소에 동네 사람들한테 얼마나 밉게 보였으면 그런 구설에 올라? 그게 다 지 평판 지가 만든 거야! 나이도 어린 게 사장이랍시고 뻗대니까 그런 거 아냐! 난 그만할 때 광주 숍에서 막내 선생 시다 하느라 밤낮으로 손에 독한 파마 약 묻혀 가면서 울었다. 근데 그 딸내미는 편하게 즈 엄마 아빠 가게 그대로 물려받아서는 어렵고 드럽고 치사한 일 하나도 안 겪어 봐서 걔가 그렇게……."

"어머, 언니! 무슨 말을 그렇게 해? 딸뻘 되는 어린애 질투하는 거유? 부모 덕 봤다고?"

"시끄럽다. 넌 꼭 그렇게 말이 많아."

계단을 오르는 소리와 함께 두 사람의 목소리가 멀어졌다. 상가 2층에 있는 관리 사무소로 향하는 듯했다.

두 사람의 발소리가 완전히 사라지자 은조가 벽에 기대어 있던 몸을 바로 하고 섰다. 문득 고개를 치켜들자 칼국숫집의 낡은 간판이 시야에 걸렸다. 때가 잔뜩 낀 시트지 간판이 어찌나 거슬리는지.

"이딴 시골에서 무슨."

백은조는 낙오자다.

은조는 여태 스스로를 그렇게 정의하고 있었다. 도피하듯 내려와 떠안게 된 시골 세탁소가 누군가에게는 거저 얻은 것처럼 보일 수도 있음을 쉽게 받아들이기 힘들었다.

이렇게 보니 그 많은 팔로워들이 왜 그렇게 커피홀릭이 금수저인지 아닌지에 열을 올리는지 조금 알 것도 같았다. 과정과 노력 없이 그가 누리는 성취만을 곧바로 전시하는 영상들이 얼마나 많은 사람들의 심기를 거슬리게 했을지 불 보듯 뻔했다.

적당한 연출과 편집을 거친 영상들은 하나같이 쇼윈도에 잘 전시해 둔 옷처럼 번듯했다.

상가 후문을 열고 들어오자마자 보이는, 입주 점포들이 내놓은 온갖 잡동사니가 쌓인 어둡고 좁은 복도는 물론이고 문 앞을 지나치기만 해도 불쾌한 냄새가 나는 공용 화장실, 유통기한이 지난 물건만 팔 것처럼 생긴 마트, 장사를 접은 채 을씨년스러운 분위기를 풍기는 칼국숫집까지. 구질구질하다고 여길 만한 건 그 어느 하나도 영상에 제대로 담겨 있지 않았다.

호박카페에 들어선 은조가 구석 자리에 앉았다. 카페 안이 한눈에 들어오는 자리였다.

왜 커피홀릭이 이곳까지 오는 장면을 모두 생략하고 곧바로 카페 내부를 보여 줬는지 알 것 같았다. 언뜻 평범한 시골다방처럼 보이는 외관과는 달리 카페 내부는 영상보다 훨씬 더 화려하고 고급스러웠다. 이런 동네에 이런 카페가 있다는 게 어색하게 느껴질 정도로.

손바닥으로 턱을 괴고 앉은 은조가 비어 있던 손으로 컵에 꽂힌 빨대를 휘적였다. 적게는 둘, 많게는 네다섯씩 모여 앉아 끊임없이 셔터를 눌러 대는 사람들을 지켜보고 있자니 혼자만 이 공간에 어울리지 않는 사람이 된 기분이었다.

마시던 커피가 반쯤 남았을 때 한 남자가 카페 문을 열고 들어왔다.

얇은 여름용 정장 바지에 소매를 돌돌 걷어 올린 가벼운 코튼 셔츠. 스포츠머리에 무테안경. 나이는 50대 초반쯤.

이런 카페에 혼자 커피를 마시러 왔을 리는 없고, 하고 생각하는 순간 남자가 직원들을 향해 거만하게 턱짓을 해 보였다.

카운터 안쪽을 향해 반쯤 몸을 기댄 남자가 직원들에게 뭐라고 말을 붙이는 모습을 바라보던 은조가 컵을 들고 자리에서 일어났다. 그리 크지 않은 가게 안에 꽉꽉 들어찬 테이블 사이를 게걸음으로 걸어 넷. 셋. 둘.

하나.

"앗, 차거!"

"어머! 죄송해요."

은조가 쪼그려 앉으며 바닥에 나뒹구는 테이크아웃 컵을 들어 올렸다. 남자가 금방이라도 욕할 듯한 얼굴로 커피 물이 든 셔츠를 손바닥으로 훔쳤다.

"아이구…… 죄송합니다. 제가 세탁해 드릴게요. 요기 앞에 세탁소가 저희 가게거든요."

"아이씨 진짜. 이거 명품인데!"

남자가 살짝 언성을 높이다가 손님들 눈치를 봤다.

"아이구야, 어디 보자…… 펜디네요?"

남자가 그걸 어떻게 알았냐는 얼굴을 했다. 아주 노골적인 무시가 담긴 표정이었다.

"사장님, 근데 어쩌죠? 이 근방에 이런 명품 세탁할 수 있는 세탁소가 저희 가게밖에 없거든요. 제가 신경 써서 세탁해 드릴게요. 걱정하지 마세요."

은조가 눈썹을 한껏 모으고 미안한 척 주절거리자 남자의 기세가 조금 누그러들었다. 은조도 은조지만 가게 안 손님들의 시선이 쏠린 탓도 있었다.

"사장님, 이거 커피 물이라서 최대한 빨리 세탁해야 하거든요. 지금 세탁소로 같이 가실 수 있을까요? 댁에 입고 가실 만한 옷은 제가 드릴 수 있는데……."

은조가 말끝을 흐렸다. 갈색으로 커피 물이 든 남자의 등과 옆구리를 호들갑스럽게 쳐다본 것은 덤이다.

"갑시다."

남자의 말에 은조가 얼른 카페 문을 열고 노을광장으로 나섰다.

× ◇ ×

"찾았습니까?"

가게 문을 벌컥 열고 들어온 형사 양반이 다그치듯 물었다. 어이가 없어서 다리미 버튼을 눌러 그가 선 방향으로 스팀을 칙칙 내뿜었다. 이 양반 은근히 성질이 급하단 말이야?

"찾긴 찾았죠. 형사님은요? 제가 결백하다는 얘기 온 동네에 소문낼 준비 됐어요?"

"됐습니다."

표정이 자신만만한 걸 보니 뭔가 제대로 잡은 모양이다. 하긴, 제대로 잡고 말고 할 게 뭐 있어. 나는 처음부터 잘못이 없었는데.

아마 형사 양반이 할 수 있는 거라곤 나를 신고한 그 아줌마한테 가서 내게 혐의가 없음을 확인해 주는 것밖에 없을 거다. 이 양반 성미를 보면 이미 그렇게 했을 거고.

괜히 그를 한 번 흘기고 수선 작업대 뒤쪽에 있는 행거에서 셔츠 한 벌을 꺼내 왔다.

"호박카페 사장님 거예요. 스타힐 103동에 사는 분이고."

다림질 작업대에 셔츠를 펼쳐 올리고 세탁 커버를 벗겼다.

"근데 바지사장이에요. 투자자, 그러니까 진짜 주인은 따로 있다고 했어요. 이건 그 투자자한테 받은 선물이고요."

말하는 중간중간 나도 모르게 셔츠 목깃에 붙은 라벨을 만지작거렸더니 그의 시선이 내 손끝으로 따라붙었다.

"설마 그것도 짝퉁입니까?"

"네. 펜디인데 올봄 신상이라고 했대요. 근데 이번 S/S 펜디 남성 셔츠 중에 이런 코튼 셔츠는 전부 칼라 안쪽이나 바깥쪽에 실크 로고 트리밍이 있거든요."

아…… 이렇게 말하면 못 알아듣는 모양이다. 하긴, 지금 자기가 신고 있는 신발이 한정판인 줄도 몰랐던 양반인데 뭘 기대해.

"여기, 이 옷소매에 있는 것처럼요. 다른 소재나 무늬로 라이닝을 해서 포인트를 준다구요."

"아……."

그가 정말 별걸 다 본다는 눈길로 셔츠 옆에 나란히 올려둔 재킷 소매를 매만졌다.

"얼굴도 모르고 메일이나 메신저로만 연락을 주고받는 투자자가 보낸 짝퉁 명품. 어떻게 생각해요?"

"호박카페 진짜 주인이 커피홀릭이라는 겁니까? 그럼 자기 가게라고 홍보 영상을 찍으면 되지 왜……."

"원래 그쪽 생리가 그래요. 뒷광고라는 건데, 리나는 이미 알고 있었을걸요? 호박카페가 커피홀릭 거라는 거."

"참고인 조사 때 기록 제가 다 확인했습니다. 그런 얘기는 없던데요? 커피홀릭이 왜 여기까지 내려와 호박카페에 갔는지 전혀 모르는 눈치였습니다."

"사람들이 늘 진실만 말하는 건 아니에요. 그게 경찰이나 변호사 앞이라고 해도요."

"그럼, 그 바지사장이란 분이 커피홀릭의 소재지를……."

"몰라요."

그 사장님은 모른다. 커피홀릭의 소재도. 자신이 선물 받은 옷이 짝퉁이라는 것도.

"그치만 동네 사람들은 알죠."

"모른다던데요. 탐문 때 분명히 그랬습니다. 수상한 사람이나 외지인은 본 적이 없다고."

"질문이 잘못됐잖아요. 수상한 사람이나 외지인을 찾았으니까 못 봤다고 한 거죠. 대화에서 가장 중요한 건 단어 선택이에요."

형사 양반의 표정이 미묘해졌다. 늘 남들의 거짓을 캐내고 다니는 게 일상인 사람일 텐데. 이 동네 사람들이 거짓말 같은 건 하지 않는 순박한 시골 사람들이라고 생각했을까?

"말했잖아요. 사람들이 늘 진실만 말하진 않는다니까요? 알 만한 분이 왜 이래요?"

형사 양반이 입을 뻥긋거렸다가 입가를 쓸어내렸다.

"자. 이 두 영상의 다른 점을 찾아보세요."

태블릿과 핸드폰에서 영상 두 개가 동시에 재생되었다. 둘 다 커피홀릭이 우리 가게 앞을 지나가던 CCTV 영상이었다.

"영상이…… 두 갭니까? 지난번엔 하나만 줬잖아요."

"뭐, 그렇게 됐네요."

"파트너 하기로 해 놓고 이러기 있습니까?"

"내가 언제 형사님이랑 파트너 한댔어요? 커피홀릭 어디 있는지 찾겠다고 했지."

"그게 그 말…… 하……."

형사 양반이 눈가를 꾹 눌렀다.

"자, 빨리 찾아봐요."

환장하겠다는 얼굴을 하고 있던 그가 언제 그랬냐는 듯 날카로운 눈빛으로 영상을 훑기 시작했다.

"이쪽은 방송 시작 전, 이쪽은 방송 시작 후 같은데요."

"라이브는 아니었으니까 정확히는 촬영 전과 후예요. 둘 다 카메라를 들고 있긴 한데 왜 굳이 같은 장면을 두 번이나 찍었을까요?"

형사 양반이 잘 모르겠다는 듯 슬쩍 내 눈치를 봤다.

"여기요."

영상 두 개가 같은 장면에서 멈췄다. 가게 앞 CCTV에 가장 근접한 순간이 찍힌 장면이었다. 정지한 화면 속 커피홀릭의 상반신을 확대했다.

"깨끗하죠?"

가게를 물려받고 CCTV를 새로 설치하면서 큰돈을 들인 게 이럴 때 쓸모가 있을 줄이야. 제법 선명한 컬러 영상 속에서 커피홀릭이 입은 화려한 꽃무늬 원피스는 누가 봐도 깨끗했다.

"지난번에 말했죠? 이 원피스 이번 시즌 신상이라고. 옷의 무늬가 전체적으로 화려해서 처음엔 저도 알아채질 못했는데 여기 스카프 때문에 안 거예요. 스카프 끝에 빨갛게 얼룩덜룩한 자국 보이죠? 김치 국물이에요."

"김치 국물이요?"

형사 양반이 황당하다는 얼굴로 반문했다. 그치, 황당하지. 이걸 발견한 나도 그랬는데 이 양반은 오죽할까.

"처음에는 깨끗한 옷을 입고 가게 앞을 지나갔는데 다시 왔을 때는 스카프 끝에 김치 국물이 튄 채로 촬영을 했어요. 이 원피스에 달린 스카프는 진짜 명품이라면 탈착식이구요. 그러니까 스카프를 안 할 수도 있었다는 거죠. 근데 굳이 이렇게 김치 국물이 묻은 스카프를 계속 하고 있다? 뗄 수 없으니까 그런 거예요. 짝퉁이니까. 탈착이 안 되는 옷이었던 거죠. 혹시나 해서 이 사람 다른 영상도 몇 개 확인해 봤는데 입고 나온 옷 대부분이 짝퉁이었어요. 누가 봐도 '아, 저건 어느 브랜드의 뭐다' 싶은 건 전부 다요. 그리고 이전에도 이 옷을 입고 촬영한 적이 있는데 그때도 스카프에 뭐가 묻진 않을까 엄청 신경 쓰고 조심하더라구요. 형사님도 보시다시피 이 스카프가 좀…… 지나치게 크고 거추장스럽잖아요."

내 말에 그의 시선이 스카프에 꽂혔다. 목 주변에 커다랗게 꽃 모양이 잡혀 있고 그 밑으로 남은 천이 가슴 아래까지 길게 늘어진 스카프.

"두 영상 사이에 시간 차가 20분밖에 안 됩니다. 어디선가 식사를 하려면 이 단지 밖으로 나가야 할 텐데 그러기엔 시간이 너무 촉박하지 않습니까? 이 단지 안에는 식당이 없는 걸로 알고 있는데요."

"있잖아요. 한 군데."

형사 양반이 살짝 인상을 썼다. 내가 말도 안 되는 소릴 한다는 듯이.

"맞아요. 형사님이 생각하는 거기. 상가 칼국숫집이요."

"백은조 씨 추리가 맞다 치죠. 저 옷이 짝퉁이라 스카프가 탈착식이 아니라고. 하지만 그렇다고 해서 커피홀릭이 칼국숫집에서 식사를 했다는 증거가 될 순 없습니다. 게다가 그 칼국숫집은 세 달도 넘게 닫혀 있었다고 했습니다."

"아니요, 확실해요."

"무슨 말도 안 되는 소릴……."

"어머! 형사님 벌써 와 계셨네?"

형사 양반이 뭐라 말을 더 이으려는 찰나 캔디 사장님이 가게 안으로 들어왔다.

"알아보셨어요?"

"그러엄. 내가 딱 알아 가지고 왔지. 우리 백 사장 부탁인데 내가 그런 것도 못 해 주려고?"

사장님이 싱긋 웃으며 앞머리 끝을 매만졌다.

"어디래요?"

"요기, 101동 211호."

"감사합니다."

고개를 꾸벅 숙이자 캔디 사장님이 어휴, 하며 다가와 내 팔을 쓰다듬었다.

"백 사장. 사람들이 하는 말 너무 신경 쓰지 마. 코딱지만 한 동네라 그래. 나도 처음에 여기 자리 잡을 때 얼마나 시달렸는데! 외지인이라고! 내가 여기서 장사한 지 올해로 20년째인데 아직도 내가 이 동네 토박이가 아니라고 머시기 하게 굴 때가 있다니까!"

사장님이 이젠 다 지난 일이라는 듯 가벼운 투로 말했다. 그동안 왜 그리 은근하게 내 편을 들었는지 알 것 같았다.

아마 이 동네에서 처음 만화방 문을 열었을 때 캔디 사장님은 나와 비슷한 나이였을 거다. 언제 어디서나 젊은 여자는 사람들이 씹고 뜯을 만한 표적이 되기 쉬운 법이다. 이런 폐쇄적인 동네에서라면 더더욱.

"아, 그리고 마트 최 사장 언니한테 들어 보니까 우리 백 사장 말이 맞던데? 최근에 한 번 할매가 가게를 잠깐 열었다가

닳은 날이 있었대. 은조는 그걸 어떻게 알았어?"

캔디 사장님의 물음에 형사 양반의 눈이 커졌다. 그것 봐라 이 양반아, 내가 뭐랬어?

"칼국수 할머니 손녀예요. 커피홀릭."

"칼국수 할매네 손녀? 그 유튜번지 하는 그 아가씨는 서울 사람이라며?"

캔디 사장님이 말끝에 어머, 어머를 붙이며 입을 가렸다.

"본인 소유 카페를 남의 가게처럼 자기 채널에서 홍보한다. 거기까진 그렇다 치고. 칼국수 할머니 댁 손녀라고 하는 건 좀 비약 아닙니까?"

형사 양반의 말에 캔디 사장님이 그의 눈치를 보며 살짝 손을 들었다.

"그…… 최근에 칼국수 할매네 손녀가 할매 집에 와 있긴 한데……."

"지난번에 저한테는 본 적 없다고 하셨잖습니까?"

"아니, 그게! 형사님이 보여 준 사진이랑 우리가 아는 얼굴이랑은 좀 달라서 그렇지이. 화장을 너무 진하게 한 사진이라 그런가……."

캔디 사장님이 따지듯 묻는 형사 양반의 눈을 피해 시선을 돌렸다.

"왜 사장님한테 짜증을 내요? 내가 말했잖아요. 대화에서 가장 중요한 건 단어 선택이라니까요? 수상한 사람 봤냐, 외지인 봤냐. 그렇게 물어봤잖아요."

형사 양반이 또 손끝으로 눈가를 꾹 눌렀다. 내가 이거 뭔지 알지. 완전 열 받은 거거든 지금. 그래도 뭐 어쩔 수 있나. 열 받은 건 열 받은 거고 찾을 사람은 빨리 찾아야지.

× ◇ ×

"오늘은 드디어 론칭한 리나백 리뷰를 할 거예요. 제가 또 일을 대충은 못 하는 성미인 거 아시죠?"

리나가 화면을 향해 눈을 찡긋하며 앞에 놓인 백을 손끝으로 쓸었다.

"우리 리나월드 여러분께 제일 먼저 보여 드리는 아이인 만큼, 퀄리티에 정말 정말 신경을 썼어요. 요 아이를 위해 제가 뜯어서 해체한 백이……. 그동안 여러분이 보셨던 언박싱 영상에 나왔던 아가들의 절반은 바로 이 리나백을 위해 희생되었답니다."

말을 마친 리나가 눈썹을 아래로 축 늘어트렸다. 눈썹을 따라 같은 모양으로 휘는 리나의 입술 끝을 바라보던 여자가 코웃음을 치며 댓글 창을 열었다. 리나의 전매특허인 '갸륵한 표정'을 보고 있으니 속이 부글부글 끓었다. 오늘도 저 표정에 속는 구독자들이 얼마나 많을지, 어떤 댓글들이 달려 있을지 훤히 보였다.

리나가 늘 '우리' 리나월드 여러분이라고 부르는 구독자들은 단순히 채널의 구독자라기보다는 리나의 극렬한 추종자에 가까웠다. 여자 또한 바로 얼마 전까지는 리나의 극성 추종자 중 한 명이었다. 아니, 솔직히 말하자면 아직도 그랬다. 여자는 리나를 부러워했지만 동시에 질투했다. 명백한 애증이었다.

비슷한 종류의 채널 중 최단 시간에 100만 구독자를 달성하고 골드 버튼을 받은 리나의 파급력은 거의 연예인과 맞먹었다. 리나 같은 인플루언서들은 TV 속 아이돌이나 배우들보다 접근성이 좋으면서도 그에 버금가는 환상을 채워 주는 존재였다. 추종자들은 리나가 입은 것, 먹은 것, 바르고 쓰는 것을 따라 사며 리나와 더 가까워지는 듯한 착각에 빠졌다.

물론, 모두가 추종자인 건 아니었다.

M **molamona** 21분 전
그렇게 금수저 흉내 내더니 결국 팔이피플행 ㅋㅋㅋㅋㅋㅋㅋ ㅋㅋㅋㅋㅋㅋㅋㅋㅋㅋ 명품st 팔아서 정작 본인은 명품 사서 들고 다니는 거 보소 ㅋㅋㅋㅋㅋㅋㅋㅋㅋㅋ
▼ 리나사랑 님 및 다른 사용자의 답글 758개

여자는 입가를 씰룩이며 댓글에 '좋아요'를 눌렀다. 이제 저 댓글은 반나절이 채 지나지 않아 베스트 댓글 최상단에 오를 거다. 수많은 대댓글을 주렁주렁 단 채로.

천천히 스크롤을 내리던 여자의 손이 멈추고 등 뒤에서 방문이 벌컥 열렸다.

"아가, 뭐 하나라고 불러도 그러고 있냐."

"아, 할머니! 내가 방해하지 말랬잖아!"

여자가 손에 쥐고 있던 마우스를 던지듯 내려놓으며 소리를 질렀다.

"좀 나와 보니라. 형사님이 볼일이 있다근디……."

할머니가 방문 곁에 선 정도를 흘끔 곁눈질하자 여자의 눈가가 새빨개졌다.

"아, 진짜! 그냥 막 문 열어 주면 어떡해!"

여자가 벌떡 일어나 할머니를 밀치듯 방 밖으로 나와 쾅 소리 나게 문을 닫았다.

"문해미 씨 되시죠?"

"그런데요?"

"유튜버 커피홀릭. 본인 맞으시고요?"

정도가 경찰 신분증을 내보이자 커피홀릭이 그 옆에 서 있던 은조를 향해 턱짓했다.

"그쪽은요?"

"이, 여기 아가씨는 요 앞에 세탁소집 딸이여."

할머니의 말에 커피홀릭이 은조를 위아래로 훑었다.

"이분은 중요 참고인입니다. 어쨌든, 본인 맞으시죠? 실종

신고 건 관련해서 왔습니다."

"실종? 저 멀쩡하잖아요. 그래서 뭐 어쩔 건데요? 제가 도둑질을 했어요, 사람을 때렸어요? 별것도 아닌 걸로 난리야, 진짜 짜증 나게."

허리까지 치렁치렁한 머리를 쓸어 넘기던 커피홀릭이 "아씨……" 작게 중얼거리며 손톱을 살폈다. 한동안 제대로 관리받지 못해 손톱 위에 헐겁게 붙어 있던 네일 스톤 사이로 머리칼 하나가 뜯겨 들어가 있었다.

"어쨌든 사건이 접수된 상태이기 때문에 서까지 함께 가서서 조서를 작성해 주셔야 합니다."

"미쳤어요? 내가 경찰서를 왜 가?"

"아가, 그러지 말고 이분들 말을 좀……."

"아, 할머니는 좀 가만히 있으라고!"

커피홀릭이 팔을 붙잡는 할머니의 손을 쳐 냈다. 짝 소리와 함께 거실 분위기가 싸늘해지고 할머니의 얼굴에 당혹스럽고 서글픈 표정이 떠올랐다가 사라졌다.

"괜찮으세요? 어디 좀 봐요."

은조가 할머니의 어깨를 감싸며 조금 뒤로 물러섰다. 손등을 감싸 쥔 할머니가 은조와 정도, 커피홀릭의 눈치를 차례로 보기 시작했다. 어깨를 움츠린 채 빨개진 손등을 애써 감추면서.

"더 소란 피우지 말고 같이 가시죠."

정적을 깨는 정도의 말에 커피홀릭이 크게 숨을 들이마시는가 싶더니 실핏줄이 도드라진 눈을 홉떴다.

"어떻게 알고 왔어요?"

"세상에 비밀이 어디 있어요?"

할머니의 손등을 살피던 은조가 대꾸하자 커피홀릭은 별 같잖은 소릴 한다는 듯 또다시 은조를 위아래로 훑었다.

"거긴 좀 빠지지?"

"말조심하세요."

"뭐?"

"말씀 함부로 하지 마시라구요."

냉랭하게 대꾸한 은조가 여태 할머니를 향해 숙이고 있던 허리를 바로 펴고 섰다. 은조는 커피홀릭이 자신에게 했던 그대로, 노골적인 눈빛으로 커피홀릭을 위아래로 훑었다.

"오늘은 르메르네요?"

"허? 촌구석 세탁소에서 이런 것도 알아볼 줄 알고?"

빈정대는 커피홀릭을 빤히 보는 은조의 입가에 미미하게 웃음이 걸렸다. 그러자 정도의 목울대가 울렁였다. 지난번에 포주 이야기를 할 때도 저런 얼굴이었는데. 이쯤에서 말려야 하는 게 아닌가 싶은 생각이 들었다.

"그럼요. 짝퉁은 더 알아보기 쉽거든요. 탈부착이 안 되는, 김치 국물 묻은 스카프가 달린 원피스처럼요."

'짝퉁'에 방점을 찍으며 말한 은조가 생글생글 웃으며 말을 이었다.

"그쪽이 입고, 신고, 들고 나온 거. 전부 다 짝퉁이더라구요? 진품은 하나도 없던데. 아, 딱 하나 진짜가 있긴 했네. 그쪽이 아주 소중하게 다루던 루이 비통 스피디 35. 근데 그렇게 매번 무릎에 올려 두기에 35는 사이즈가 좀 크지 않나?"

커피홀릭의 얼굴이 새빨개졌다. 들키고 싶지 않은 걸 들킨 사람처럼.

"세상에, 천만 원이 넘는 버킨은 바닥에 아무렇게나 턱턱 내려놓고 굴리면서 10분의 1 가격밖에 안 되는 스피디를 그렇게 소중히 감싸 안고 있으면 그게 티가 안 나겠어요? 아, 그리고 지금 입은 그 원피스 말이에요. 진품은 어깨 스트랩이 엘라스틱 밴드거든요. 저지가 아니구."

커피홀릭이 은조를 무섭게 노려봤다. 금방이라도 달려들어 머리를 쥐어뜯을 기세였다. 심상치 않은 분위기에 정도가 중재에 나서려는 찰나 은조가 다시 입을 열었다.

"왜 그랬어요? 그냥 진짜 순수하게 궁금해서요. 왜 남의 가게인 척한 거예요?"

"허, 시골 촌년이 뭘 알겠어. 거기 형사님도. 한남 더힐 알아요? 모르죠? 그 집 사려면 돈이 얼마나 있어야 되는 줄은 알아요? 내 가게 내가 홍보해서 돈 좀 벌겠다는데 대체 당신들이 무슨 상관이야?"

바락 소리를 지른 커피홀릭이 거친 손길로 머리칼을 쓸어 넘겼다.

"돈? 다들 돈 벌고 싶어 해요. 근데, 그렇다고 사람들이 다 그쪽처럼 치사한 방법을 쓰진 않거든요. 아이디 여러 개 돌려가면서 리나TV 영상마다 악플 달았죠? 그건 왜 그랬어요?"

커피홀릭이 입을 닫았다. 아무래도 은조가 제대로 짚은 모양이었다.

"뭐야, 혹시 진짜로 성형외과 코디였어요?"

"너 그건 또 어디서 들었어?"

"몰랐어요? 사람들 다 알아요. 벌써 그쪽 영상마다 커피홀릭 과거가 어쨌네, 원래 직업이 뭐였네, 베댓 경쟁하는데 진짜 몰라요? 리나한테 악플 다느라 정작 본인 영상은 모니터링을 안 했나 보네."

"유튜브로 천년만년 돈 벌 수 있을 것 같아? 구독자가 300만이 넘는 리나 같은 애들도 결국은 팔이피플이 되는 게 유튜브 판이고 인스타 판이라고! 리나 같은 성괴도 신분 세탁해서 돈을 쓸어 모으는데 나라고 못 할 건 뭐야? 어? 나만 이러는 것도 아닌데 왜 나한테 이러냐고!"

성괴. 커피홀릭이 뱉은 단어에 은조와 정도가 시선을 주고받았다.

리나가 참고인 조사를 받으면서도 두 사람이 '진짜' 어떤 관계인지 말하지 않았던 것도. 두 사람 사이를 두고 팔로워들이 이러쿵저러쿵 말을 얹었을 때 리나가 끝내 아무런 해명 없이 입을 다물었던 것도. 이유는 하나다.

상대의 약점을 들추려면 내 약점을 드러내야 하기 때문에. 커피홀릭과 리나의 과거는 연결되어 있으니까.

리나와 커피홀릭은 유튜버가 되기 전부터 알던 사이였던 거다. 커피홀릭이 성형외과 코디였을 때부터.

"리나한테 호박카페 방문 영상 찍어 달라고 계속 부탁했죠? 그쪽보다 조회수도 잘 나오고 팔로워도 훨씬 많으니까. 아, 부탁 아니고 협박인가? 그때 이미 돌이킬 수 없을 정도로 사이가 틀어졌겠네요. 그쪽이 협박할 때마다 리나도 카페든 과거 얘기든 당신 약점 물고 늘어졌을 거고. 그래서 리나 엿 먹이려고 잠수 탄 거죠? 실종인 척 리나가 연관된 것처럼 보이게 하려고. 그 전부터 리나랑 사이가 조금씩 틀어지고 있었다는 거 영상에서 은근하게 내비친 것도 그것 때문이잖아요."

"너 이 씨발, 입 안 닥쳐? 금수저? 지랄하네! 그년 그거 다 남자한테 뜯은 돈으로 금수저 행세하는 거야! 얼굴 싹 갈아엎고 꽃뱀 짓거리 하는 년도 있는데 내가 뭘 잘못했는데? 어?"

번들거리는 눈으로 바락바락 소리를 지르던 커피홀릭의 시선이 여태 은조에게 기대듯 서 있던 할머니에게 향했다.

"거 봐! 그러니까 내가 그날 안 먹는다고 했잖아! 밥 한 끼 안 먹는다고 죽어? 난 칼국수 싫다고, 지긋지긋하고 구질구질하다고 내가 몇 번을 말했어? 이게 전부 다 할머니 때문이잖아! 해 준 것도 없으면서 왜 맨날 이렇게 내 발목을 잡아? 일생에 도움이 안 돼! 할머니도 그놈의 칼국수도 씨발 다 지긋지긋하다고!"

"정말 듣자 듣자 하니까."

작게 중얼거린 은조가 눈을 부릅뜨는 찰나, 할머니가 조심스러운 손길로 정도의 팔을 붙잡았다.

"나가 야를 혼자 키우니라고, 잘 먹이고 잘 입히고 그러질 못해서 그려. 원래는 아주 착하고 성실한 애요 우리 애가. 다 나 잘못이요, 그러니까 형사 양반이 한 번만 눈감고 넘어가 주소. 응?"

정도의 팔에 달라붙은 할머니의 손끝이 떨리는 모습을 차마 더 보지 못하고 은조는 고개를 돌리고 말았다.

× ◇ ×

커피홀릭 실종 자작극의 전말!
커피홀릭 경찰차 탑승 장면(무편집)
호박카페 전 매니저가 말하는 커피홀릭의 실체!
커피홀릭 성형외과 코디 시절 썰 모음
호박카페 전 메뉴 리뷰

앱을 켜고 검색창에 커피홀릭을 치면 커피홀릭의 영상보다 그를 둘러싼 가십을 다룬 영상이 더 위에 노출되기 시작한 후

며칠이 지나도록 별다른 반응이 없던 커피홀릭은, 8월이 끝나 갈 무렵 영상 하나를 올렸다.

팔이피플🧳은 되고 싶지 않았습니다.

영상의 제목은 언뜻 반성이나 후회 따위의 감정을 띠고 있는 듯하면서도 '팔이이플'이라는 단어 뒤에 붙은 가방 모양 이모티콘이 묘하게 께름했다.

30분 남짓한 영상 속 커피홀릭의 얼굴은 이전보다 수척해져 있었다. 뭐, 그렇게 보이게 메이크업을 했을 수도 있고.

무　**무아지경** 1일 전

제목에 저 이모지 꼭 누구 저격하는 거 같지 않음? 리나라든가…… 리나라든가……

▼ 리나사랑 님 및 다른 사용자의 답글 205개

리　**리나사랑** 6시간 전

내가 팩트만 정리해 줌. 얘 우리 리나 님한테 열등감 있는 거 맞음 ㅋㅋ 리나 님이 영상 올리면 30분 이내 칼답으로 맨날 댓글 달았던 거 리나티비 구독자 중에 모르는 사람이 없음 ㅇㅇ 제목에 가방 이모지도 우리 리나 님이 맨날 쓰는 건데 진짜 얘 왜 이럼? 저격임? 열등감 표출 작작 해라 ㅋㅋㅋㅋㅋㅋㅋㅋ ㅋㅋㅋㅋ

Y　**yoloyolo**·6시간 전

이분은 진짜 꾸준하다 꾸준해.

T   **toto** 5시간 전

@yoloyolo

ㄹㅇ…… 빠가 까를 만드는 거 사이언스죠? ㅋㅋㅋㅋㅋㅋㅋ

E   **everglow** 5시간 전

리나사랑…… 닉넴 바꾸면 모를 줄 아나? 님이야말로 진짜 작 작 좀 하세요.

E   **everglow** 5시간 전

반성하고 있으면 된 겁니다. 돈 버는 방식은 각자 다른 거고 직 업에는 귀천이 없다지만 그래도 앞으로 거짓말은 하지 마세 요. 마지막으로 믿고 응원하겠습니다.

▼ 막먹는녀석들 님 및 다른 사용자의 답글 174개

구독자 수는 반의반 토막이 났지만 최신 영상에 달린 댓글 수는 오히려 이전보다 더 많았다. 앞으로도 한동안 커피홀릭 은 이렇게 사람들 사이에서 씹고 뜯기 좋은 유희의 대상이 될 거다.

4시 52분. 알람이 울렸다. 오늘같이 딱히 내놓을 폐지가 없 을 때도 이 시간이 되면 자연히 밖을 한번 내다보게 된다. 열 어 놓은 문 너머에서 지난주보다 기세가 조금 누그러든 매미 소리가 들려왔다.

[근데, 정말 그 댓글들 하나하나 다 읽어 봤어요?]

아, 이 양반은 아직도 이게 궁금한가? 정말 집요한 양반일세.

[그걸 어떻게 다 읽어 봐요? 두 사람 영상 합쳐서 200개가 넘는데. 형사님은 SNS 안 하죠? 이게 딱 보면 딱이에요. 유튜 버니 인스타그래머니 하는 사람들 사이에서 흔한 일이라구요. 자기들끼리 친한 척했다가 또 금방 틀어지는 거.]

자기네끼리 비싼 선물을 주고받으면서 '내 동생', '우리 언 니' 하다가도 어느 날 수틀리면 돌연 서로를 공격하는 게 인플 루언서들이 모인 바닥의 생리다.

좀 더 영악한 쪽은 직접 상대에게 시비를 걸고 싸우는 게 아니라 팔로워들을 이용해 은근하게 싸움을 붙이거나 상대의 구설을 만들고 자신은 피해자 코스프레를 하는 방법을 쓴다. 리나가 그랬던 것처럼.

커피홀릭의 영상마다 악플을 달며 따라다니던 사람이 정 말로 리나의 '순수한' 팔로워였을 리 없다. 리나도 결국 커피홀 릭과 똑같은 짓을 하고 있었던 거다. 직접 했든 남의 손을 빌 려서 했든.

아니, 사실 커피홀릭 실종 사건은 인플루언서들의 다툼 때 문이 아니라 커피홀릭의 욕망 때문에 일어난 일이다. 더 있어 보이고 싶어서. 더 화려한 척하고 싶어서. 구질구질한 시골에 서 벗어나고 싶어서.

이런 시골 바닥에서 나고 자란 평범한 애들과는 다르다는 걸 증명하고 싶어 했던 백은조처럼. 그래서 일부러 아득바득 우겨 가며 패션 디자인을 전공으로 선택하고 서울로 올라간 백은조처럼.

세탁소집 딸내미였던 게 한 번도 부끄러웠던 적 없었다고 했던 건 사실 거짓말이다. 나는 여전히 여길 벗어나고 싶고 있어 보이는 화려한 직업을 가지고 싶다.

그러니까 이제 인정해야 한다. 나는 이 동네를 떠나기 위해 여태 백은수 핑계를 대고 있었다는 걸. 언니 이름만 들어도 아파서, 그래서 도망친다고 스스로에게 거짓말을 하고 있었다는 걸. 그리고 이쯤에서 이제 정말 이 동네에서의 내 평판을 신경 쓸 때가 되었다는 것도.

인생은 그렇게 드라마틱하지 않다.

모두가 화면 속 주인공처럼 화려하게 살 수도 없다.

하지만 화면 밖에서도 사람들은 여전히 살아간다. 살아가고 있다.

잔잔하고 심심하게. 그리고 아주 평범하게.

4
신데렐라의 드레스

〈일주일 뒤에 찾으러 오겠습니다.〉

아니…… 무슨 세탁물을 이렇게 맡기고 가?

작업대 앞에 멍하니 서 있다가 쇼핑백에 들어 있는 것들을 꺼냈다. 블라우스 두 벌과 스커트 한 벌. 그리고 5만 원짜리 지폐. 원하는 수선 사항을 차분한 투로 꼼꼼하고 자세히 적은 쪽지를 다 읽은 후 지난밤에 녹화된 CCTV 영상을 되돌려 봤다.

5시 55분. 동이 트기 직전 우리 가게를 찾은 손님은 점퍼와 바지는 물론이고 신발과 모자까지 온통 검은색으로 휘감은 여자였다. 초가을 새벽 공기가 제법 시원하긴 해도 저렇게 무장하기엔 아직 이른 것 같은데.

어깨까지 오는 어중간한 길이의 머리를 하나로 질끈 묶어 맨 여자는 문 앞에 달린 CCTV를 발견하자 쓰고 있던 마스크를 눈 아래까지 치켜올렸다. 살짝 수상해 보이는 행색과는 달리 여자는 무척 조심스러운 손길로 쇼핑백을 문 앞에 두고 돌아섰다.

이걸 어쩐다…….

잠시 고민하다가 작업대 앞에 쪽지를 붙여 두고 장사 준비를 시작했다.

세탁기 두 대와 건조기 한 대에 차례로 전원을 올리고, 다리미 스팀 보일러가 돌아가며 내는 윙 소리를 듣다가, 가게 안에서 가장 작은 행거에 오늘 손님들에게 되돌아갈 옷들을 차곡차곡 걸고.

마지막으로 가게 문을 활짝 열었다.

백조 세탁소의 하루가 시작됐다.

오늘의 첫 손님은.

"아이고야! 우리 동네에 이런 예쁜이가 다 있네?"

나보다 살짝 작은 키. 나이에 비해 숱이 풍성한 머리를 올백으로 넘긴 50대 남자분이다.

"안녕하세요?"

"나는 안녕한데 우리 예쁜 아가씨는 안녕하신가?"

백정장에 백구두 차림. 웃을 때 입꼬리를 따라 들어가는 보조개. 장난스러운 윙크. 입안에서 혀를 튕겨 내는 이상한 똑

딱 소리. 아…… 나 이분 누군지 알 거 같은데. 근데 굳이 먼저 아는 척하고 싶지는 않은 상대다.

"우리 집사람이 맡긴 옷 찾으러 왔는데. 요 앞에 미용실."

"네, 잠시만요."

행거를 뒤적거리는 내 뒤에서 쟈니 사장님이 노래를 흥얼 거렸다.

"우리 동네 세탁소에는 아가씨가 예쁘다네."

세상에! 나 지금 표정 관리가 잘 안 되는데.

오늘 마수걸이는 굉장히 망한 것 같다. 진짜, 진짜로.

× ◇ ×

[감식 결과 나왔는데 보디 오일 맞습니다. 대체 어떻게 알 았습니까?]

어떻게 알긴요 이 양반아, 척 보면 척이지. 입가를 씰룩이 며 낚시 의자에 드러누워 메시지를 입력했다.

[세탁소집 딸내미 짬이 몇 년인데요. 어쨌든 이번엔 형사님 이 저한테 빚진 거예요.]

세탁소집 딸내미 경력이 올해로 25년. 그중 사장 경력은 이제 6개월쯤. 척 보면 척! 하는 눈썰미는 어릴 때부터 수없이 보고 들어온 것들이 차곡차곡 쌓여 만들어 낸 결과물이다.

세탁소에 오는 모든 옷에는 그 주인의 취향, 습관, 취미, 직업 같은 정보가 묻어 있다.

여태 한 번도 가족들 중 누군가가 대신해서 세탁소에 오는 일이 없던 여자 손님 집에서 남편이라는 아저씨가 본인 옷이라며 와이셔츠를 맡겼을 때. 그런데 그 전까지 그 집에서 오는 세탁물에서 셔츠나 정장을 발견한 적이 없을 때. 그의 가족 중 누구도 그가 셔츠를 맡겼다는 걸 모를 때. 값싼 셔츠와는 어울리지 않는 고급 브랜드의 보디 오일 자국과 향이 목깃에 희미하게 남아 있는 것을 찾아냈을 때.

옷을 만지고 들여다보는 모든 순간 무심하게 스치듯 본 정보들이 차곡차곡 쌓여 하나의 그림을 만들어 낸다.

[이 사건, 백은조 씨랑도 연결되어 있는 거잖습니까. 그리고 빚이라니, 파트너끼리 너무한 거 아닙니까? 내 덕에 진짜 범인도 찾고 누명도 벗었는데.]

얼씨구? 이 양반아, 내가 왜 댁이랑 파트너예요? 그리고 그 진짜 범인도 결국 내가 알려 준 단서 때문에 잡은 거잖아? 동네에서 내 평판이 어쩌고 하면서 자기가 다 해결해 줄 것처럼 하더니. 결국 내 누명 내가 벗은 건데! 답을 보내는 대신 구시렁거리며 핸드폰을 내려놓기 무섭게 다시 메시지 알림이 울렸다.

[설마 내가 오버하지 말랬다고 아직도 꽁해 있는 겁니까?]

꽁하긴 누가 꽁해, 이 양반아! 사람을 막 이렇게 맘대로 소심하고 뒤끝 있는 캐릭터를 만들어도 되는 건가? 빈틈의 지팡이가? 애초에 첫 단추를 잘못 끼운 게 누군데! 허위신고라며?
오버라며?

"뭘 그렇게 구시렁거리냐?"

"엄마야! 할머니, 깜짝 놀랐잖아요!"

"니가 무슨 토끼여? 뭘 맨날 그렇게 놀라 자빠져?"

아닌데요? 저 쥐띠거든요.

"얼른 박스 내와라, 오늘 바쁘다."

"오늘은 쇼핑백밖에 없어요."

내가 리어카에 쇼핑백을 싣는 사이 신선놀음하듯 내 낚시
의자에 앉아 있던 할머니가 작게 노래를 흥얼거렸다. 대동강
이며 을밀대를 찾는 노래였다.

처음부터 관계의 단추를 잘못 끼운 사람이 여기 또 있다.
깡마른 체형에 쭉 찢어진 눈매, 연세답지 않은 총기가 번쩍번
쩍하는 이 할머니는 우리 동네 폐지 할머니다. 성함? 모르지.
그냥 할머니다. 할머니.

"바쁘시다면서요?"

눈을 가늘게 뜬 할머니가 나를 향해 손바닥을 척 내밀었
다. 바로 이거다. 잘못 끼운 단추가.

가게 냉장고에 있던 요구르트 한 줄을 들고나왔다. 소중한
브레이크 타임에, 그보다 더 소중한 간식 시간을 방해하는 건
분명히 할머니지만 어쨌든 단추를 잘못 끼운 건 나라서 별수
없이 요구르트 다섯 개 중 하나를 뚝 떼어 할머니에게 드렸다.

할머니의 마른 등이 괜히 신경 쓰여 쭈뼛거리다가 처음으로 요구르트를 나눠 드렸던 그날 그 순간으로 돌아가더라도 아마 내 선택은 딱히 달라지지 않을 거다. 그러니 할머니가 이렇게 폐지는 물론이고 요구르트까지 맡겨 놓은 듯 굴어도 어쩔 수 없다.

"이제 매미 소리도 안 나고 좋네요. 조용하고."

의자 하나를 끌어다 할머니 옆에 앉았다. 남아 있는 네 개의 요구르트가 흐트러지지 않게 비닐 포장을 잘 붙잡고 빨대를 꽂는다. 병 하나에 빨대 하나씩. 차례로 콕. 콕. 콕. 또 콕.

할머니는 늘 내가 두 번째 병을 마실 때쯤 요구르트를 마신다. 이건 뭐…… 내가 기미 상궁인가? 혹시 독이라도 들어 있을까 봐?

평소에는 요구르트를 다 비운 후에도 10분쯤 앉아 있다 가는데 오늘은 어쩐 일인지 요구르트병이 비자마자 자리에서 일어났다.

"조용하면 또 시끄러운 일 생기는 법이다. 조심혀."

말을 마친 할머니는 내 손바닥에 빈 병을 척 올려 주고 리어카를 끌고 떠났다.

× ◇ ×

또다시 가게 문 앞에 쇼핑백이 놓여 있었다. 일주일 만이다. 지난번과 마찬가지로 쇼핑백 안에 옷과 쪽지, 돈이 들어 있었다.

이번엔 세 벌 모두 원피스다. 옷을 작업대 위에 차례로 펼쳤다. 핸드폰 화면 안에서 지난번과 같은 차림새를 한 여자가 쇼핑백을 두고 돌아섰다.

대체 이게 뭐 하자는 걸까? 내가 쪽지라면 아주 이가 갈리는데! 근데, 왜 지난번 옷은 찾으러 오질 않지? 뭐…… 좀 찝찝하긴 하지만 손님은 손님이다. 자본주의 만세! 그러니까 얌전히 옷을 고쳐 준비해 두는 수밖에 없다.

이틀 뒤, 형사 양반과 비슷한 또래로 보이는 남자가 세탁소로 찾아와 첫 번째 쇼핑백을 찾고 새 쇼핑백을 건넸다.

"거스름돈은 필요 없다던데……."

남자가 우물쭈물하며 내가 내민 지폐를 받을 듯 말 듯 망설였다.

"그리고 나머지 두 개는 한꺼번에 찾으러 온다고 전해 달라고 하던데……."

남자는 살살 간을 보듯 반말도 존댓말도 아닌 투로 말을 이었다. 가만히 듣고 있다가 거스름돈을 쥐여 주니 남자가 못 이기는 척 돈을 바지 주머니에 찔러 넣었다.

"일주일 뒤에 오신다고요? 다음번에도 사장님께서 찾으러 오실 건가요?"

'사장님'에 방점을 찍으며 묻자 남자의 얼굴이 벌겋게 달아올랐다. 뭐야, 이 사람?

"예? 예. 아마도, 아마 제가 올 겁니다."

"네, 알겠습니다. 그럼 안녕히 가세요."

입꼬리를 한껏 당겨 웃으며 세탁소 문을 열어 주니 남자가 허둥지둥 문턱을 넘었다.

앞의 두 번보다 큰 사이즈의 쇼핑백을 여니 재킷 두 벌과 원피스 한 벌이 들어 있었다. 세 벌 모두 지금 당장 입기에는 두께감이 좀 있다. 늦가을에나 입을 법한, 이제 막 도매시장에 깔리기 시작한 스타일의 옷이었다.

옷을 주고받는 방식이 조금 께름칙하다는 것만 빼면, 장기적으로 생각했을 때 이 손님은 꽤 괜찮은 단골이 될 법한 사람이다. 매번 값을 제대로 지불하고, 요구사항이 명확하며, 마감은 널널하니까.

그래서 아주 정성껏, 성심성의껏 옷을 수선해 두고 남자가 다시 옷을 찾으러 오길 기다렸다. 아니면 늘 옷을 두고 가던 CCTV 속 여자 손님이 직접 오기를.

"와, 아직도 장사를 하네? 덕분에 난 방송도 접었는데 여긴 장사가 아주 잘되시나 봐?"

슬리퍼를 질질 끌며 가게 안으로 들어온 커피홀릭이 다림질 작업대 위에 쇼핑백 하나를 툭 얹었다.

"덕분에요."

진짜 웃기지도 않는다. 자기가 저지른 잘못 때문에 대대적으로 얼굴 팔려서 방송 접은 거면서 내 핑계는 왜 대?

쇼핑백을 열었다. 익숙한 글씨체로 쓰인 쪽지와 원피스 한 벌, 블라우스 두 벌. 어어? 이 사람 봐라? 차례로 옷을 꺼내 늘어놓은 후에 일부러 커피홀릭 보란 듯이 쇼핑백을 뒤집어 탈탈 털었다.

"주시죠?"

"방금 줬잖아. 다 된 옷이나 빨리 내놔."

커피홀릭이 추리닝 주머니에 손을 꽂으며 작업대에 기대섰다.

"진짜 사람이 왜 그래요? 쇼핑백 안에 돈 있었잖아요."

"있긴 뭐가 있어? 난 딱 거기 있던 그대로 가져온 건데."

"자꾸 거짓말할래요? 이 손님, 매번 쪽지 사이에 5만 원짜리 넣어 두거든요? 빨리 내놔요."

다그치며 눈을 홉뜨자 커피홀릭이 작게 욕을 뇌까리며 머리를 쓸어 넘겼다. 착 소리 나게 수선대 위에 돈을 얹으면서도 끝끝내 시선을 떼지 못한다. 세상에……. 정말 질리도록 돈에 집착하는 타입이구나?

수선 끝난 옷이 들어 있는 쇼핑백 두 개를 받아 든 커피홀릭이 찬바람을 쌩쌩 날리며 가게 문턱을 넘었다. 저 봐 저 봐, 정말 예의라고는 눈곱만치도 없는 사람이다. 덕분에 방송을

4 신데렐라의 드레스　　　　　　　　　　　　　　　　129

접었네 어쩌네 해도 카페 장사가 쏠쏠하다는 걸 내가 모를 줄 알고?

커피홀릭이 눈물 바람을 하며 사과 영상을 올린 후에도 떨어져 나간 구독자 수가 회복되진 않았지만 마치 노이즈 마케팅을 한 듯 호박카페 손님은 꾸준히 늘고 있었다. 온 동네가 다 아는 사실이다.

저 사람은 진짜 돈 귀신이 붙었나? 가정교육을 독학한 거야 뭐야? 저 댁 할머니랑 안 닮은 건 분명하네. 이래서 애들은 오냐오냐 키우면 안 되는 거다.

× ◇ ×

은조가 천천히 스쿠터 속도를 늦췄다. 사람들 틈으로 이리저리 핸들을 꺾어 보다가 결국 스쿠터에서 내려 핸들을 붙잡았다. 이 시간에 여기에 사람이 몰릴 리가 없는데. 스타힐 상가 입구 주변에 둘러서서 수군거리는 사람들 사이로 은조가 천천히 스쿠터를 끌고 걷기 시작했다.

"죄송해요, 좀 지나갈게요오!"

목소리를 높여 가며 말꼬리를 늘이던 은조의 시선 끝에 익숙한 운동화가 걸려들었다. 나이키 에어맥스 북미 한정판. 은조가 검지 끝으로 앞에 있는 등을 툭 쳤다.

"여기서 뭐 해요?"

"그러는 백은조 씨는요?"

"배달 다녀오는데요. 그리고 내가 먼저 물어봤잖아요."

"근무 시간에 이 동네에 있을 이유가 뭐가 있겠습니까?"

"어어? 또 이런다."

은조가 한 손으로 헬멧을 벗어 옆구리에 끼며 들으라는 듯 중얼거렸다.

"파트너 어쩌구 하더니 이럴 줄 알았지. 그게 다 사탕발림이었다니까."

"파트너 아닌 척하더니?"

"파트너 하자고 매달리더니?"

"내가 또 언제 매달렸습니까?"

"아닌데? 매달리던데요?"

한 손으로는 헬멧을, 다른 손으로는 핸들을 잡고 서 있던 은조의 어깨가 점점 한쪽으로 기울었다. 정도가 자꾸만 옆으로 눕는 스쿠터의 반대편 핸들을 붙잡아 똑바로 세우더니 턱 끝으로 스타힐 상가를 가리켰다.

"여기 사장님들 중에 아는 사람 있습니까?"

"어! 또 매달린다!"

동그랗게 커진 은조의 눈에 즐거운 기색이 어리자 정도가 들으라는 듯 한숨을 쉬었다.

"지난 한 달 새에 스타힐 상가에 입주한 옷 가게 세 군데에 차례로 도둑이 들었습니다."

어쩐지 심기가 불편해 보이더라니. 속말을 삼킨 은조가 작게 혀를 찼다. 정도는 또다시 이런 잡스러운 절도 사건을 맡은 게 불만인 거다.

"시간 차는 일주일에서 열흘쯤인데……."

말끝을 흐린 정도가 슬쩍 주변을 둘러보더니 목소리를 낮췄다.

"세라 박 씨 남편분이 용의선상에 있습니다."

"네?"

"그분 포함해서 세 명이긴 한데. 아는 거 없습니까? 백은조 씨 그 원장님하고 잘 알잖아요."

× ◇ ×

하루 온종일 어제 형사 양반이 했던 말을 곱씹었다.

"백은조 씨 그 원장님하고 잘 알잖아요."

글쎄……. 잘 아는 사이라고 해도 되는 걸까? 솔직히, 원장님은 잘 안다거나 가까운 사이라기보다는 불편한 쪽에 더 가깝다. 처음부터 지금까지 쭉.

언제나 다정하고 사근사근한 투로 말하는 캔디 사장님이나 호탕한 성격의 미숙 부장님과는 다르게 세라 원장님은 좀…… 껄끄럽다.

만날 때마다 매번 품평하듯 찬찬히 위아래로 훑어보는 시선과 퉁명하게 툭툭 뱉는 말투. 그럼에도 호칭은 꼭 다정한 상대를 부르듯 '딸내미'라고 하는, 잘 아는 사이라고 부르기에는 애매한 상대. 그게 원장님이다.

사장님과 부장님은 혼자서도 세탁소에 자주 오는 편이다. 옷을 맡기기도 하고 간식을 쥐여 주고 가거나 괜히 앉아 수다를 떨다 가기도 했다. 하지만 원장님은 아니다. 단 한 번도, 세라 원장님이 혼자서 세탁소에 온 적은 없었다. 게다가 지난번 그놈의 다이아 반지 사건 이후로는 아예 세탁소에 한 번도 들르질 않았다.

하긴, 원장님이 찾아왔어도 문제다. 거짓말로라도 웃으면서 대하진 못했을 테니까. 원장님이 나를 어떻게 생각하고 있는지, 나에 대해 뭐라고 말하고 다니는지 다 들어 버렸으니까. 지 평판 지가 만든 거라고 했지?

그러니까 지금처럼 이렇게 원장님이 예고도 없이 혼자서 세탁소 문턱을 넘으면 내가 당황할 수밖에 없지 않냐고!

원장님이 말없이 다림질 작업대에 옷 세 벌을 내려놓았다.

"수선하시게요? 아니면 세탁할까요?"

백은조 웃어, 웃으라고! 최대한 자연스럽게!

스스로를 다그치고 있는데 원장님이 픽 바람 새는 소릴 내며 따라 웃었다.

"거, 한번 봐 봐."

보라고? 뭘?

"어……. 쟈니 사장님 옷 아니에요?"

"응, 우리 바깥양반 옷."

골프웨어 브랜드 하나, 등산복 브랜드 하나. 50대 초중반 아저씨들이 입을 법한 전형적인 디자인과 컬러의 칼라 티셔츠 두 벌과 바지 한 벌. 뭘 보라는 건지 전혀 감을 잡지 못하고 작업대 앞 선반에 달린 클램프 스탠드를 켰다.

첫 번째 옷은 칼라부터 소매, 몸통의 이 끝부터 저 끝까지 살핀 후에 안감이 밖으로 나오도록 옷을 뒤집어 다시 훑어도 별달리 특이한 게 없었다.

두 번째 칼라 티셔츠를 조명 밑에 펼치고 나서야 나는 원장님이 여태 옷이 아닌 내 얼굴을 살피고 있다는 걸 알아차렸다. 왜 이렇게 옆얼굴이 따갑도록 집요하게 내 표정을 살피는지도.

원장님은 쟈니 사장님 옷에서 내가 뭔가를 발견하는 그 찰나를, 내 표정이 변하는 그 순간을 놓치고 싶지 않았던 거다.

무슨 이유로든, 원장님은 지금 남편의 외도를 의심하고 있으니까. 나를 도둑으로 몰았던 그놈의 다이아 반지 사건이 실은 불륜 치정극이었다는 증거를 잡아낸 게 나라는 걸 알고 있으니까.

별다른 내색 없이 옷 세 벌을 모두 살핀 후에 스탠드를 끄고 천천히 옷을 개기 시작했다.

"딱히 수선할 곳도 없고 세탁할 필요도 없어 보이는데요? 혹시 사이즈가 안 맞나요? 사이즈 수선하려면 직접 오셔서 입고 확인하셔야 되는데."

평소와는 다르게 저절로 말이 길어진다. 찔리는 쪽은 혀가 긴 법이랬는데 지금 내가 딱 그 짝이다.

"이 딸내미가 미련 곰탱인 줄 알았더니 아주 여시 깍쟁이구만."

"네?"

"얼른 줘. 가게."

쟈니 사장님 옷에는 정말로 아무것도 없었다. 원장님이 찾던, 혹은 찾을까 두려워하던 흔적뿐 아니라 특이하다고 할 만한 게 단 하나도 없었다는 소리다.

아마 원장님도 알고 있었을 거다.

다른 여자의 흔적을 찾아 달라고 콕 집어 말하지 않았어도 남편의 옷에서 뭘 찾아야 하는지 내가 정확히 알고 있었다는 걸. 끝까지 여상한 척하며 자존심을 세우려 애쓰는 원장님에게 내가 장단을 맞춰 준 것도. 그리고 정말로 남편의 옷에는 평소와 다른 그 무엇도 없었다는 것까지.

그래서 더욱 어제 형사 양반에게 들었던 얘기를 원장님에게 전할 수가 없었다.

× ◇ ×

좁아터진 동네 아니랄까 봐 무슨 소문이 이렇게 빨리 도는지.

"문디 여편네들."

미숙 부장님이 들고 있던 종이컵을 구겼다가 에라이 염병할, 하며 휴지통에 던져 넣었다.

"그러게, 다들 아주 신나셨어들."

옆에 앉은 캔디 사장님까지 그답지 않게 뾰족한 목소리를 냈다. 덕분에 내내 두 사람 눈치만 살피고 있다. 아니, 내 가게에서 내가 왜 눈치를 봐야 하는데!

노을광장에서, 마트에서, 단지 곳곳에 놓인 벤치와 정자에서. 원장님 부부의 이름이 동네 사람들의 입에 끊임없이 오르내렸다. 내용은 죄다 거기서 거기였다.

"하이고, 오만 잘난 척은 다 하고 다니더니 남편 간수 하나 못 해서 동네를 시끄럽게 해?"

"성질머리가 그 모양이라 남자를 만나도 꼭 저처럼 변변치 않은 남자를 만난 겨."

"에이, 아니제. 그 성질에 얼마나 남편을 달달 볶아 댔으면 멀쩡한 사람이 갑자기 그런 짓을 하겄어?"

"맞네. 쟈니 그 양반이 그렇게 나쁜 짓을 하고 그럴 사람이 아니여! 여자 문제가 좀 거시기 하긴 혀도."

"그렁께! 근디 왜 여자 옷을 훔쳤으까? 남자가 여자 옷 훔쳐서 어따 쓴데?"

"그 양반이 맨날 온 동네 여자들한테 추파 던지고 다니는 게 일 아 닌가! 그거 훔쳐서 숨겨 놓은 애인 줄라고 그랬는지 누가 알아?"

"집에서 마누라가 얼마나 거시기 하게 하든 딴살림을 차린데?"

쟈니 사장님 일을 거론하며 시작한 이야기가 결국엔 원장 님을 씹고 뜯고 탓하며 끝을 맺는 형식이다. 막 사건이 터진 날 나도 이미 하나도 빠짐없이 들었던 이야기이기도 하고.

언제는 나보고 도둑년이라더니 이제 새로운 도둑이 생기니 다들 세탁소로 찾아와 어찌나 원장님 부부를 씹어 대는지.

사람들 입에 오르내리는 동안 쟈니 사장님은 어느새 희대 의 불륜남이 되어 있었다. 하지만 그 이야기마저도 결국 잘못 은 원장님이 했다는 식이었다. 원장님이 원인을 제공한 거라 고. 남자가 밖으로 도는 데는 다 이유가 있는 거라고.

손바닥 뒤집듯 바뀌는 사람들의 태도가 너무 어이없다 못 해 짜증스러웠다. 대체, 무슨 동네가 이래? 다들 눈에 불을 켜 고 루머의 루머의 루머를 생산해 낸다.

"원장님은 어쩌고 계세요?"

"어쩌긴 뭘 어째? 파리나 날리고 있제."

이럴 줄 알았으면 그때 말을 할 걸 그랬나 싶다.

"그나저나, 우리 백 사장까지 못 볼 꼴을 봐서 어째?"

"에이, 아녜요. 괜찮아요."

황급히 손을 휘저었지만 사장님과 부장님은 에그그 하는 소릴 내며 고개를 흔들었다. 이 일로 동네 사람들의 발길이 끊긴 가게는 세라뷰티뿐만이 아니었다. 평소 원장님과 친하게 지내던 캔디 사장님네는 물론이고 애먼 우리 가게에도 불똥이 튀었다.

그래서 세탁소는 2단지와 스타힐 양쪽 모두로부터 손님이 뜸해졌다. 그동안 세 사람이 하루에도 몇 번씩 우리 가게에 드나들었던 걸 모르는 동네 사람이 없으니 당연한 일이다.

2단지 사람들이 아는 건 그게 뭐가 됐든 스타힐 사람들도 알았다. 재개발에 성공한 이후 절대 2단지와 엮이고 싶지 않아 하는 스타힐 사람들은 사실 이 동네의 그 누구보다 2단지 소식에 민감했다. 우스운 일이다.

어쩌면 나는 원장님 부부 일과는 별개로 여태 벼르고 있었던 신고식을 이제야 치르는 것일 수도 있다. 동네 사람들이 원장님을 씹어 대는 것과 별반 다르지 않은 모양새로 세탁소 딸내미가 낙향한 사연을 떠들어 댔다는 사실도 알고 있었다. 부실 대학이 어쩌고 동네 세탁소에 무슨 놈의 브레이크 타임이 어쩌고 하던 게 결국 지난번 그 다이아 반지 사건 때문에 터지고 만 거다.

"그 형사님한테는 아직 소식 없고?"

부장님의 물음에 괜히 민망해져 엄지 끝으로 핸드폰 액정을 문질렀다. 어떻게 되어 가고 있냐는 메시지를 보낸 지 몇 시간이나 지났는데 계속 답이 없다.

"정말 웃기지도 않아."

"근께, 나 말이 그 말 아니냐."

"허구한 날 찾아와서 알랑거릴 때는 언제고 경찰에서 범인이라고 못 박은 것도 아닌데 다들 이래도 되는 거야 정말?"

글쎄요. 경찰이 아니라고 해도 이 동네 분들은 계속 저를 도둑 취급하시던데요. 제가 진짜 범인 잡기 전까지는 계속 그랬잖아요?

삐뚠 말이 목구멍을 간질이는 걸 간신히 참았다.

"말해 뭣 헐 것이냐? 문디 여편네들. 아주 그냥 콱 코나 깨지믄 속이 씨원하겄다."

솔직히 이 두 분이 어째서 원장님 일에 이렇게까지 열을 올리는지 이해가 잘 안 된다. 뭐, 여태 함께 보내온 시간 때문이겠거니 싶은데…… 사실 마음 한구석에 원장님을 향한 껄끄러움이 응어리처럼 남아 있어서. 아니, 지금 이거 너무……. 와, 옹졸하다 옹졸해. 백은조 진짜.

그치, 내가 속이 좁긴 하지. 좁긴 한데……. 이런 기분을 느끼고 싶지는 않았다. 그렇지만 사람 마음이라는 게 마음대로 되는 게 아니니까.

두 분이 돌아간 후 수선 작업대에 앉아 재봉틀 전원을 올렸다. 실을 교체하고. 앞 벽 선반에 달린 클램프 스탠드를 이쪽으로 기울여 불을 켜고.

스탠드 불빛이 원피스를 비추자 원장님이 떠올랐다. 실눈을 뜨고 스치듯 봐도 완벽히 원장님 취향으로 디자인된 원피스였다.

[쟈니 신 씨는 용의선상에서 제외됐습니다.]

당장 전화를 걸었다.

"왜요? 어떻게요?"

—문자로 하나 말로 하나 사람 말 끝까지 안 듣는 건 똑같네요.

"저 지금 숨넘어가겠거든요? 빨리요."

—쟈니 신 씨, 그러니까 신수봉 씨는 현 시간부로 용의선상에서 제외됐습니다. 피해를 입은 가게 세 군데 모두 CCTV가 없어서 애를 먹었는데 상가 복도 끝에 입주한 문구점 출입구에 있던 CCTV 영상을 땄습니다. 그래서 신수봉 씨의 진술 내용이 사실인 걸 확인했고요.

"뭐라고 하셨는데요?"

—세라 박 씨에게 선물할 옷 때문에 가게 두 곳을 세 번 정도 들렀다고 하던데요. 그중 한 곳에서 옷을 예약했는데 도둑맞은 옷 중에 신수봉 씨가 예약한 옷도 있었습니다. 그래서 용의선상에 올랐던 거고요.

전화기를 붙잡은 손에 힘이 바짝 들어간다. 세상에, 나 또 지금 무슨 사고 칠 거 같은데!

"쟈니 사장님이 예약한 옷, 원피스죠?"

—이번엔 또 어떻게 알았습니까? ……여보세요? 백은조 씨? 은조 씨!

"나중에 전화할게요."

전화기를 내려 둔 후 느리게 눈을 감았다 떴다. 벽에 나란 히 붙여 뒀던 쪽지 네 장을 떼어 차례로 원피스 위에 올려놓 았다. 얇은 종잇장에 쓰인 내용을 바라보며 쇼핑백에 들어 있 던 옷들의 수선 전후 모습을 천천히. 자, 백은조 천천히 다시 생각해.

첫 번째 쇼핑백에 있던 블라우스 두 벌과 스커트 한 벌은 평범한 옷.

물방울무늬 블라우스 두 벌 중 한 벌은 칼라 폭을 날렵하 게 줄이고 기존 버튼을 모두 떼어 내 동봉한 빈티지 버튼으로 교체.

다른 한 벌은 허리에 붙은 스트랩 제거.

짙은 초록색 풀스커트는 밑단에 달린 조잡한 레이스 제거.

두 번째와 세 번째 쇼핑백은 합쳐서 원피스가 네 벌, 재킷 이 두 벌.

짙은 밤색 깅엄체크 재킷은 동봉한 빈티지 우드 버튼으로 버튼 교체 후 버튼 홀에 버건디 색깔로 스티치.

플럼 색깔 노칼라 레이스 재킷은 소매 끝에 붙은 러플 제거, 어깨 패드는 가장 얇은 것으로 교체.

레이스 재킷과 원단이 똑같은 하이넥 머메이드 롱 원피스는 소매를 제거해 민소매 원피스로 변경.

원단은 같지만 라벨이 달랐던 레이스 재킷과 원피스는 아예 라벨을 갈고 두 벌을 셋업으로 맞출 생각인 듯했다. 다른 원피스 세 벌도 요구사항이 비슷했다. 뭘 없애 달라거나 새로 붙여 달라거나 하는 식이었다.

어떻게 봐도 원장님 취향인 이 원피스는 다이앤 본 퍼스텐버그 랩원피스처럼 디자인되어 있지만 진짜 랩원피스는 아니다.

만약 정말로 이 옷이 쟈니 사장님이 원장님에게 선물하려던 것이었다면, 그래서 원장님이 이 옷을 입고 세탁소에 왔다면 나는 분명히 몇 가지 디테일을 변경하자고 제안했을 거다.

가슴 부분을 사선으로 가로지르는 러플은 폭이 너무 좁고 조잡하니 없애고, 허리 양 끝에 달린 겨자색 스트랩도 제 원단이 아니어서 원피스 패턴과 어울리지 않으니 떼어 버리자고. 아, 밑단 안쪽에 말려 있는 시접을 풀어 길이도 1인치 정도 늘여야겠다. 원장님은 동년배에 비해 키가 큰 편이니까.

네 번이나 쇼핑백을 보낸 문제의 손님도 나와 보는 눈이 비슷한 모양이다. 길이를 늘이는 것만 빼면 손님이 적어 보낸 원피스의 수선 방향은 내 생각과 똑같았다.

아파트 상가에서 동네 주부들을 상대로 파는 옷들은 대부분 원단이 좋든 나쁘든 이렇게 디테일이 과하거나 묘하게 촌스러운 경향이 있다. 젊은 여성들이 입는 레트로 빈티지풍 옷이 아니라 그냥 '진짜' 레트로처럼 보이는 거다.

이 손님도 그걸 알고 있었던 거다. 그러니 촌스럽거나 어색한 부분은 모두 덜어 내려고 한 거고. 그렇게 고친 옷이 모두 그의 옷장에 들어갔을까?

그럴 리 없다. 맡긴 옷은 모두 사이즈가 제각각이었다. 아무리 옷 취향이 다양하고 폭넓은 사람이라고 해도 흔히 말하는 44에서 88까지의 사이즈를 모두 소화하는 건 불가능하다.

팔았네, 팔았어. 참 나…… 훔친 옷을 팔아?

눈만 빼꼼히 내놓은 여자가 동이 트기도 전에 세탁소 앞에 물건을 놓고 간 게 두 번. 그 후 옷을 찾고 새 옷을 보낼 때는 두 번 모두 다른 사람이었다. 아무리 훔친 옷이라고 해도 이렇게까지 동네를 돌아다닐 때 조심했다는 건 손님의 얼굴을 알아볼 만한 사람이 이 동네에 산다는 소리다. 그게 2단지든 스타힐이든.

그게 누굴까?

× ◇ ×

"어디서 구했어요? 그냥 알바였죠? 하루만 하는 그런 거."

"그걸 니가 알아서 뭐 하게?"

커피홀릭이 귀찮다는 듯 문을 닫자 은조가 얼른 문틈으로 발을 들이밀었다.

"이거 안 치워?"

"말해 주면 치울게요. 그때 그 쇼핑백 어디서 가져온 거예요? 알바였죠? 뭐 알바천국 이런 데서 구했어요? 그 한 번이 끝이었어요?"

"야! 발 빼! 안 비켜? 니가 알 바 아니니까 꺼지라고!"

"말 안 해 주면 호박카페에서 쓰는 디저트 전부 마트에서 사다 쓰는 거라고 소문낼 거예요."

"뭐?"

문고리를 잡아당기던 손이 멈췄다.

"왜요? 모를 줄 알았어요? 어항단지 롯데마트에 있는 베이커리에서 완제품 대량으로 싸게 가져오잖아요. 그래 놓고 팔 때는 다 매장에서 직접 만든다고 하면서 엄청 비싸게 팔고. 원가보다 열 배는 비싸게 팔던데? 막 메뉴판이랑 매장 구석구석에 다 써 붙였잖아요! 프랑스산 최고급 밀가루와 버터를 이용해 직접 만듭니다! 와, 근데 사실이 알려지면 손님도 떨어지고 한 줌 남아 있는 구독자 수도 떨어지고 참 좋겠다. 그쵸?"

"하……."

커피홀릭이 머리칼을 쓸어 넘기며 은조를 째려봤다.

"증거 있어?"

"그런 것도 없이 내가 이러고 있을까 봐요?"

커피홀릭이 불신 가득한 눈을 치켜뜨자 은조가 씩 웃으며 핸드폰을 살랑살랑 흔들었다. 커피홀릭의 얼굴이 보기 싫게 구겨졌다.

"어떻게 알았어? 이 불여시 같은 게 진짜……."

"내가 물어본 거나 대답해요. 그럼 이 안에 든 건 조용히 삭제할 테니까."

샐쭉 웃으며 말하자 커피홀릭이 여태 꽉 붙잡고 있던 문고리를 놓고 팔짱을 꼈다. 문 틈새로 넣어 둔 발을 빼낸 은조가 문을 활짝 열었다.

"단기 알바였어. 보니까 딱 한 명만 선착순으로 받더라. 어젠가 그제도 공고가 올라왔는데 이미 한 번 해 본 사람은 다시 안 받는대서 더 못 했어."

"알바천국?"

"어. 쇼핑백은 롯데마트에 있는 로커에서 가져오고 거기 다시 갖다 놓으면 돼. 쇼핑백 오고 갈 때 로커 번호랑 비번은 사장이 지정해서 알려 주고."

"그래요, 고마워요."

답을 들은 은조가 미련 없이 몸을 돌려 나오는데 커피홀릭이 맨발로 현관까지 쫓아 나와 은조의 손목을 움켜쥐었다. 은조가 핸드폰을 든 손이었다.

"야, 빨리 사진 안 지워?"

"없는데요?"

"뭐?"

커피홀릭이 눈가를 확 찌푸리며 은조의 핸드폰을 낚아챘다. 은조는 별말 없이 핸드폰 보안을 해제해 갤러리를 열어 줬다.

"봐요. 아무것도 없죠?"

옷 사진뿐인 은조의 갤러리를 한참 넘겨 보던 커피홀릭의 손가락 끝이 부들부들 떨리기 시작했다.

"너……. 너, 이 붙여시 같은 게 진짜!"

"그러니까 앞으로 그런 짓을 하려면 좀 더 조심해요. 동네 사람들한테 피해 주지 말고."

"허, 내가 뭘! 내 덕에 동네에 사람 드나들고 상권 살아났는데!"

"말은 똑바로 해야죠. 그쪽 카페만 장사 잘되지 여기 오는 관광객들이 상가 다른 가게에서 돈 쓰는 줄 알아요? 하다못해 고은마트에서조차 단 1원을 안 써요. 그 흔한 물 한 병이라도 살 법한데 안 산다구요. 동네 돌아다니면서 아무 데나 카메라 들이밀기나 하지. 그리고 물건 가져온 쓰레기 아무 데나 버리지 마요. 직원들한테 상가 점포들 분리수거 어떻게 하는지 교육도 안 시켜요? 그쪽이 손님들한테 그렇게 사기 지는 서 나만 아는 게 아니라 동네 사람들도 전부 아는데 다들 그냥 쉬쉬해 주는 거예요. 그쪽이 아니라 할머니 생각해서. 그리고 다음부턴 나한테 반말하지 마요. 오늘은 급해서 그냥 넘어가는 거예요."

은조가 커피홀릭에게 한바탕 쏘아붙이고는 휙 몸을 돌렸다. 커피홀릭이 두어 걸음 따라 나서며 "야! 세탁소!" 소릴 질렀지만 은조는 못 들은 체하며 빠르게 계단을 뛰어 내려갔다.

"이건 아닌 거 같고."

스쿠터에 앉아 인스타그램을 뒤지던 은조가 손을 멈추고 입술을 잘근거렸다.

처음에 쇼핑백을 가져다 둔 여자가 쇼핑백의 진짜 주인이 확실해 보였다. 한 번 일한 사람에겐 다시 일을 맡기지 않는다고 했는데 세탁소에 두 번 이상 온 사람은 그 여자밖에 없었으니까.

핸드폰 화면의 창백한 불빛이 얼굴 위를 비쳤다. 잠시 고민하던 은조는 검색창에 새 태그를 적어 넣었다.

#여수_빈티지숍

화면을 쓱쓱 내려 보던 은조가 사진 하나를 눌렀다. 이리 보고 저리 봐도 확실하다. 플럼색 레이스 재킷과 원피스는 수선하기 전에도 그다지 흔한 느낌의 옷은 아니었다. 그런 옷 두 벌이 마네킹 하나에 셋업으로 걸려 있는 게 우연일 리 없다.

@hee_vintage.

게시물 상단에 있는 사용자 아이디를 누르자 피드 가득 은조가 고쳐 보낸 옷들이 쏟아져 나왔다. 재킷, 원피스, 블라우스, 스커트. 은조가 고친 옷 외에도 사입해 들여왔을 법한 옷 사진이 한가득이었다. 그저 그런 싸구려 아이템이 아니라 애초에 도매시장에서 돈을 꽤 들였을 법한 옷들. 진짜 빈티지 숍이 아니라 빈티지 스타일 의상과 소품을 파는 숍이었다.

"쫑포라 이거지. 하여튼 옛날이나 지금이나 범죄의 온상이여, 아주."

작게 혀를 차는 은조의 머리 위로 막 켜진 가로등 불빛이 떨어져 내렸다.

은조는 핸드폰을 주머니에 쑤셔 넣고 조심스럽게 스쿠터 핸들을 돌렸다. 아파트 입구 쪽으로 나가려다가 101동 앞에서 잠시 멈춰 상가건물 쪽으로 고개를 길게 뺐다.

"벌써 가셨네."

노을광장 담장 너머로 보이는 달려라 하니와 세라뷰티 모두 간판 불이 꺼져 있었다. 7시 38분. 캔디는 원래 7시에 문을 닫았고 세라는 8시에 문을 닫지만 요즘 같아선 언제 문을 닫는대도 이상하지 않았다.

다시 아파트 입구 방향으로 핸들을 꺾던 은조가 멈칫 스쿠터를 세웠다. 노란 가로등 불빛을 받아 노을빛으로 물든 빨간 벽돌담 너머에서 하얗고 가느다란 연기가 흩어져 나오고 있었다. 은조는 스쿠터를 몰아 노을광장 쪽으로 조금 더 가까이 다가갔다.

불 꺼진 미용실 앞. 가로등 불빛이 닿지 않는 광장 구석 벤치에 세라가 앉아 있었다. 며칠 새 티가 나게 볼이 쑥 꺼졌다. 우두커니 앉아 있는 세라의 얼굴은 그 어느 때보다 피로해 보였다.

염색약과 파마 약으로 성할 날이 없는 거친 손가락 끝에 매달려 있는 담배가 점점 짧아지는 걸 지켜보던 은조가 문득 고개를 들었을 때, 하얀 연기 사이로 두 사람의 시선이 부딪쳤다.

잠시 망설이던 은조가 스쿠터에서 내렸다. 다가오는 은조를 본 세라가 담배를 비벼 끄고 손을 휘저었다. 신경 쓰지 말고 가던 길 가라는 건지, 거기 멈춰 서 있으라는 건지. 어쩌면 둘 다일 수도 있었지만 은조는 그런 세라를 모른 체하며 노을 광장의 붉은 벽돌 계단을 밟았다.

"가요. 드라이브."

조금 충동적으로 말을 뱉은 후 긴장을 삼키는 은조를 향해 세라가 피식 웃음을 흘리더니 자리에서 일어났다.

× ◇ ×

초가을 바닷바람이 목덜미 주변으로 어지럽게 흩어졌다. 가로등 불빛이 점점이 박힌 해안 도로에 들어서자 은조는 살짝 속도를 높였다. 허리께를 휘감은 세라의 팔에 조금 힘이 들어가는 게 느껴지고 이내 헬멧을 쓴 은조의 뒤통수에 세라가 쓴 헬멧이 아프지 않게 부딪혔다. 바람 속에 희미하게 세라의 웃음소리가 섞여 있었다.

색색의 전구를 휘감아 장식한 유람선이 물 위를 지나가면 그 궤적을 따라 바닷물 위로 한낮의 윤슬 같은 조명 빛이 반짝반짝 떨어져 내렸다. 범죄의 온상이라고 단언했던 은조의 말과는 달리 가을밤의 종포 해양공원 주변은 한가롭다 못해 고요하기까지 했다.

카페 거리에 들어선 은조가 천천히 속도를 줄였다. 이 근처 어디였던 것 같은데……. 속으로 중얼거리며 거리를 훑다가 마침내 문제의 가게를 발견했다. 은조는 가게 바로 옆에 있는 카페 앞 도로에 스쿠터를 세웠다.

흰 바탕에 검은 글씨로 HEE_VINTAGE라고 쓰인 심플한 간판은 아직 불이 켜져 있었다. 영업시간이 10시까지라고 했으니 이 정도면 시간도 충분했다. 세라와 함께 커피를 한 잔 마시고 중간에 적당히 핑계를 대고 나와 가게를 둘러봐도 나쁘지 않을 것 같았다.

시동을 끄고 헬멧을 벗어 든 은조가 손을 넣어 단발머리를 정돈하는 사이, 옆구리에 헬멧을 낀 세라가 옷 가게를 향해 눈짓했다.

"딸내미, 기분도 구질구질한데 옷 한 벌 사야 쓰겄다. 저게 딱 예쁘네."

말릴 새도 없이 가게로 들어서는 세라의 뒷모습을 멍하니 쳐다보던 은조가 얼른 그를 따라 걸음을 옮겼다.

은조가 가게 문을 열고 들어가자 세라가 입술 위로 검지를 들어 올렸다. 그가 눈짓으로 가게 안쪽에 있는 문을 가리키자 은조가 발소리를 죽여 세라 옆에 섰다.

꽉 닫힌 문을 필터 삼아 웅웅거리듯 둔탁한 소리가 몇 번 이어지더니 안에서 주인으로 보이는 젊은 여자가 나왔다. 뒤이어 웬 남자와 조그만 아이가 방을 나와 가게 뒷문으로 빠져나갔다.

멍이 든 지 오래된 듯 노랗게 얼룩덜룩한 눈가와 방금 맞았다고밖에 생각되지 않는 발갛게 부어오른 볼, 터진 입가에 살짝 맺힌 핏방울. 은조와 세라는 순간 할 말을 잃고 입을 다물었다.

멍하니 서 있던 세 여자 중 가장 먼저 정신을 차린 사람은 세라였다. 세라는 태연하게 쇼윈도에 걸려 있던 점프수트를 가리켰다.

"저거, 새 거 있으면 새 거 주고 없으면 그냥 저거 줘요."

여자가 마네킹이 입은 옷을 벗기는 사이 은조는 재빨리 가게 안을 훑었다. 실제로 보니 여자가 범인인 게 더 확실해 보였지만 아무래도 뭔가 찝찝했다. 은조가 뒷문을 흘끔 쳐다봤다가 다시 쇼윈도 쪽으로 시선을 돌렸을 때, 눈을 맞춘 세라가 작게 고개를 끄덕였다.

"어, 사장 양반. 그거랑 그 옆에 있는 것도 좀 봅시다. 입어 봐도 되나?"

"그럼요. 입어 보세요. 탈의실 안에 페이스 커버도 있어요."

"그래요. 그럼 둘 다 이리 줘 봐. 입고 나올 동안 이 블라우스랑 어울릴 만한 바지도 한 벌 찾아 주면 더 좋고."

세라가 여자의 주의를 끄는 사이 은조는 소리 나지 않게 조심조심 가게 뒷문을 열고 나갔다.

가로등 불빛이 비껴가는 좁은 골목, 어둠 속에서 남자가 아이를 다그치는 소리가 들려왔다.

"너 이 쥐새끼 같은 게! 여기로 숨으면 내가 못 찾을 줄 알았어? 어?"

남자가 우는 아이의 머리를 툭툭 치며 길바닥에 침을 찍찍 뱉었다. 어둠에 가린 두 사람의 얼굴이 자세히 보이지 않았지만 목소리만은 선명했다. 남자가 담배를 꺼내 물고 "아오!" 하며 손을 위로 치켜들자 아이가 더 크게 훌쩍거렸다. 그 모습에 남자가 손을 내리고 물고 있던 담배를 바닥에 집어 던졌다.

"씨발, 하여튼 애미나 자식새끼나 똑같아 가지고. 이 쥐새끼, 너 한 번만 더 이딴 식으로 굴면 다시는 니 엄마 못 만나! 알아들어?"

말을 마친 남자가 우악스러운 손길로 아이의 손목을 잡아채 골목을 빠져나갔다. 짓이겨진 채 골목에 나뒹구는 담배와 남자의 뒷모습을 번갈아 보던 은조가 이내 몸을 돌렸다.

쇼핑백 두 개를 손에 든 세라가 스쿠터를 지나쳐 그대로 도로를 건넜다. 은조는 말없이 해양공원으로 향하는 세라를 뒤따랐다.

잠시 걷던 세라가 바다 가까이에 있는 벤치에 앉았다. 은조가 따라 앉은 후에도 두 사람 사이에는 한동안 이렇다 할 대화가 없었다.

"딸내미."

"네."

"형사 양반한테 들었지? 우리 바깥양반 얘기."

은조가 대답 대신 작게 고개를 끄덕였다.

"난 뭐, 우리 양반이 그런갑다 하면 그러고 살았거든 여태. 내가 먼저 따라다녔어. 나 좋다는 남자들 다 마다하고 내가 처음으로 매달려 따라다닌 남자라니까 우리 집 양반이? 한 3년을 줄기차게 따라다니고 나니까 결국 못 이긴 척 넘어오더라고. 지금이야 뭐 그 양반이 하는 가게가 변변찮아서 내가 큰소리 내며 살긴 해도. 뭔 말인지 알지?"

세라가 가느다란 입술을 말아 올렸다. 뭐라 대꾸할 말을 찾지 못해 어쩔 줄 몰라 하는 은조를 알아챈 듯, 한동안 대답을 기다리던 세라가 작게 혀를 찼다.

"아는 가게지? 아까 거기."

"네? 아…… 그……."

짧은 순간, 은조는 뭐라고 대답해야 할지 망설였다. 쟈니 사장님을 용의자로 만들었던 진짜 범인의 가게라고? 아니면 정말 아무것도 모른다고?

입술을 말아 무는 은조를 바라보던 세라가 발치에 내려 뒀던 쇼핑백 중 하나를 건넸다.

"딸내미, 그래도 내가 너 오기 전에는 이 동네를 주름잡는 멋쟁이였는데 말야. 내가 이런 것도 못 알아볼까 봐? 내 눈이 옹이구녕도 아니고. 봐라, 딱 봐도 내 스타일이네. 우리 양반도 알고 온 동네가 다 아는 내 스타일."

세라가 가게에 들어서자마자 점찍었던 점프수트는 누가 봐도 세라가 좋아할 만한 옷이었다. 마젠타 바탕에 검은색의 기하학무늬가 빼곡한 저지 원단으로 만든 부츠컷 점프수트.

"우리 양반이 1단지 상가 드나들면서 점찍었다는 옷이 두 벌 있었거든? 하나는 원피스고 하나는 이런 애기들 우주복 같은 옷이라고 했는데. 척 봐도 우리 양반이 얘기한 옷이랑 똑같이 생겼더라고. 우리 양반 말로는 그 옷이 두 벌 다 홀랑 도둑맞았다는데 말야."

세라가 헛헛하게 웃더니 메고 있던 작은 크로스백 주머니를 뒤졌다.

"어떻게 하실래요? 원장님이 원하시는 대로 하세요."

은조의 물음에 막 담배를 꺼내 물던 세라가 손을 멈췄다.

"어쩌긴 뭘 어째? 탐정님이 알아서 하셔야지. 우리 집 양반 일이야 내가 알아서 하면 되고."

정말 별일 아니라는 듯 덤덤하게 대꾸한 세라는 그 후로도 한참이나 손에 쥔 담배를 쳐다보기만 했다.

× ◇ ×

"어서 오세……."

접객 인사를 하던 여자의 얼굴이 은조의 손에 들린 쇼핑백 을 보자 하얗게 질렸다.

"안녕하세요?"

은조가 최대한 여상한 투를 꾸며 인사했지만 여자의 굳은 얼굴은 쉬이 풀릴 기미가 보이지 않았다. 이렇게까지 놀라게 할 생각은 아니었던 터라 은조는 도리어 미안했다.

쇼핑백을 받아 든 여자가 떨리는 손으로 안에 있는 것들을 꺼냈다. 자신이 보냈던 그대로 수선되지 않은 옷과 절반으로 접힌 쪽지, 그 사이에 들어 있는 돈을 확인한 여자가 입술을 꾹 깨물었다. 여자의 손등 위로 소리 없이 눈물이 뚝뚝 떨어져 내리기 시작했다.

"무슨 관곈지는 모르겠지만 스타힐 상가 사장님들하고 서 로 아는 사이시죠? 그럼 직접 찾아가서 옷 돌려드리고 용서 구하세요. 선처를 하든 절차대로 하든 그분들 선택이라 전 어뜩게 해 드릴 수가 없어요. 어른이잖아요. 자기 일은 스스로 책임져야죠."

나긋하게 이어지는 은조의 말에 여자는 거듭 고개를 끄덕였다. 다행이라고 생각하면서도, 은조는 어쩐지 껄끄럽고 불편한 기분이 들었다. 어젯밤 본 대로라면 뭐라 사연팔이를 하며 변명을 할 법도 한데 여자는 끝끝내 알겠다고, 감사하다고, 자수하겠다고만 했다. 이렇게까지 궁지로 몰 생각은 아니었는데 어쩐지 입맛이 썼다.

"잘 마무리되면 세탁소에 한번 들르세요. 이거 말고 다른 옷 고쳐 드릴게요."

× ◇ ×

연신 세라 원장님 부부를 씹어 대던 동네 사람들이 언제 그랬냐는 듯 웃는 얼굴로 미용실에 드나들 즈음, 우리 세탁소에도 다시 손님이 늘기 시작했다.

"문 연 거 맞지?"

이른 아침. 한 아줌마가 가게 문에 붙은 종이를 가리키며 문턱을 넘었다. 손에 청바지 한 벌이 들려 있었다.

"네. 바짓단 줄이시게요? 내일 돼야 찾을 수 있는데 많이 급하시면 이따 저녁때까지 해 드릴게요."

"아 됐어, 애! 그냥 순서대로 해."

"네에. 4천 원이구요, 내일 브레이크 타임 끝나고 오세요."

아줌마가 장부에 주소와 전화번호를 적었다.

스타힐 103동. 아, 2단지 분이 아니구나?

가만히 지켜보고 있으려니 아줌마는 묻지도 않은 말을 떠벌리기 시작했다.

"들었지? 우리 동네 상가 얘기."

콕 집어 '우리 동네'라고 말하는 의도를 모르지 않았지만 긴말하기 싫어 그냥 "네" 했다.

"차암나! 그 싹 도둑맞은 가게들, 거기에 옷 떼다 주는 아가씨가 범인이었대!"

이미 형사 양반에게 들어 알고 있는 내용이다. 그래도 그냥 끄덕. 백은조, 친절하게! 친절하게!

"그래도 우리 동네 사람들이 마음씨가 좋아. 사람들이 아주 괜찮아. 그간 쌓은 정을 생각해서 눈감아 주기로 했대잖아, 글쎄! 착해 빠져 가지고. 나 같았음 아주 그냥! 머리채를 그냥!"

"내일 어떻게 하실 거에요? 배달하실 거면 천 원 추가하셔야 돼요."

적당히 말을 끊으며 묻자 아줌마가 손을 휘저었다.

"어? 아냐, 아냐. 찾으러 올게. 아이구, 내 정신머리 봐라! 미용실 간다고 나와 놓고. 나 갈 테니까, 잘 부탁해!"

글쎄. 정말 그간의 정을 생각해서였을까? 그 빈티지 가게 주인이 이미 고쳐서 팔아 버린 옷의 수익을 모두 원래 주인들에게 줘서 그런 게 아니라?

불쑥 삐딱한 마음이 들었지만 이내 고개를 가로저었다. 사람 사이의 일이 옷감 재단하듯 아귀가 딱 맞아떨어지는 게 아니니까.

그 젊은 주인이 돌려준 돈 때문일 수도, 혹은 용서를 구하던 진심이 통해서이거나 방금 아줌마의 주장대로 그 동네 사람들이 착해 빠져서일 수도, 아니면 형사 양반의 주장대로 그가 잘 중재해서일 수도 있다. 이 모든 이유가 적당히 합쳐져서 그런 거겠지.

아, 그래도 이정도 씨 주장은 빼고.

활짝 열어 놓은 가게 문을 타고 제법 서늘한 가을바람이 흘러들어 왔다. 그날, 그 밤의 해안 도로에서 스쿠터를 타고 달리던 우리의 목덜미를 스친 바람처럼.

제법 조용하니 운치 있게 변한 그 밤바다처럼 여기도 변할 수 있을까?

어쩌면, 그럴지도.

5
잭과 콩나무

은조의 시선이 야무지게 물건을 챙기는 자그마한 손끝을 따라다녔다. 오렌지 네 개, 참치 캔 하나, 소주 두 병, 마지막으로 초코 코팅을 한 막대 과자 하나.

"꼬마야."

　은조의 부름에 자그마한 과자 상자를 만지작거리던 아이의 어깨가 파득 튀어 올랐다. 몸에 비해 지나치게 큰 점퍼 안에서 오렌지가 후두둑 떨어지고, 뒤이어 떨어진 소주병이 날카롭게 파열음을 내며 내용물을 쏟아 냈다. 주머니에 욱여넣었던 참치 캔까지 바닥에 나동그라지자 히끅 소릴 내며 물러서던 아이가 기어이 눈물을 터트리고 만다.

"이게 무슨 소란이야 그래!"

　유리 깨지는 소리에 달려온 고은마트 최 사장이 난장판이 된 과자 코너를 보고 기가 차는 듯 눈을 흡떴다.

"사장님, 일단 치울 것 좀 주시겠요? 다행히 다치진 않은 것 같거든요."

은조가 아이의 어깨를 감싸며 말하자 최 사장이 "못살아 정말!" 소릴 지르며 가게 한쪽으로 사라졌다.

"저쪽으로 가자. 여긴 유리 때문에 위험하니까."

"잘못…… 잘못했어요."

아이가 코 먹는 소릴 내며 숨을 할딱였다.

"나 말고, 사장님께 말씀드려. 잘못했습니다, 다신 안 그러겠습니다. 용서해 주실 거야."

아이와 눈을 맞추며 말하던 은조가 말끝에 일부러 최 사장 쪽으로 시선을 돌렸다. 빗자루와 쓰레받기를 들고 오던 최 사장이 은조의 의중을 알아챈 듯 작게 혀를 차며 아이의 머리 꼭지를 내려다봤다.

"얼른. 잘못했습니다, 말씀드려. 괜찮아. 안 혼내신대."

은조가 다정히 등을 쓸어 달래자 아이는 도리어 그게 더 서럽다는 듯 엉엉 소리 내며 울기 시작했다.

"죄송, 잘못…… 잘못했어요. 배, 배가…… 흑, 배가 너무 고파서……."

울먹이는 소리를 따라 드문드문 끊겨 나오는 말을 듣고 있던 최 사장이 에휴, 한숨을 쉬더니 아이의 손을 잡아끌었다.

"일루 따라와."

카운터에 앉은 최 사장이 아이를 위아래로 훑었다. 아까보다 훨씬 누그러진 태도였지만 아이는 연신 불안한 듯 눈을 굴리며 눈치를 살폈다.

"엄마 전화번호 뭐야."

최 사장이 핸드폰을 들며 말하자 아이의 어깨가 눈에 띄게 움츠러들었다.

"없는, 없는데요."

순간 흐르는 정적과 함께 은조와 최 사장의 시선이 부딪쳤다. 작게 고개를 가로젓는 은조를 향해 최 사장이 눈가를 찡그리는가 싶더니 다시 아이를 향해 시선을 돌렸다.

"아빠는."

"잘못했어요……. 다시는 안 그럴게요."

잦아들었던 아이의 울음소리가 다시 커질 기세에 최 사장이 짧은 한숨을 쉬더니 자리에서 일어났다. 움찔 물러서던 아이가 눈을 질끈 감고 온몸에 힘을 주는 순간, 다시 허공에서 부딪친 은조와 최 사장의 눈빛이 무겁게 가라앉았다.

떨고 있는 아이를 못 본 체하며 지나친 최 사장은 이내 장바구니에 이런저런 물건들을 쓸어 담기 시작했다. 오렌지, 참치 캔, 과자, 즉석밥, 우유, 요구르트, 시리얼……. 아이가 조리에 큰 힘을 들이지 않아도 쉽게 먹을 수 있을 법한 것들이 바구니에 쌓이는 동안 은조는 훌쩍거리는 아이를 어르고 달랬다.

"울지 말고, 응? 이 동네 사니? 몇 동 몇 호에 사는지 누나한테 알려 줄 수 있을까?"

은조의 물음에 아이가 엉엉 소릴 내며 고개를 가로저었다.

"아야, 그만 울어라."

카운터로 돌아온 최 사장이 비닐봉지에 물건을 담으며 말을 이었다.

"한 번은 눈감아 주께. 근데 아가, 그래도 니 아빠랑 연락은 해야 돼. 니가 정 말을 안 하겠다고 하면 나도 신고를 할 수밖에 없고."

한숨을 팍 내쉰 최 사장이 혀를 차더니 은조를 쳐다봤다.

"아야, 세탁소."

"네?"

"그 뭐여, 그때 그 형사 양반 좀 불러 보니라."

정도를 가리키는 말에 은조가 눈에 띄게 난감한 기색을 내비쳤다.

"어……. 그분은 서에 계신 분이라……. 그냥 112에 신고하면 요 앞 파출소에서 오시지 않을까요?"

"저 파출소 짭새들은 영 못 믿을 종자들인게 안 그냐. 세탁소 니, 모르냐? 그때 그 110동 포주 놈. 경찰서에서 와서 한바탕하기 전까지는 맨날천날 신고해도 저 파출소 놈들이 입 싹 닦았었다. 아 뭣 허냐, 얼른 전화해야?"

164

손등으로 연신 닦아 낸 아이의 눈두덩이 더는 부풀어 오를 수 없을 만큼 새빨개질 때쯤 마트 앞에 정도의 차가 섰다.

"주세요. 그거 제가 계산할게요."

"이걸 왜 세탁소에서 계산해? 됐으니까 갖고 따라가서 애나 델다주고 와. 못살아 정말."

"감사합니다."

"아, 세탁소 니가 왜 감사해? 가! 얼른!"

은조는 최 사장이 건넨 봉지를 받아 아이와 함께 정도의 차에 올랐다.

× ◇ ×

"안 돼요."

"왜 안 됩니까?"

"흠, 형사님이 더 잘 아실 거 같은데에."

은조가 말끝을 늘이며 발끝을 까딱거렸다. 대답 대신 흘러나온 정도의 숨소리에 언짢은 기색이 묻어났다. 슬슬 인내심이 바닥나는 듯한 그의 모습에 은조는 쓰고 있던 물안경을 머리 위로 들어 올렸다.

"그냥 솔직하게 말하죠? 대체 왜 우리 세탁소에서 잠복을 하겠다는 건데요?"

"이미 솔직하게 말했습니다. 파트너 도움 좀 받겠다는 게 뭐 잘못됐습니까?"

"와……. 거짓말 잘하시네. 형사님 최근 들어 부쩍 본인 하고 싶은 말만 하고, 막 괜히 부풀려서 말하고 그러는 거 알아요? 확실히 그런 거 같은데 이거 기분 탓인가?"

"기분 탓 아닌데? 이거 전부 다 백은조 씨한테 배운 건데 몰랐습니까? 자기 하고 싶은 말만 하기. 일단 자기 말이 다 맞다고 하기. 우리 서 유행입니다. 백은조 화법."

은조는 대답 대신 저만치 먼 데를 향해 시선을 돌렸다.

"백은조 씨."

"쉿. 가만있어 봐요."

휘휘 손을 저은 은조가 눈 위로 손그늘을 만들었다. 한껏 눈가를 찌푸린 채 멀리 내다보는 옆얼굴을 바라보던 정도의 시선이 은조를 따라 저 앞으로 옮겨 갔다.

"엊그제 그 꼬마 아닙니까?"

지난번 그 아이가 오른손에 커다란 서류 가방을 든 남자의 뒤를 따라 상가건물 방향으로 걸어가고 있었다.

"옆에 저 남자가 지난번에 저 아이 보호자라고 온 사람이에요?"

"예. 맞는 것 같은데요. 그때는 모자를 쓰고 있어서 아주 자세히 보진 못했지만 키도 그렇고 덩치나 걸음걸이도 그때 그 사람 맞습니다. 차림새가 지난번이랑 영 딴판이긴 하네요. 어딜 다녀오는 건가?"

"그래요?"

"예. 그때는 어디서 노숙이라도 하는 사람 같은 차림이었습니다."

은조는 아이와 남자가 시야에서 완전히 사라질 때까지 시선을 떼지 못했다. 상가 앞 코너를 도는 찰나, 아이 옆에 서 있던 남자와 언뜻 눈이 마주친 것 같기도 했다.

아니, 확실히 눈이 마주쳤다. 다그치듯 아이의 손을 잡아채려던 남자가 이쪽을 쳐다본 순간 그대로 손을 올려 다정히 아이의 어깨를 감싸 안았으니까.

아이는 지난번과 비슷한 모습이었다. 점퍼의 품이 크고 소매도 지나치게 길어 아이가 옷을 입은 게 아니라 옷이 아이를 입은 듯한 모양이었다. 아마 엊그제 마트에서 본 것처럼 지금 입기엔 두께가 너무 얇고 소매 끝이나 밑단 같은 곳은 죄다 터진 점퍼일 거다.

잔뜩 주눅 들어 있는 아이의 모습이 어딘지 익숙하게 찜찜했다.

"그러지 말고 좀 도와주시죠. 파트넌데."

"이 봐 이 봐, 맨날 자기 필요할 때만 파트너 어쩌구 한다니까. 지겨워 죽겠어! 그 파트너 소리."

"저야말로 말이 나와서 말인데, 백은조 씨가 필요할 때는 엊그제처럼 사람을 오라 가라 하면서, 제가 부탁할 때는 이렇게 입 싹 닦아도 됩니까?"

은조가 별달리 대꾸하지 않자 정도는 그냥 입을 닫았다. 얼마나 그러고 있었을까, 정도가 자리에서 일어나며 은조를 재촉했다.

"들어가서 얘기하죠."

"아, 브레이크라고요! 저 브레이크 때는 광합성 해야 되거든요?"

"이 날씨에요? 이대로 조금만 더 있으면 입김도 나올 것 같은데요."

틀린 말은 아니었다. 이렇게 바람이 쌀쌀한데 광합성을 하겠다고 어깨 위에 숄을 둘둘 말고 앉아 있는 것도 꼴이 좀 우습긴 했다. 결국 은조가 자리를 털고 일어났다.

"의자 두 개 다 얌전히 챙겨서 들어와요! 안 그럼 문 안 열어 줄 거야."

"같이 놀았으면서 왜 치우는 건 나만 합니까?"

정도는 투덜투덜하면서도 낚시 의자 두 개를 얌전히 접어 은조를 따라 가게 안으로 들어갔다.

× ◇ ×

"그렇게 머리 굴려도 소용없어요. 거짓말하려고 시동 거는 거 다 들리니까."

"제보가 있었습니다."

잠깐의 정적 끝에 형사 양반이 입을 열었다.

"이 일대에 하우스 도박꾼들이 자리를 옮겨 다니면서 크게 판을 벌이고 있다는 제보가 들어와서 조사 중입니다."

"여기요? 2단지?"

"예."

"증거 있어요?"

"예?"

"물증 있냐구요."

"없습니다. 하지만 믿을 만한 제보……."

"물증은 둘째 치고. 그래서 그 도박판이 벌어진다는 데가 정확히 몇 동 몇 호인지, 여기가 정말 맞긴 한 건지는 모르죠? 그냥 이 일대라면서요. 허위 제보 아니에요? 그럼 공무집행방해죠?"

"백은조 씨, 지금"

말을 멈춘 형사 양반이 습관처럼 손끝으로 양쪽 눈가를 꾹 눌렀다.

"아직도 마음에 담아 두고 있는 겁니까? 뒤끝 장난 아닌데 지금."

뒤끝이라니? 어떻게 그런 불경한 단어를! 그러니까 애초에 첫 단추를 잘 끼웠어야지, 이 양반아!

아니, 근데 이 양반 지금 꼭…… 잡스러운 사건만 맡다가 진짜 강력 사건 맡아서 엄청 들뜬 거 같은데? 입꼬리만 심각하고 눈은 막 반짝거리는데 지금.

"아무튼, 이 동네에서 티 안 나게 숨을 만한 곳이 여기밖에 없습니다."

"차에서 해요."

"범인들이 이 아파트에서 작업을 치는 게 맞다면 하루가 멀다 하고 판을 벌일 겁니다. 매일 동네를 드나들 거예요. 제보자에 의하면 최소 세 달은 넘었다고 했습니다. 세 달간 매일 이 동네가 눈에 익은 사람들인데 우리 쪽에서 아파트 곳곳에 차를 세워 두고 밤새 몸을 구겨 그 안에 앉아 있으면 그게 눈에 안 띄겠습니까? 애초에 이 동네에 차가 있는 주민이 많지도 않던데요."

"정말 믿을 만한 제보자 맞아요? 그 사람 어디 출신인데요? 여수? 형사님 여수에 아는 사람 나밖에 없잖아요."

"잘 아네요. 알고 이러는 거네."

"내가 뭘요?"

"뭐긴 뭡니까. 내가 아는 여수 토박이가 딱 한 명인데 그 사람은 도통 도와줄 생각이 없어 보인다 이 말입니다. 이 동네는 무슨 멕시코 우범지대도 아니고 어떻게 이렇게 사건이 끝도 없습니까? 그보다 더하면 더했지 덜 하지는……."

"어이, 형사 양반!"

문간에서 들려오는 목소리는……. 내가 미쳐 정말.

"어쩐다고 남의 동네에 대고 우범지대네 뭐네 해싸?"

원장님의 카랑카랑한 목소리에 형사 양반이 얼굴을 쓸어
내렸다.

"뭐야아? 무슨 일 있었어? 형사님 요새 너무 자주 오시는
거 아냐?"

"그란께 말이다. 여가 뭔 참새 방앗간이여?"

사장님과 부장님이 원장님 등 뒤에서 차례로 고개를 쏙쏙
내밀며 말을 얹자 형사 양반이 들으라는 듯 한숨을 푹푹 쉬며
작업대 쪽으로 자리를 옮겼다.

참새 방앗…… 하……. 여러분이 하실 말씀은 아닌 것 같
은데요. 아니 애초에 왜 다들 여기서 이러냐고! 아…… 혼자
있고 싶다. 진심이다.

"우리 동네가 얼마나 좋은 동넨디. 나가 여기서 30년을 살
았어도 여태 큰 탈 한 번이 없었어야."

"맞아, 우리 자기 같은 다정한 사람이 나고 자란 동네더러
무슨 우범지대라는 거야?"

캔디 사장님이 거들자 미숙 부장님이 "그라제!" 하며 나를
향해 시선을 돌렸다.

"은조 니, 엊그제 고은마트에서 뭔 일 난 거 다 봤다매? 그
라고 일이 있었으믄 나한테 즉각 연락을 했어야지. 뭣 허고 있
었냐 맹추같이."

"아, 그거 최 사장님께서 선처해 주신다고 해서……."

"그라제! 우리 동네가 이런 동네여. 최 사장이 상가 번영회

랑 주민자치회에 연락을 돌려 갖고 그 집에 구호 물품이 쫙 들어갔당께. 애기 아빠가 직접 와 갖고 고맙다고 인사랑 다 하고 갔어야."

"그랬어요?"

예상치 못한 소식이다. 뭐야, 이 동네 썩 나쁘진 않네?

"그라믄! 다 돕고 살아야제. 형사님, 알겄소? 우리 동네는 막 배곯아서 마트에서 뭘 훔치는 애기가 있으믄 선처를 하다 못해 다 같이 가서 막 도와줘 블고 그래. 근디 그런 동네보고 뭔 우범지대여, 우범지대가."

"동네 분들 인심과 강력범죄는 별개의 문젭니다."

어후, 저 입! 저 입! 제발 가만히 있어요, 이 양반아! 저분들 성질 돋우지 말고! 내 시그널을 알아챈 게 분명한데. 어어? 지금 모른 척하는 거지? 그치? 이 양반 보게 정말?

"제보에 의하면 사이즈가 꽤 큰 사건입니다. 이 정도 규모의 하우스 도박장을 이런 작은 동네에서 동네 분들 모르게 운영하는 게 가능할까요? 세 분 말씀대로 이렇게 살기 좋은 동네인데요?"

"뭐여? 시방 우리 동네 사람들 중에 공범이 있는 것 같다 그 말이여?"

"맞네! 지금 딱 그렇게 들리는데? 그치? 언니, 언니도 말 좀 해 봐."

재촉하는 소리에 세라 원장님이 형사 양반을 쳐다봤다.

"그래서? 형사 양반, 더 자세히 얘길 해 봐 어디."

"이 일대에서 일이 벌어진 건 대략 1년 전. 이 아파트 단지로 판을 옮겨 온 건 최소 3개월이 넘었고 이 단지 내에서도 장소를 두 번이나 옮겼다고 합니다. 한 번에 3개월 이상 판이 이어진 건 이 동네가 유일합니다. 다른 데는 길어야 보름이었거든요. 현장을 칠 만하면 자리를 옮겨 버리니 수사에 애를 먹었던 거고요. 그러니 이 동네 특성상 주민이 적고 빈집이 많아 돌발 상황을 컨트롤하기 쉬워서, 혹은 최소 한 명 이상의 동네 사람이 가담하고 있어서 그런 거라고밖에 설명이 안 되는 상황입니다."

아니, 이 양반아! 말하랬다고 그렇게 필터링도 없이 말을 하면 어떡해! 내가 진짜 미친다. 오늘은 진짜 미쳐.

"그렇게 자세히 알려 준 그 제보자가 몇 동 몇 호에서 일어나는 판인지까지는 얘길 안 해 줬나 보지?"

원장님이 이죽거리며 꼬아 올린 쪽 다리를 살살 흔들었다.

"예. 무리에 잠입했던 제보자가 살해당했거든요."

건조한 대답에 세탁소 안 공기가 싸늘하게 가라앉았다. 아…… 이 분위기 어쩔 건데 진짜. 그래, 뭐 별수 있나. 이 중에 제일 성격 좋은 내가 중재해야지. 매번 느끼지만 백은조 정말 대단한 대인배다.

"도와드릴게요, 세탁소 쓰셔도 돼요."

"아니지."

"네?"

원장님이 고개를 가로젓더니 입꼬리를 씩 끌어올렸다. 뭐야, 이분 왜 이러는데……? 불안하게.

"딸내미, 그게 아니고 우리가 잡는 거야. 우리가."

"어머, 언니! 난 찬성! 백 번 찬성!"

"그라제!"

사장님과 부장님이 호들갑스럽게 내 팔을 붙들고 흔들었다. 아, 이거 아닌데요. 이게 아닌데……. 저 휘말리기 싫거든요? 좀 말려 보라고 눈치를 주는데 형사 양반이 피식 웃으며 고개를 내저었다. 망했다.

"딸내미, 우리가 돈이 없지 가오가 없는 게 아니잖아?"

천연덕스럽게 한쪽 눈썹을 치켜세운 원장님이 형사 양반을 향해 고갯짓했다.

"어이, 형사 양반. 일루 가까이 와서 뭐가 필요한지, 사람은 얼마나 올 건지 얘길 해 봐."

"잠복할 곳만 확보되면 한 곳에 2인 1조로 저희 팀원들을 배정할 겁니다. 무턱대고 잠복을 할 수는 없고 일단 동네 사람이 아닌 누군가가 동네에 드나드는 정황부터 잡아야 할 것 같은데요. 밤늦은 시간대에 움직인다는 점만 빼면 모르는 사람들이 보기엔 평범한 동네 사람들인 것처럼 자연스럽게 드나들 겁니다."

평범한 동네 사람들처럼……. 그럼 걸어서 진입할 수 있는 곳부터 확인해야 할 거다. 작업대 앞 벽에 붙어 있던 단지 배치도를 떼어 테이블 위에 올렸다.

"자, 보세요. 아까 형사님이 저한테 그러셨죠? 이 동네에 애초에 차를 소유한 주민이 별로 없다고. 맞아요. 그러니까 그 도박꾼들도 평범하게 드나들려면 걸어 다니는 쪽을 선호할 거예요. 일단 차가 들어올 수 있는 데는 단지 주출입구 한 군데뿐이에요. 당연히 도보로도 올 수 있는 곳이니까, 여길 포함해서…… 101동이랑 스타힐 106동 사이 펜스 출입구랑, 107동 옆에도 스타힐 112동 쪽으로 통하는 펜스 출입구 있죠? 대웅탕 올라가는 길에. 거기까지 세 군데네요. 상가에 있는 가게 중에 혹시 CCTV 달린 데가 있을까요? 가게 내부 말고 밖으로요."

"언니네랑 우리 가게는 안팎으로 다 달려 있고, 칼국수랑 뜨개방은 확실히 없지. 고은마트는…… 안에는 확실히 있는데 밖에도 있나?"

캔디 사장님이 고개를 갸웃했다.

"아니여. 고은마트에 있는 CCTV는 다 가라로 달아 놓은 거라 소용이 없어야."

형사 양반이 조금 당황한 듯 나를 곁눈질했다. 다른 곳도 아니고 마트에 가짜 CCTV를 달아 놨다는 게 이 양반 사고방식으로는 납득하기 힘든 눈치다.

"그럼 고은마트도 빼야겠네요. 그리고 호박카페도 빼요.

도와 달라고 해 봤자 순순히 도와줄 리도 없고 괜히 감정 소모만 할 게 뻔하니까요. 단지 출입구 바로 앞에 있는 101, 102, 103동을 제외하면 나머지 동은 무조건 상가를 지나쳐야 갈 수 있는 구조니까 언니들 가게 앞 CCTV를 좀 더 상가 앞 진입로 쪽으로 돌리구요. 우리 가게 것도 101동이랑 상가 후문을 드나드는 게 더 잘 보이도록 돌려야겠어요."

"언니?"

"어머, 백 사장! 언니 좋네, 언니!"

"그라제! 훨씬 듣기 좋구만!"

제가…… 언니라고…… 했나요? 정말요?

그래……. 내가 그랬구나. 형사 양반이 입술을 꽉 깨물고 웃음을 참는 걸 보니 확실하네. 아, 백은조 진짜 입이 방정이다, 방정.

한참 웃던 캔디 사장님이 손을 번쩍 들었다.

"107동 옆 펜스 출입구 앞에 내 차 세워 두면 돼! 블랙박스도 있어! 어차피 우리 집 앞이라 그놈들이 여태 거기로 드나들었으면 내 차는 눈에 익었을 테니까 딱히 의심도 안 할걸?"

"그라제! 우리 집은 꼭대기 동에 꼭대기 층이라 옆에 112동이랑 밑에 110동, 111동 드나드는 게 베란다에서 다 보인께 거기다 뭐라도 하나 밤새 틀어 놓고 녹화하믄 뭐든 안 되겠냐?"

사장님이 부장님의 팔을 짝 치며 그치 그치, 했다. 뭔가 곰곰이 생각하는 듯하던 원장님이 형사 양반을 향해 턱짓했다.

"형사 양반, 차 있어?"

"예."

"그럼 가서 가지고 와. 우리 집 앞에 세우면 102동이랑 103동 드나드는 건 다 보일 거 같구만."

× ◇ ×

"뭘 그리 자네들끼리만 속삭여?"

고은마트 최 사장이 저만치서 다가오며 말을 붙였다. 막 점심을 먹고 노을광장 한쪽 벤치에 앉아 해바라기를 하던 캔디와 세라가 목소리가 들린 쪽으로 고개를 돌렸다.

"어머! 언닌 무슨 말을 그렇게 섭하게 해? 그러니까 꼭 우리가 무슨 작당 모의라도 하는 것 같잖수!"

"작당 모의가 아니면 뭐데?"

시큰둥한 반응에 캔디가 샐쭉 웃으며 살갑게 최 사장의 팔짱을 꼈다.

"아니이, 세라 언니랑 나랑 가게 보안 점검 좀 하려고 했지. 요새 동네에 드나드는 외지인도 너무 많고."

"글지. 외지인이 많이 드나들긴 허지."

최 사장이 호박카페를 홀끗 쳐다봤다.

"그러니까! 우린 CCTV도 좀 더 좋은 걸로 달고 그러려고 얘기 중이었는데, 언니넨 생각 없수?"

"아서라, 저 짠순이가?"

내내 듣고만 있던 세라가 피식 웃으며 놀리듯 말끝을 올리자 최 사장이 눈을 부라렸다.

"내가 뭘 짠순이데? 그러는 세라 자네는! 맨날 그놈의 신상 타령인지 뭔지 하느라 버는 족족 죄다 거그다 돈을 쓰면서 나한테 할 말은 아니지!"

"내가 벌어서 내가 쓴다는데 뭔 말이 그렇게 많아? 내가 아무리 옷이며 뭐며 사들여도 가게 CCTV 하나 좋은 걸로 바꿀 돈 없을까 봐?"

세라가 빈정대며 새끼손가락으로 귀를 후볐다. 최 사장이 벌게진 얼굴로 캔디를 향해 휙 돌아섰다.

"거, 어디냐? 어디서 사냐? 나도 살라니까! 그 CCTV!"

"어머어, 언니도 하나 새로 하게? 그치, 마트에도 CCTV 있으면 좋지이. 지난주에 그런 일도 있었고 하니까. 내가 알아봤는데 여럿이서 사면 싸대. 내가 미리 봐 놓은 게 있는데 언니도 좀 보실라우?"

캔디가 최 사장을 만화방으로 이끌었다. 씩씩대는 최 사장을 달래듯 팔뚝을 다정히 쓸던 그가 슬쩍 고개를 돌려 여태 벤치에 앉아 있는 세라를 향해 눈을 찡긋했다.

"하여튼 단순해서는……."

작게 중얼거린 세라가 피식 웃으며 자리를 털고 일어났다.

"이제 인정하죠?"

"뭘 인정합니까?"

"저 없으면 안 되겠죠? 역시 줄 중의 줄은 토박이 줄이죠? 백은조 라인을 탄 소감이 어떠신지?"

비죽거리며 놀렸더니 형사 양반의 이마에 주름이 진다.

"인정합니다."

"얄미워 죽겠다는 표정인데?"

"그것도 인정."

세상에! 일부러 눈꼬리를 닦아 가며 크게 웃었더니 형사 양반의 미간에 진 주름이 점점 깊어졌다.

"뭣이 그렇게 재밌대?"

요란하게 문이 열리고 언니들이 가게 문턱을 넘었다. 아니 잠깐, 나 지금 또 언니라고 했잖아? 침착하자, 백은조. 소리 내서 말하지만 않으면 돼. 괜찮아, 괜찮아.

"세상에! 이게 다 뭐예요?"

"왜야? 비밀 요원의 참된 멋은 요런 선구리에서 나오는 것 이제. 아나, 이건 은조 니 꺼이다."

각자 취향껏 얼굴에 선글라스를 하나씩 척 얹고 나타난 언니들이 일사불란하게 소파에 앉았다. 미숙 언니가 내민 선글라스를 만지작거리다가 흘끔 눈을 돌리니 형사 양반이 미간에 주름을 꽉 잡은 채 웃음을 참으려는 듯 턱 근육을 씰룩거리고 있었다.

글쎄…… 그래도 이건 좀 부담스러운데……. 받아도 되는 건가?

"일단, 지난 일주일 동안 찍힌 영상들부터 확인할까요?"

내 말에 캔디 언니가 손을 번쩍 들었다.

"백 사장, 세라 언니랑 우리 가게 영상부터 봐 봐. 고은마트도 CCTV 달았잖어! 그것도 우리가 가져왔는데. 아휴우우, 정말 핑계 대느라 가슴이 막 두근거려서 혼났다니까? 아무튼, 일주일 동안 모르는 차가 동네에 드나들진 않았더라고. 지난번에 형사님이 한 말이 맞는 거 같아. 우리 동네에 차 있는 사람이 별로 없으니까, 꾼들도 차를 이용하진 않은 모양이야."

"그라제. 요란하고 눈에 띄는디."

"원랜 내가 7시에, 세라 언니가 8시에 문을 닫는데 요 며칠은 우리가 9시까지 가게를 열어 뒀거든?"

캔디 언니가 세라 언니의 옆구리를 툭 치자 믹스커피 봉지로 종이컵 안을 휘젓던 세라 언니가 말을 이었다.

"형사 양반 말마따나 동네 인구 절반 이상이 노인들이라 9시 이후에는, 아니지 9시가 다 뭐야. 8시 이후에는 동네가 쥐 죽은 듯이 조용해져. 초저녁잠이 많잖아, 나이가 들면. 일찍 잠들고 새벽 일찍 깨는 거지."

"그럼 동트기 전에 판이 끝날 가능성이 크겠네요. 보통은 눈을 피해 한밤중에 판을 벌이는 편이긴 합니다만, 사실 그런 도박꾼들은 밤낮을 안 가리거든요."

형사 양반의 말에 언니들이 고개를 끄덕였다.

"그치 그치! 동트려고 새 짹짹댈 때쯤이면 다들 일어나서 요 위 대웅탕에 목욕도 가고 정자 앞에 모여서 맨손체조도 하고 그러니까. 아무래도 해 뜬 후에는 아휴, 안 돼 안 돼!"

"폐지 할머니도요. 할머니가 하루에 한 번 스타힐이랑 여기랑 큰길 건너 상가 단지를 쭉 도시거든요. 아침 일찍부터 리어카 끌고 나오시는데⋯⋯. 동트고 나서도 돌아다녔으면 할머니가 분명히 보셨을 거예요."

"아마 겁나게 은밀하게 움직일 것이다. 밤 9시 이후에 동네에서 소란 피우는 거 서로 조심하고 있은께. 재개발 엎어져 부러서 동네에 젊은 사람들 다 빠져나가고 노인네들만 남아서 더 그래야. 이리 오래된 아파트에 방음이 잘 되지도 않고."

"그치, 그래서 가게 CCTV 영상엔 별게 없었거든. 근데 내 차 블랙박스에 이런 게 찍혔더라고."

사흘 연속 한 무리의 사람들이 107동과 스타힐 112동 경계에 있는 펜스 출입구를 통해 2단지로 넘어왔다. 적은 날은 넷, 많은 날은 일곱. 사람들의 성별과 나이대는 모두 제각각이었고 매일매일 멤버가 바뀌었다.

"어⋯⋯ 잠깐만요, 지금 이 사람 우리 가게 CCTV에서도 봤어요."

태블릿에 영상 하나를 띄워 테이블에 내려놨다.

"저도 압니다. 이 여자."

"어머? 형사님이 어떻게 아는 사람이래?"

묻는 캔디 언니 대신 나를 흘끗 본 형사 양반이 영상을 정지했다.

"스타힐 106동 와이셔츠요."

"그 와이셔츠요?"

"예, 확실합니다. 이 여자, 백은조 씨가 알려 준 그 보디 오일 주인입니다."

세상에, 기가 막혀서! 그 와이셔츠라고?

"뭐여, 그럼 이 백여시가 그 백여시여?"

"아십니까?"

"어머, 왜 몰라! 세상에 세상에에! 이 여자 때문에 세라 언니가 1단지 그 부부 아주 혼쭐을 냈잖어! 그 집 와이프랑 남편이랑 쌍으로 머리채 잡힐 뻔했다니까!"

"하이고, 남의 남편 뺏겨 먹는 백여시가 어떤 백여신가 했드만 낯짝이 이렇게 생겼구만? 근게 애초에 이런 백여시한테 남편 뺏긴 화풀이를 왜 여그 와서 했냐 이 말이다. 왜 남의 귀한 딸랑구를 잡어, 잡기는? 느자구 없는 즈그 남편이 그놈의 다이아 반지 홀랑 저 백여시 갖다 준 줄도 모르고 남의 딸랑구한테 도둑년이니 뭐니. 하여튼 무식한 놈의 인간들이여. 교오양이 없어! 교오양이!"

"느자구가 뭡니까?"

형사 양반이 속삭이는 말에 뭐라 답을 못 하고 입술을 말아 물었다. 느자구 어쩌니 하는 말보다 캔디 언니가 한 말이 더 신경 쓰여서.

"됐어. 그만들 해라."

흥분한 얼굴로 영상 속 여자에게 손가락질하는 두 언니를 향해 세라 언니가 쑵, 소리를 내며 눈치를 줬다.

"머리채를 잡……을 뻔해요?"

슬쩍 세라 언니를 곁눈질하며 묻는데 미숙 언니가 내 등허리를 아프지 않게 툭 쳤다.

"니 몰랐냐? 언니, 말 안 했소? 세상에……. 난리도 그런 난리 버거지도 없었어야. 스타힐 그 여편네가 문제여. 은조 니가 훔친 거 아니라고 형사님이 땅땅 못 박고 간 뒤에도 계에속 그냥, 세탁소 딸내미가 즈그 다이아 반지를 훔쳤네 어쩌네 하면서 온 동네에 소문을 다 냈어야. 형사님이랑 니랑 그렇고 그런 사이라서 감싸 준 거라고! 둘이 짜고 쳤다고! 그래 가꼬 그 여편네랑 그 느자구 없는 바깥양반이 언니한테 욕을 뒤지게 처먹었다. 즈그 같잖은 부부 싸움에 애먼 애 끌어들여서 남의 집 귀한 딸내미 평판 조사 브렀다고."

어…… 그…… 세라 언니가요? 언니나 캔디 언니가 아니고 세라 언니가요? 하는 말이 목구멍 끝까지 차올랐지만 조용히 입을 다무는 쪽을 선택했다. 어…… 고맙지. 고마운 일이긴 한데……. 좀 당황스러운 것도 사실이다. 세라 언니가 왜?

"거참, 그만들 하라니까?"

언니들을 향해 눈치를 준 세라 언니가 종이컵을 들어 올렸다가 "뭐야, 다 마셨네" 하며 자리에서 일어났다.

"그, 어떻게 할지 다른 영상 마저 까 보고 있어 봐. 마트 가서 마실 거리 좀 사 올 테니까."

침착한 체하며 가게 문을 여는 세라 언니의 귓가가 빨개져 있었다.

세상에! 진짠가 봐!

영상 속에서, 미숙 언니가 백여시라고 부른 그 여자는 일주일 내내 새로운 사람들을 끌고 2단지에 나타났다. 어느 날은 우리 가게 CCTV에 찍힌 것처럼 스타힐 106동 쪽 펜스 출입구를 통해 2단지로 넘어왔고 또 어느 날은 캔디 언니네 영상처럼 스타힐 112동 방향 펜스 출입구를 통해 모습을 드러내기도 했다. 아무래도 스타힐 단지 내에 차를 세워 두고 이쪽으로 넘어오는 것 같았다.

언니들은 여자가 데려온 사람들 중에 혹시 동네 사람이 있진 않은지 영상을 꼼꼼히 살폈다.

"어머? 이 양반 그 느자구 없는 양반 아냐?"

캔디 언니가 태블릿을 들이밀자 세라 언니가 "맞네, 그 양반" 했다.

"어머, 세상에! 이 양반 아직 정신 못 차렸네, 못 차렸어!"

"엄맘마? 이 사람은 또 왜 여기 있으까?"

"누구, 아는 분입니까?"

형사 양반이 미숙 언니를 향해 몸을 기울이더니 태블릿을 받아 들었다.

"알지. 엊그제 그 애기 아빤디……?"

뭐? 누구?

형사 양반의 손에 들려 있던 태블릿을 빼앗듯 받아 들었다. 남자가 나오는 구간을 몇 번이나 돌려 보고 있으니 어찌나 기가 막힌지. 맞다. 그 남자다.

"109동이네."

그래, 109동이다. 왜 더 빨리 눈치채지 못했지? 백은조 눈썰미 다 죽었네, 다 죽었어. 아주 눈이 그냥 동태눈깔이야.

"109동이에요. 우리 영상을 전부 합쳐도 안 나오는 데가 딱 한 군데 있는데, 그게 109동이거든요. 사각지대요. 캔디 언니 차가 있던 방향에선 108동 앞길을 따라 올라가는 것까진 보여도 그다음은 안 보여요. 그럼 그 후엔 미숙 언니네 베란다에서 찍은 영상에 무슨 흔적이라도 나와야 하는데, 언니네 베란다에선 아무리 좋은 카메라로 줌을 당겨도 110동이랑 111동 라인 아래까지 찍긴 힘들어요. 근데 미숙 언니 영상은 깨끗했구요. 110동부터 113동까진 이 사람들이 드나든 흔적이 전혀 없잖아요. 아니란 소리죠. 109동이에요."

"확실합니까?"

"형사님. 형사님이 아는 유일한 토박이가 누구랬죠?"

형사 양반이 "백은조요, 백은조" 작게 속삭이며 얼굴을 쓸었다. 이젠 인정할 수밖에 없는 거다. 적어도 이 동네에서만큼은, 이정도는 백은조를 이길 수 없다는 걸. 내가 등에 업은 저 언니들도 더는 무시할 수 없는 것 또한 두말하면 입 아픈 일이고.

서울 촌놈의 완벽한 패배다.

× ◇ ×

하필이면 오늘 같은 날. 하여튼 타이밍하고는.

곧 형사 양반이 세탁소로 올 텐데, 껄끄러운 일로 안면이 있는 두 사람을 마주치게 할 수는 없다.

[형사님 지금 어디예요?]

[언제 올 거예요?]

[우리 가게 말고 캔디 언니네로 가 있어요. 알았죠?]

연달아 메시지를 보내도 답이 없다. 세상에, 뭐 하느라 연락이 안 돼?

"왜 그래? 무슨 걱정 있어?"

연신 내 표정을 살피며 묻는 윤희 언니의 말간 얼굴을 보니 입안이 바짝 마르는 듯했다.

세라 언니와 함께 윤희 언니의 가게를 찾아갔던 그날 밤, 남자가 윽박지르는 한마디 한마디를 들을 때마다 겁에 질려 울던 아이는 마트에서 만난 그 꼬마가 확실하다. 이렇게 찬찬히 뜯어보니 아이는 언니와 닮다 못해 언니의 얼굴을 그대로 복제한 수준인데 왜 바로 알아채지 못했을까.

언니. 언니를 협박하던 그 남자랑 언니 아들이 이 동네에 살아요. 언니도 알아요? 아들하고는 왜 따로 사는 거예요? 혹시 그 남자가 아이 아빠인가요?

묻고 싶은 말이 많았지만 차마 물을 수는 없었다. 어쭙잖게 아는 척을 해서 언니에게 상처 주고 싶지는 않았다. 상처받은 언니를 보며 나 또한 상처 받고 싶지 않았다.

사실, 그때 언니에게 일이 마무리되면 세탁소에 들르라고, 그 옷 말고 다른 옷을 가져오면 고쳐 주겠다고 했던 건 반쯤은 빈말이었다.

사람 마음이라는 게 참으로 간사해서, 나는 이름도 모르는 내 앞에서 눈물을 뚝뚝 떨구는 윤희 언니의 얼굴을 보며 어쭙잖은 동정심을 발휘했던 거다. 나보다 더 극한의 상황에 놓인 사람을 보며 내 처지를 위안하는, 세상에서 제일 멍청하고 같잖은 짓을 했던 거다.

놀고 자빠졌네, 백은조. 정신 차려, 이것아. 누가 누굴 동정해? 함부로 상대의 사정을 재단하고 동정하는 것만큼 덜떨어진 짓이 또 없는데.

"근데 은조 너는……."

"응?"

"막…… 얼굴에 다 티가 나. 정말 무슨 일 있는 거 아니지?"

웃으며 시작해 놓고 결국 걱정으로 끝을 맺는 다정한 말에 순간 입이 꾹 다물리고 코 평수가 넓어진다. 어쩐지 눈물이 날 것 같아서.

"어? 은조야, 너 지금 되게 못생긴 표정 한다."

언니가 내 표정을 따라 하며 놀리듯 웃었다.

처음 세탁소에 찾아왔을 때보다 제법 편해진 듯한 언니의 모습에 억지로 입꼬리를 올리긴 했지만 못내 입안이 썼다. 지금처럼 부드럽게 풀려 있는 얼굴이 세탁소 문밖을 나서는 순간 또다시 누군가에게 쫓기듯, 아니 어쩌면 누군가에게 들키지 않으려는 듯 불안하게 굴을 거라는 걸 알고 있으니까.

× ◇ ×

정도와 팀원들이 삼인방의 집 베란다와 가게, 세탁소에 잠입한 지 사흘째 되던 날. 드디어 놈들의 꼬리가 잡혔다.

"어디라구요?"

—109동 108호.

짧은 답변 끝에 전화가 끊기고, 은조는 길게 울리는 사이렌 소리와 훤한 불빛을 따라 109동 방향으로 달음박질쳤다.

"아씨, 진짜."

숨이 턱끝까지 찬 채로 언덕을 달려 오르던 은조가 짧게 욕지거리를 했다. 산을 깎은 자리에 만든 아파트 단지에는 어느 한 군데도 평지라고 부를 만한 곳이 없었다.

스쿠터로 다닐 땐 이렇게 힘든 줄 몰랐지! 염병할! 연신 욕을 중얼거리던 은조가 헐떡이며 109동 앞에 도착했을 때, 도박꾼들은 이미 줄줄이 소시지처럼 엮여 경찰들 손에 이끌려 나오고 있었다. 아닌 밤중에 소란을 맞은 동네 사람들이 군데군데 모여 수군거리고 있는 건 덤이었다.

숨 고를 틈도 없이 사람들 사이를 집요하게 훑던 은조가 소란을 틈타 베란다를 넘어 화단 아래로 잔뜩 몸을 수그린 채 어둠 속으로 사라지는 그림자를 발견하고 다시 뛰기 시작했다.

"백은조 씨! 은조 씨!"

뒤통수에 따라붙는 정도의 목소리에 대답할 여유도 없었다. 은조는 금방이라도 눈앞이 핑 돌 것 같은 기분을 느끼며 어룽거리는 그림자를 따라 어둠을 밟았다. 하나? 둘? 그림자가 정확히 몇 개인지 잘 보이지 않았다.

오래된 아파트 단지의 긴 역사를 자랑하듯 아파트보다 더 높게 자란 나무가 빼곡하게 들어선 길을 따라 걷던 그림자가 금세 108동 옆 샛길로 빠져나와 대웅탕 쪽으로 방향을 틀었다. 순간 비친 가로등 빛 아래에서 혼자인 남자를 확인한 은조가 미련 없이 왔던 길을 향해 되돌아섰다.

벌써 코앞까지 따라온 정도와 허공에서 시선이 얽혔다. 지금 저 남자를 놓치면, 어쩌면 다시는 기회가 없을지도 모른다는 걸 은조도 알고는 있었다. 하지만 지금은 저 남자가 중요한 게 아니었다.

"잡아요! 알았죠? 꼭 잡아요!"

어깨가 닿을 듯 스쳐 지나가는 순간 은조가 다짐을 받듯 정도의 손을 가볍게 잡았다 놓고는 대답도 듣지 않고 획 달려 나갔다.

정도의 입으로 헛바람이 새는 찰나, 꽁무니가 빠지게 도망치던 남자가 흘끔 고개를 돌리더니 정도와 시선이 마주치자 다시 황급히 달아났다.

그래, 잡으라면 잡아야지. 내가 무슨 힘이 있나. 속으로 중얼거린 정도가 이내 속도를 높였다.

109동 앞으로 되돌아온 은조가 수갑을 찬 도박꾼들이 타고 있는 차를 샅샅이 확인하기 시작했다. 차 앞을 지키고 서있던 형사들이 말릴 새도 없이 차창 안으로 고개를 쑥 집어넣기도 하고 막무가내로 차 문을 열거나 열려 있는 차 안에 반쯤 몸을 밀어 넣기도 했다.

없다. 아무 데도 없다. 대체 어디로 갔을까. 이 소란이 벌어졌는데 대체 어딜……. 이마에 손을 짚은 채 눈을 꾹 감고 눈동자를 굴리던 은조가 퍼뜩 고개를 들었다.

"저기, 사장님? 들어가시면 안 되는……."

정도의 팀원 중 하나가 제지하는 소리를 모른 체하며, 은조는 사람이 모두 빠져나간 108호 안으로 발을 들였다.

현관 바로 옆에 나란히 방이 두 개, 중앙에는 거실과 주방, 거실 한편으로는 화장실. 109동은 전에 가 본 적 있는 110동과 같은 구조였다.

성큼 큰 걸음으로 거실에 발을 디딘 은조는 제일 먼저 화장실 문을 열었다.

여기는 아니고.

주방과 거실은 숨을 만한 데가 없으니 패스.

초조한 손길로 큰방과 작은방 문을 차례로 열었지만 존재의 이유가 오로지 도박 그 자체였던 공간은 어느 한구석도 사람이 숨거나 물건을 은닉할 만한 틈이 없었다.

베란다도 별반 다르지 않았다. 혹시라도 있을 단속을 피해 빠져나갈, 개구멍도 뭣도 아닌 틈 말고는 딱히 이렇다 할 여유 공간이 전혀 없었다. 슬슬 겁이 나기 시작했다.

"백은조 씨, 여기서 뭐 하는……."

은조가 신경질적으로 손을 휘젓자 다가오던 정도가 발을 뚝 멈췄다.

생각해. 빨리 생각해. 빨리 생각해 내, 백은조.

"이 안에 있던 사람들 하나도 빠짐없이 차에 태운 거 확실해요?"

"예. 백은조 씨가 꼭 잡아 오라던 그 사람이 마지막으로 차
에 탔습니다. 방금, 막."

얼굴을 잔뜩 굳힌 은조가 집 밖으로 뛰어나갔다. 아직 줄
줄이 서 있는 경찰차들 중 아까도 고개를 쑥 들이밀었던 경찰
승합차 문을 확 열어젖혔다. 남자의 얼굴을 확인하기 무섭게
은조가 그의 멱살을 틀어쥐었다.

"잠깐만, 은조 씨!"

"아 좀, 놔 봐요."

뜯어말리는 정도의 손을 쳐 낸 은조가 남자의 멱살을 쥔
손에 아까보다 더 세게 힘을 줬다.

"이 미친 새끼야. 애 어디 있어? 빨리 말해."

"말해 주면, 아가씨가 이거 풀어 줄 거야?"

남자가 씩 웃으며 수갑 찬 손을 흔들었다.

"애새끼가 어디 있는지는 나도 모르지. 그 새끼가 워낙 쥐
새끼 같아서 평소에도 알아서 잘 찌그러져 있거든."

쥐새끼.

남자가 윤희의 가게 뒷골목에서 쥐새끼 운운하며 아이를
겁박하던 모습이 떠오르자 은조의 눈이 완전히 뒤집혔다.

"이 개새끼가 진짜!"

은조가 아예 목을 졸라 버릴 듯한 기세로 남자에게 달려들
었다.

"은조 씨, 그만! 니들은 뭐 해? 빨리 문 닫고 출발해!"

정도가 은조를 차에서 끌어내자 팀원들이 황급히 차 문을 닫고 주위를 정리하기 시작했다.

"씨발 진짜……."

이마를 감싸 쥔 은조가 초조한 듯 입술을 짓씹었다.

대체 어디 있는 걸까. 집 안에는 숨을 곳이 하나도 없는데, 대체.

비열하게 입꼬리를 당겨 웃던 남자의 얼굴을 떠올리자 금 방이라도 구역질이 날 것 같았다. 짐승만도 못 한 새끼. 누가 누굴 보고 쥐새끼라고……. 욕을 중얼거리던 은조가 퍼뜩 고 개를 들었다. 그러고는 다시 108호를 향해 뛰어갔다.

"찾았다."

은조의 목소리에 뒤따라온 정도가 뭐라 입을 열 듯하다가 말없이 입가를 쓸었다.

대문 옆. 오래된 계단식 아파트의 아주아주 오래된 연탄보 일러 창고 안에 숨어 있는 작은 아이. 꽉 껴안은 무릎 위에 얼 굴을 파묻고 있는 아이 앞에 은조가 쪼그려 앉았다.

"안녕?"

아이가 어깨를 움찔하더니 빼꼼 눈을 들어 올렸다.

"우리 만난 적 있는데. 고은마트에서."

두어 번 눈을 깜빡여 눈물방울을 털어 낸 아이가 천천히 고개를 끄덕였다. 다행이다. 작게 안도한 은조가 아이를 향해 살갑게 말을 붙였다.

"이름이 뭐야? 우리 벌써 두 번이나 만났는데 이름도 모른 다. 그치? 누나는 은조야. 백은조."

"지호……."

"지호 안녕?"

일부러 쾌활하게 손을 팔랑이자 지호가 작게 고개를 끄덕 이곤 무릎에 다시 얼굴을 반쯤 파묻었다. 그 모습을 바라보던 은조가 지호를 향해 손을 내밀었다.

"이제 무서운 아저씨 없으니까 나와도 돼. 괜찮아."

달래는 말에도 아이는 선뜻 손을 내밀지 못하고 눈치를 살 폈다. 지호의 시선이 어디로 향하는지 금세 알아챈 은조가 고 개를 돌려 정도를 향해 눈짓했다.

지호는 정도가 시야에서 완전히 사라진 후에야 다시 은조 와 시선을 맞춰 왔다.

"엄마한테 가자. 누나가 데려다줄게."

"그, 그치만……."

지호가 울먹거리며 입안으로 말을 삼켰다. 알 만했다. 그 망할 자식은 그때 그 골목에서처럼 하루에도 몇 번씩 그런 식 으로 이 조그만 아이를 다그치고 협박했을 거다.

"미안해."

별안간 이어진 은조의 사과에 아이가 당황한 듯 눈을 빠르게 깜빡였다.

"그날, 경찰서에 지호만 두고 먼저 가서. 누나가 미안해. 끝까지 같이 있어 줬어야 했는데. 미안."

단순히 이 순간을 모면하고 아이를 달래기 위해 하는 말이 아니었다.

만약 이 아이와 함께 정도의 차에 탔던 그날, 아이의 보호자가 올 때까지 경찰서에서 끝까지 함께 기다려 줬더라면. 그랬다면 지호는 조금이라도 더 빨리 윤희에게 돌아갈 수 있었을지도 모른다.

그때 남자와 마주치고 그의 목소리를 다시 들었다면. 가래 낀 듯 그르렁거리는 그 탁한 목소리가 뭐라고 변명을 지껄이는 걸 들었다면 분명히 알아차렸을 테니까.

"근데, 이제 진짜로 무서운 아저씨 없어. 방금 누나 뒤에 서 있던 경찰 아저씨 전에도 본 적 있지? 누나랑 같이 경찰 아저씨 차 탔잖아. 경찰 아저씨가 집 안에 있던 나쁜 사람들 전부 다 잡아갔어. 다시는 그 나쁜 아저씨가 지호랑 엄마 괴롭히지 못하게."

은조의 말을 믿을 수 없다는 듯 잠시 침묵하던 지호가 "정말?" 하고 작게 속삭였다.

"응, 정말. 누난 거짓말 안 해. 그러니까 같이 갈래?"

아이가 손을 내밀었다. 너무 작아서 쥐는 것도 조심스러운 손을 맞잡은 은조가 이내 아이를 품에 안아 올렸다. 집으로 돌아갈 시간이다.

× ◇ ×

"그래서요?"

ー구속영장 발부됐고 내일 아침에 검찰로 송치될 겁니다. 죄질이 아주 나빠요. 사채에, 납치에, 공갈 협박에 도박까지. 당분간 바깥공기 마시기 힘들 겁니다. 그리고 그 아이 말입니다. 채무자의 아이를 볼모로 데려갔던 거던데……. 도대체 어떻게 알았습니까? 그리고 그런 일이 있으면 미리 얘기를 해 줘야지 무턱대고 그런 위험한 놈을 혼자 쫓아가면 어떡합니까? 내가 안 따라갔으면 어쩔 뻔했어요? 차에서도 그렇습니다. 수갑을 차고 있었으니 망정이지. 그런 험한 놈 먹살을 함부로 잡질 않나…….

"아, 몰라요 몰라. 나 바빠요. 나중에 다시 얘기해요."

ー여보세요? 백은조 씨? 은조 씨!

전화를 툭 끊은 은조가 가게 앞에 스쿠터를 세웠다. 가게 문 앞에 놓인 익숙한 쇼핑백과 그 옆에 놓인 음료 박스를 발견하고는 작게 소리 내어 웃었다.

가게 안으로 들어와 쇼핑백을 열자 눈에 익은 단정한 필체로 적힌 쪽지와 함께 예닐곱 살쯤 된 남자아이들이 입을 법한 옷 한 벌이 들어 있었다.

품은 조금 줄이고, 주머니는 좀 더 깊게.

재봉틀 앞에 옷을 올려 두는 은조의 입가로 천천히 웃음
이 번졌다.

6
데 칼 코 마 니

모든 게 솔직하지 못해서 벌어진 일이었다.

"세은 언니 못 봤어요?"

작업실로 들어오던 아이들 중 하나가 물었다. 입에 아이스
크림을 하나씩 물고 서서 은조를 빤히 바라보는 눈이 네 쌍.

"어…… 모르겠는데? 아침부터 연락이 안 돼서."

"에이, 언니가 모르면 어떡해요?"

답을 기다리던 아이들이 눈에 띄게 실망한 얼굴을 하고 각
자의 가봉 마네킹 앞으로 자리를 옮겼다.

"아이스크림 다 녹겠네."

마지막으로 들어오던 아이가 제 손목에 달랑달랑 걸어 둔
비닐봉지를 흘끗 내려다보며 중얼거렸다. 그러고는 선심 쓰듯

봉지를 열어 은조에게 아이스크림을 건넸다.

"그냥 언니 드세요."

재고 처리하듯 손에 쥐어 준 아이스크림은 그새 녹았는지 포장지만 봐도 찐득하고 질척하게 안에서 내용물이 굴러다니는 느낌이었다. 은조를 휙 지나쳐 간 아이는 "남 좋은 일 시키네. 아깝게" 같은 말을 중얼거리며 빈 비닐봉지를 손안에서 구겨 쥐었다. 바스락거리는 소리가 그렇게 거슬릴 수가 없었다.

은조는 아이스크림을 손에 쥔 채 말없이 작업실을 빠져나왔다. 그대로 화장실로 들어가 신경질적으로 아이스크림을 휴지통에 던져 넣고 손을 씻었다. 아이스크림이 닿았던 자리의 냉기 위로 그보다 더 차가운 물이 쏟아졌다. 겨우 찬물 따위에 내내 맹하던 정신이 번쩍 들지도, 두통이 가시지도 않았지만 은조는 한참이나 찬물에 손을 담그고 서 있었다.

바지 주머니에 넣어 뒀던 핸드폰이 짧게 진동했다.

[은조 30분 뒤에 강도영 교수님 연구실로.]

과 조교의 번호로 온 메시지였다.

물이 뚝뚝 떨어지는 손으로 답장을 보낸 후 다시 작업실로 향했다. 활짝 열려 있는 문 너머로 듣기 싫은 말들이 줄줄 쏟아지고 있었다.

"그럴 줄 알았다니까?"

"강 교수님 진짜 이상해!"

"최 교수님 그렇게 나가지만 않으셨어도 피날레는 세은 언니였다고 본다. 진심."

"야, 완전 백퍼지. 가만 보면 운도 진짜 좋다니까?"

"저딴 게 피날레로 뽑힐지 누가 알았냐고 진짜."

"세은 언니가 강 교수님 비위 맞춘다고 그동안 얼마나 고생했냐? 솔직히 누가 4학년 때 과대 하고 싶어 해? 졸작 준비하기도 바빠 죽겠는데. 근데 궂은 일은 세은 언니가 다 하고, 피날레는…… 이야, 세상이 이렇게 더럽다 더러워."

"저 언니 휴학했던 것도 동기들이랑 무슨 일 있어서 그랬다던데?"

"야, 동기들한테 팽 당하고 1년 휴학했다가 복학했는데, 하필이면 어학연수 다녀온 세은 언니랑 같이 복학을 해 가지고…… 세은 언니가 진짜 좀 살뜰히 챙겼냐?"

"내 말이! 겉도는 사람 있으면 안 된다고 엄청 챙겼잖아."

"하여튼, 아 완전 짜증 난다고. 저게 왜 피날렌데? 너무 구리지 않냐?"

"강 교수님 취향인가 보지. 아 씨발, 확 찢어 버릴까 진짜."

놀고 자빠졌네. 속으로 이죽거린 은조가 작업실로 들어섰다. 언제 떠들었냐는 듯 불편하고 싸한 침묵이 작업실을 채우고 있었다. 떨떠름한 후배들의 얼굴을 못 본 체한 은조가 가봉 마네킹 앞에 서서 몇 군데 꽂혀 있던 시침 핀을 떼어 정리하기 시작했다.

"그래 가지고 이 옷이 찢어지겠니?"

냉랭한 은조의 목소리에 후배들이 당황한 듯 자기네끼리 눈빛을 주고받았다. 뭐라 말을 붙여도 늘 애매하게 웃는 얼굴로 말끝을 흐리던 은조의 이런 태도가 너무 낯설었던 탓이다.

"말로만 그러지 말고 찢어 버려. 그럴 용기가 없으면 나불거리질 말고. 근데 내 꺼 찢어도 너네 중에 피날레……."

잠시 말을 멈춘 은조가 품평하듯 후배들의 작품을 하나하나 훑었다. 비웃음이 잔뜩 묻은 노골적인 시선에 둘러서 있던 아이들의 얼굴이 점점 일그러졌다.

"설 만한 게 없네."

별수 없다는 듯 어깨를 들썩인 은조가 가방을 챙겨 작업실을 나갔다.

"완전 미친년 아냐, 저거?"

뒤통수에 꽂히는 욕에는 굳이 대꾸하지 않았다. 모든 게 너무 익숙했다. 초중고등학교를 지나 대학에 와서도, 은조가 제일 많이 들었던 말은 "너 진짜 외동딸 같다"였다. 순진하게도 어릴 때는 그 말이 욕인 줄 몰랐다.

복학 후 첫 수업에서 다시 만난 세은이 까맣게 태워 온 얼굴로 "야! 그거 욕이야!" 하면서 등짝을 퍽퍽 쳤을 때가 되어서야 은조는 그 말 속의 저의를 알게 됐다.

성격 탓이라고 생각했다. 외동딸에, 애들이 바글바글한 집안 막내로 예쁨만 받고 자라서. 그래서 그렇다고. 묘하게 냉랭해 보이는 태도가 실은 숫기 없는 성격을 감추려 노력한 결과라는 걸 아무도 몰랐다. 아니다. 알아준 사람이 두 명 있었다. 은수와 세은. 딱 두 사람.

막내 티가 나는 건지 어딜 가나 어른들에게는 예쁨받았다. 공부를 썩 잘하는 게 아니었는데도 중고등학교 내내 선생님들이 예뻐하는 학생이었다. 딱히 선생님들에게 살갑게 굴지 않았는데도 그랬다.

자연히 같은 반 애들에겐 미움을 받았다. 딱히 대놓고 은조를 배척하는 아이들은 없었지만 은근하게 은조를 꺼렸다. 이유는 하나. 선생님들 눈에 들었다는 거였다. 딱 그 또래 애들이 할 법한 질투였다.

"그런 유치한 짓거리를 대학까지 와서도 하는 애들이 있을 줄 알았냐고, 내가."

한탄조로 중얼거린 은조가 짜증스러운 기색으로 핸드폰을 확인했다. 세은은 여전히 답이 없었다.

× ◇ ×

사흘이나 수업을 빼먹었던 세은을 다시 만난 날은 졸업 작품 최종 심사를 하루 남겨 둔 날이었다. 이미 중간 평가 때 거의 모든 심사가 끝났고 은조의 작품이 피날레를 장식하기로 정해졌지만 그래도 평가는 평가였다. 심사가 끝나는 순간까지 긴장을 놓을 순 없었다. 게다가 내일은 모델들이 직접 피팅을 하는 날이었다.

밤늦은 시간. 작업실에 혼자 남은 은조는 옷 없이 비어 있는 세은의 가봉 마네킹 앞에 한참을 서 있었다. 함께 졸업하는 사람들 중 은조의 동기는 세은이 유일했다. 두 사람은 성격도 취향도 정반대였다. 반대가 끌린다더니 그게 정말인 건지, 아니면 세은의 살가운 성격 때문인 건지 이유를 꼬집어 말할 순 없었지만 둘은 복학 후 학교를 함께 다니는 내내 그림자처럼 붙어 다녔다.

"너 뭐 하냐? 거기서?"

다가온 세은이 살짝 밀치듯 은조의 팔을 툭 건드렸다.

세은의 손이 닿았던 자리를 한동안 내려다보던 은조가 세은과 눈을 맞췄다. 지금이라도 말해야 하는 걸까, 하는 생각이 들자 목구멍 끝으로 쓴물이 차오르는 듯했다.

세은의 눈동자 뒤에 맺혀 있는 감정들을 보니 확실했다. 세은도 알고 있는 게 분명하다. 처음부터 알고 있었으면서 왜 모른 척했을까 하는 의문이 떠오른 것도 잠시, 은조는 다시는 두 사람이 예전으로 돌아갈 수 없다는 걸 깨달았다.

수습하기에는 이미 너무 많은 시간이 지났다. 졸업 작품 패션쇼가 4주 앞으로 다가왔고 교수님의 평가도 이미 끝나 별달리 뭘 할 수 있는 게 없었다.

"됐다, 됐어."

세은이 쯧 혀를 차고는 가봉 마네킹을 챙겨 자리를 떴다.

한 학기 내내 같은 자리에 서 있던 마네킹이 사라진 작업실 바닥에 동그랗고 희끄무레한 자국이 남았다.

그때는 은조도 미처 알지 못했다. 그 동그란 자국이 내내 마음에 남아 자신을 괴롭힐 거라는 걸. 이게 다 솔직하지 못해서 벌어진 일이라는 걸.

그날 밤.

그때라도.

은조는 세은에게 말했어야 했다.

내가 너의 졸업 작품을 표절했다고.

그 후로도 한동안 수업에 빠졌던 세은이 결국 졸업 작품을 제출하지 못해 낙제할지도 모른다는 소문이 과를 한바탕 휩쓸고 지나갔다. 모든 일이 너무 갑작스럽게 벌어졌다. 그 후 사흘도 채 지나지 않아 패션쇼가 취소됐다. 정확히는, 남아 있던 모든 학사 일정이 취소됐다.

부실 대학으로 선정되자 학교 법인 설립 허가가 취소되었고 학교는 빠르게 폐교 수순을 밟았다. 비슷한 시기에 함께 부실 대학으로 선정되었던 다른 학교들보다 더 빨리 문을 닫은 게 실은 학교 재단의 비리 때문이라는 말도 돌았다. 뭐가 어찌되었든 학생들에게 이 일이 날벼락인 건 변하지 않는 사실이었다.

그럼에도, 은조는 차마 세은에게 언제부터 학교가 이렇게 될 줄 알고 있었냐고 물어볼 수 없었다. 어디냐는 물음에 [학생회]라고 대답했던, 마지막으로 은조에게 답장했던 바로 그날 알게 됐을 테니까. 그날 밤 세은이 마네킹을 가지러 왔던 것도. 며칠이나 수업을 빠졌던 것도. 은조가 자신의 작품을 표절한 것을 내내 모른 척했던 것도. 모두 이유는 하나였던 거다.

세은에게는 졸업 작품 심사가 아니라 졸업장을 받지 못한 채 학교가 문을 닫을 수도 있다는 사실이 더 중요한 문제라서. 그래서 자리를 비운 거였으니까.

× ◇ ×

"은조야!"

길 건너에서 윤희와 지호가 손을 흔들었다. 들여다보던 핸드폰을 에코백에 넣은 은조가 두 사람을 향해 손을 마주 흔들다가 건너편 골목 쪽을 바라보며 눈을 가늘게 떴다.

예서 같은데? 지금 학원에 있을 시간 아냐? 중얼거리며 가늠하고 있는데, 예서가 골목 안으로 몸을 감췄다.

"왜?"

길을 건너온 윤희가 은조가 보던 방향을 돌아봤다.

"아녜요, 신경 쓰지 마. 지호 안녕? 일주일 만이네?"

배꼽에 양손을 모으고 꾸벅 인사하는 지호의 머리를 한

번 쓰다듬은 은조가 윤희와 나란히 섰다. 자연스레 손을 잡아 오는 지호의 작은 머리통을 바라보다가 눈을 들었더니 윤희가 아이와 똑같은 얼굴로 웃고 있었다.

종포 해양공원을 따라 발을 옮기며 은조는 괜히 아까의 골목을 돌아봤다.

× ◇ ×

유난히 손님이 많은 날이 있다.

하루 종일 둘이나 셋씩 무리 지어 다니는 손님들만 오는, 단 한순간도 내 귀가 쉴 틈이 없는 그런 날. 정말 이상한 게 이런 날은 브레이크 타임에도 제대로 쉬지 못한다.

물안경 대신 언니들에게 선물 받은 선글라스를 쓰고 늘어져 있다가 흠칫 몸을 일으켰다. 선글라스의 검은 렌즈 너머로 보이는 저 사람은 호박카페 바지사장 아저씨다. 헤드폰을 목에 걸고 선글라스를 머리 위로 치켜올렸다.

"……니까 어이가 없는 거지."

귀를 감싼 커다란 헤드폰이 눈에 띄지 않았을 리가 없는데 내가 듣든 말든 아저씨는 이미 한참 전부터 말을 하고 있었던 모양이다. 아…… 지금 되게 피곤해지려고 하는데.

"네? 죄송해요. 못 들었……."

"그러니까 이게 이제 와서 이러면 사람 마음이라는 게 약간 팽 당하는 기분이 들겠어 안 들겠어? 이제 단물 다 빼먹었다는 건가 이런 생각이 드는 게 당연한 거 아니겠냐고. 안 그래, 아가씨? 내가 애초에 그 돈 몇 푼이나 한다고 그거에 넘어가서 괜히 바지사장 한다고 해서 이런 취급을 당하고 있는지 모르겠다 이 말이야. 내가 돈 때문에 그랬겠어? 사정이 딱해 보이니까 좋은 마음으로 도와준 거 아냐. 내가 그렇게 마음 써줬는데 고마운 줄도 모르고. 새파랗게 어린년이 말이야. 뭐 아주 전국구로 얼굴이 크게 팔렸다 그러더니 이제 볼 장 다 봤다 이거지. 초기에 자리 잡을 때 내가 얼마나 여러 방면으로 우리 로터리클럽 회원들한테 홍보를 했는데! 이제 와서 나보고 빠지라고 하니까 내가 열이 받아 안 받아? 내가 누군 줄 알고 감히 언사를 그따위로 하냔 말이야! 부모 없이 자랐다더니 본데 배운 데가 없어, 아주. 아무튼, 아가씨도 조심해. 사업이라는 게 조심해야 할 게 한두 가지가 아니야."

말을 마친 아저씨가 상가 후문 방향으로 사라졌다. 처음부터 내 대답을 들으려고 말을 건 게 아니었던 거다.

요즘은 이런 일이 하루에도 몇 번씩 있다. 그냥 그러려니 한다. 인생에서 가장 큰 미덕은 빠른 수긍과 그보다 더 빠른 포기라니까. 대답할 말을 애써 쥐어 짜내는 것보다 들어 주는 편이 익숙하기도 하고.

드문드문한 소음 위로 다시 음악 소리가 덧입혀진다. 그치,

맞다. 이게 소리가 들려야 정상이지? 나 이거 노이즈 캔슬링 되는 거라고 사기당했었지? 하하. 염병할 거…….

빨강, 노랑, 파랑, 초록이 번갈아 이어지는 차양이 시야에 가득 찰 때까지 낚시 의자에 드러눕듯 기대앉는다. 반대편 무릎 위에 얹어 둔 발끝으로 박자를 맞춰 가며 노래를 흥얼거릴 때마다 찬 공기가 폐부 깊숙한 데까지 밀려들었다.

가을 다 끝났네.

확실하다. 저기, 이쪽으로 다가오는 폐지 할머니의 점퍼가 더 두툼해졌으니까.

× ◇ ×

"아직 안 갔냐?"

안쪽에서 세탁기 전원을 내리는데 익숙한 목소리가 들려왔다.

"어? 언니, 들어오세요. 마무리 중이었어요."

"뭣 헌다고 아직까지 이러고 있냐? 오늘 바빴냐?"

"네, 조금요. 뭐예요? 소장님 옷이네요?"

"이달 말에 조카 결혼식이 있어 갖고 세탁을 좀 해야 쓰겄다. 하이고, 아주버님이 돈을 빵빵 잘 벌어서 그런가 자식 여우는데 광주 뭔 호텔에서 결혼식을 한다 안 그냐. 나가 살다 살다 호텔 결혼식도 다 가 보고야. 별일이다 별일."

미숙 언니가 픽 웃으며 내 어깨 너머로 고개를 기울였다.

"엄마야, 저런 옷도 다 입고 다니는갑다이?"

종일 틀어 두었던 다음 시즌 쿠튀르 리포트가 언니의 시선을 잡아끈 모양이다. 별세계를 보는 듯 신기해하는 언니의 얼굴을 보고 있으니…… 신경 쓰였다. 너무너무.

헐렁하고 품이 큰, 보풀이 많이 일어난 니트 가디건과 그 안에 입은 매한가지로 헐렁한 티셔츠. 사찰 보살님들이 입을 법한 평퍼짐한 바지. 언니에겐 교복이나 다름없는 옷들이었지만 오늘따라 유난히 신경 쓰였다.

미숙 언니의 키가 원래 좀 작은 편이긴 하지만 지금 같은 차림으로 카디건 앞을 단단히 여민 채 팔짱을 끼고 서 있으면 실제보다 10센티미터쯤은 더 작아 보였다. 굳이 단점을 부각할 필요는 없는데.

생각해 보면 지금껏 언니가 세탁소에 가져왔던 옷들은 새 것이든 오래된 것이든 하나도 빠짐없이 소장님과 예서의 옷이었다. 언니는 단 한 번도 다른 두 언니처럼 자신의 옷을 들고 와서 이건 어떠니 저건 어떠니 말을 얹는 일이 없었다. 아니, 애초에 언니가 옷을 사는 걸 본 적이 없다. 다른 언니들은 꽤 자주 쇼핑을 하는데.

"언니, 바지 좀 벗어 보세요."

"엄마? 왜야."

"에이. 일단 벗어요. 오늘은 이거 입고 가세요."

언니는 내가 내민 탈의용 치마를 받아 들고도 선뜻 옷을 갈아입지 못하고 우물쭈물했다.

"수선을 좀 해야겠어요. 언니 맨날 소장님이랑 예서 옷만 가져오잖아요. 언닌 우리 가게 VVIP니까 이건 서비스로 해드릴게요. 내일 점심때 찾으러 오세요."

"왐마? 됐어야. 맨날천날 동네에만 있는디 이거 고쳐서 뭣헌데."

"고쳐서 뭐 하긴요. 예쁜 옷 입으면 기분도 좋고! 그럼 우리 경리 부장님 일할 때 능률도 오르고! 그러니까 얼른 벗어요. 빨리 주세요. 얼른! 저 퇴근하게!"

일부러 성화를 부리며 채근하는 찰나 세탁소 문이 열렸다.

"백 사장! 아직도 안 가고 뭐 하고 있어? 어머, 언니 여기 있었네? 전화해도 안 받더니."

캔디 언니와 세라 언니가 차례로 가게로 들어섰다.

"벌써 퇴근하시게요?"

"응. 우린 일찍 닫고 맥주나 한잔할까 하는데 백 사장도 같이 가자구 왔지."

"왐마? 언니 또 쇼핑했는가?"

결국 내 성화를 이기지 못하고 주섬주섬 바지를 벗던 미숙 언니가 세라 언니의 손에 들린 원피스를 보며 아는 체를 했다. 어…… 지금 예감이 별로 안 좋은데?

"어. 딸내미, 이건 허리를 좀 줄여야겠는데."

"아따, 곱구만."

반쯤 퉁을 주는 듯하던 미숙 언니가 원피스를 살피며 중얼거리자 세라 언니가 미간을 모았다.

"곱긴. 넌 이런 스타일 좋아하지도 않잖아."

세라 언니가 피식 웃자 미숙 언니의 얼굴이 굳었다.

뭐야. 지금 분위기 뭐야 이거?

두 언니 사이에 흐르는 묘한 기류를 나만 눈치챈 게 아닌 모양이다. 소파에 앉으려던 캔디 언니가 얼른 우리를 향해 다가왔다.

"아휴, 얼른 퇴근합시다. 응? 이러다 맥주 한잔하기도 전에 날 새겠어."

일부러 수선을 떠는 캔디 언니와 장단을 맞추며 나도 얼른 옷을 내려놓고 두 언니의 등을 떠밀었다.

자, 갑시다. 가요. 맥주 한잔합시다!

× ◇ ×

[전직해도 되겠습니다. 이제 저보다 타율이 좋은데요.]

아이고 형사 양반.

[부러우면 형사님도 세탁소 하세요. 아무튼, 그 바짓단에 묻은 거 장화 안쪽에서 묻은 거니까 어판장이나 양식장 이런 데 한번 확인해 보세요. 보니까 그런 식으로 자국이 난 게 반

복적으로 그랬던 거 같거든요. 어판장보다는 양식장에서 쓰는 사료 찌꺼기나 망에 달린 침전물 같았어요. 아마 돌산이나 남면 같은 데일 거예요.]

"이 언니 왜 핸드폰을 보면서 그렇게 웃지? 연애해?"

"아, 깜짝이야! 오예서, 너!"

불쑥 나타난 예서가 내 어깨에 턱을 툭 얹고는 나를 닦달하기 시작했다.

"뭐야 뭐야? 빨리 말해. 누구야?"

"아무도 아닙니다. 어쩐 일로 오셨습니까? 학교 지금 마친 거야?"

"응. 이제 학원 가야 돼."

"너 지난주에는 학원 땡땡이쳤잖아."

"아닌데, 아닌데? 나 땡땡이 안 쳤는데?"

"너 쫑포에서 방황하고 돌아다니는 거 봤는데? 거짓말할래? 엄마한텐 비밀로 해 줄게, 솔직히 말해."

"진짜 아니라니까? 나 학원 빼먹으면 안 돼. 끝나면 애들이랑 코노 가야 된단 말이야."

예서가 억울하다는 듯 눈썹을 늘어트렸다. 그래, 그날 봤을 때부터 미숙 언니에게는 비밀로 하기로 마음먹었으니 이쯤에서 믿어 주는 척해야지.

"아, 몰라. 엄마랑 싸웠단 말이야."

"싸운 게 아니라 혼난 거겠지."

"하, 웃기시네! 내가 나이가 몇 갠데 지금. 엄마한테 혼날 나이야?"

예서의 말이 영 틀린 건 아니다. 열여섯. '엄마한테 혼났어'라고 말할 나이는 아니니까. 정확히 몇 살 때부터라고 콕 집어 말하긴 어렵지만 아이들은 어느 순간부터 부모와의 갈등을 '싸웠다'라고 표현한다. 예서가 미숙 언니와의 일을 두고 '싸웠다'라고 표현하는 것도 이 아이가 자랐다는 뜻이다.

"아, 언니. 언니가 엄마한테 말 좀 잘 해 봐. 응?"

예서가 다시 내 등 뒤에 달라붙었다. 쪼끄만 게 진짜 애교만 많아 가지고.

"왜 미용고에 가고 싶은데?"

"안 될 건 뭔데?"

"뭐?"

"암만 봐도 인문계 가기는 글렀고, 운 좋게 턱걸이로 간다고 해도 나 공부에 취미 없어! 특성화고 가면 취업 나가야 되는데 사무직이든 생산직이든 난 다 싫다니까!"

"둘 다 싫다고 무작정 미용고를 가?"

"아, 진짜 이 언니가 날 뭘로 보고……. 나도 다 생각이 있어요, 생각이."

"그러니까 그 생각이 뭔지 얘기를 해 줘야 네 편을 들어 주든지 하지."

"몰라아."

예서가 입을 삐죽이며 내 어깨에 고개를 묻었다. 한동안 뭔가를 생각하는 듯하던 예서가 아! 소리를 내며 내 등을 짝 쳤다. 아, 아파! 아프다고 이 기지배야!

"맞다! 언니, 나 이거 진짜 잘 고쳐 줘야 돼."

"왜? 남자 친구 생겼어?"

"아니이. 학교에 이상한 애가 있어."

"이상한 애?"

작업대에 옷을 하나씩 펼쳤다. 야상점퍼 하나, 스웨트셔츠 하나, 청바지 한 벌.

"응. 맨날 나 따라 하는 애. 내가 산 가방 똑같이 사고, 비슷한 옷 사서 입고 다니고. 지난주에도 봉사활동 시간 채우러 동백원 갔다가 딱 마주쳤는데, 아 진짜 어이가 없어서. 지금 이 맨투맨이랑 똑같은 걸 사서 입고 온 거야! 완! 전! 똑같은 거! 왜 따라 하냐고 사람을. 그니까 언니가 잘 고쳐 줘야 돼. 걔가 나 따라 입은 옷 전부 다 가져와서 다 고쳐 버릴 거야, 내가!"

그래. 그런 거에 한참 민감할 나이지. 새어 나오는 웃음을 삼키는데 이거 이거 기지배 눈치는 드럽게 빨라 가지고. 금세 눈을 흘긴다.

"다음 주에 결혼식 있다며? 언니가 조카라고 하시던데……?"

"어? 아아. 사촌 오빠 결혼식. 큰아빠 아들."

"너도 가?"

"당연히 가지. 나 내일 엄마랑 시내 가서 원피스 살 거야.

오빠 결혼식 때 입을 거. 이제 슬슬 다른 언니 오빠들도 결혼할 나이 됐다고, 결혼식 다니려면 좋은 옷 한 벌 있어야 한대."

"예서는 좋겠네에. 엄마가 새 옷도 사 주고오."

"좋긴 뭐가 좋아? 아, 진짜아! 난 그런 거 필요 없고 아진이 걔가 입는 그런 아노락이나 사 주면 좋겠는데! 진짜! 1년에 한 번 입을까 말까 한 옷이 왜 필요해? 결혼식 때 입는 그런 원피스는 완전 막 다 회사원 원피스 같잖아!"

예서에겐 그렇게 보일 수도 있겠다 싶었다. 하객용 원피스라는 게, 게다가 앞으로도 있을 결혼식을 위해 여러 번 입을 원피스라면 더더욱. 아주 단정하고 무난한 스타일일 수밖에 없으니까.

×◇×

"어……. 잠깐 들어오시면 안 될까요?"

예서 또래나 됐을까. 학생이 대문을 조금 더 열어젖히며 물었다.

"엄마가 세탁소 사장님 오시면 몇 벌 더 챙겨서 맡겨야 한다고 하셨는데 제가 아직 옷을 다 못 담아서요."

"그래요. 그럼 실례할게요."

은조는 말끝을 흐리는 학생을 따라 집 안으로 들어갔다.

방이 네 개. 확실히 평수가 컸다. 온 가족이 함께 쓰는 듯한 드레스 룸으로 들어서며 은조는 티 나지 않게 집 안을 훑었다. 현관 앞에 서면 온 집 안이 다 보이던 2단지와 달리 스타힐은 확실히 방도 많고 방 사이 복도도 널찍했다.

학생이 커다란 쇼핑백에 옷을 담기 시작했다. 은조는 방 안을 한번 획 둘러보고 여태 들고 있던 옷을 문 가까이에 있는 행거에 걸었다.

"바로 안 입을 옷이어도 커버는 제거하고 보관하는 게 좋아요."

은조의 말에 학생이 "아…… 그래요?" 하며 고개를 들었다.

"네. 보니까 여긴 행거가 다 개방형으로 되어 있어서 더 그렇거든요. 커버를 씌워서 보관하면 형광등 불빛에 계속 이 비닐 커버가 노출되면서 열을 받고, 그러면 햇빛에 내놓은 것처럼 옷이 바래요. 어머니께 말씀 전해 드리고 커버 전부 제거하세요."

"네, 감사합니다."

학생이 내민 쇼핑백을 받아 든 은조가 살짝 고개를 기울였다. 아무래도 어디서 본 것 같은데. 아는 얼굴을 헤아려 보다가 이내 고개를 저었다. 그러자 세탁비를 내밀던 학생이 은조를 따라 고개를 갸웃했다.

"아, 아니에요."

대꾸한 은조가 거스름돈을 건네고 학생의 집을 나섰다. 스타힐 112동 1302호. 문에 붙은 호수를 확인해 봤지만 여전히 어디서 본 학생인지 기억나지 않았다.

× ◇ ×

점점 짧아지는 해가 아쉬워 브레이크 타임 내내 해바라기를 하고 앉아 있던 은조가 의자를 대충 정리해 두고 스쿠터에 올랐다. 보자 보자……. 111동이 두 집, 113동이랑 108동이 한 집씩. 세탁물을 수거할 집을 다시 한번 헤아리고 시동을 걸었다.

은조는 단지 꼭대기를 향해 천천히 스쿠터를 몰았다. 단지 안으로 길게 바람이 일 때마다 키가 큰 은행나무들이 노란 잎을 우수수 쏟아 냈다. 마른 나뭇잎 향을 잔뜩 머금은 바람이 코끝을 스치고 이내 성기게 짜인 니트 안으로 스며들었다.

107동 앞까지 올라오니 어느 집에서 틀어 놓았는지 대동강이며 을밀대를 찾는 노랫소리가 희미하게 들려왔다.

"보자 보자……. 211호지?"

기억을 더듬으며 108동 앞에 스쿠터를 세우던 은조가 응? 하는 소릴 내며 고개를 돌렸다. 107동과 스타힐 112동을 가로지르는 펜스 앞에 마주 서 있는 여자아이들의 모습이 눈에 익었다. 비슷한 키에 어깨까지 오는 생머리까지 똑 닮은 아이들은 똑같은 아이템을 걸친 채 거울을 보듯 서 있었다.

앞판에 스포츠 브랜드 로고가 크게 새겨진 오버사이즈 스웨트셔츠, 스웨트셔츠와 셋업인 조거팬츠, 굽이 높은 스니커즈와 면으로 된 버킷해트.

아이고, 예서야……. 탄식이 절로 나왔다.

먼젓번 스타힐 112동 학생이 눈에 익었던 건 예서가 말했던 '그 아이'라서 그랬던 거다. 그 집 드레스 룸 한쪽에 걸려 있던, 예서가 며칠 내내 세탁소에 가져다 나르던 옷들과 똑같거나 아주 비슷한 아이템들이 눈에 박혀서.

예서는 거짓말을 하지 않았다. 정말로 학원을 땡땡이친 적이 없는 거다. 아마 윤희를 만나러 갔던 날 종포에서 봤던 뒷모습도 예서가 아니라 저 아이였을 테니까.

예서는 거짓말을 했다. 두 사람 중 다른 한쪽을 따라 하는 건 저 아이가 아니라 예서다. 예서가 가져왔던 옷들 대부분이 어느 브랜드의 유명 아이템이 아닌 흔히 말하는 그런 아이템 '스타일'이었던 것도. '스타일'이 아닌 '원조' 아이템들이 예서가 따라 하는 저 아이의 드레스 룸에 한가득 걸려 있던 것도. 모두 예서가 저 아이를 따라 하고 있어서 그랬던 거다.

스타힐 아이가 뭐라 입을 떼자 예서가 버럭 소리를 질렀다. 스타힐 아이의 말소리는 잘 들리지 않았다. 또래답지 않게 시종일관 침착하고 여유로운 태도였던 아이가 뭐라고 한마디 더 없고 먼저 돌아서자 예서가 따라 휙 몸을 돌려 섰다.

허공에서 은조와 예서의 시선이 얽혔다. 당황한 듯 미간을 찡그리던 예서가 아는 체도 하지 않고 황급히 자리를 피했다.

예서야, 예서야……. 또다시 탄식을 삼킨 은조가 이마를 한 번 쓸었다. 작게 한숨이 밀려 나왔다. 예서가 어떤 마음인지 너무 잘 알고 있는 탓이었다.

× ◇ ×

모녀 싸움에 휘말릴 거라곤 상상도 못 했다. 게다가 그 싸움이 우리 가게에서 일어날 거라고는 더더욱.

"아 진짜, 싫다고!"

예서가 쇼핑백을 바닥에 집어 던졌다. 유명 스포츠 브랜드 로고가 찍힌 쇼핑백이다.

"왐마? 야 봐라? 어디서 물건을 함부로 던지냐? 어? 나가 니를 그리 가르치디?"

"아 뭐! 이미 수선해 버려서 환불 못 한다고!"

예서가 바닥에 뒹구는 아노락을 들어 올려 미숙 언니를 향해 흔들었다.

그만들 하라고 말리고 싶었지만 끼어들 분위기가 아니다. 무엇보다, 두 사람의 이 싸움에 내가 어느 정도 원인 제공을 한 상태라 말을 얹기가 쉽지 않다.

예서가 소매 길이를 줄여 달라며 가져온 아노락을 순순히 수선해 줬던 게 문제다.

예서의 표현을 그대로 빌리자면 '회사원 원피스' 같았을, 미숙 언니가 결혼식용으로 사 준 그 원피스를 예서는 겁도 없이 몰래 환불하고 그 돈으로 그렇게 노래를 부르던 '아진이 개가 입는 그런 아노락'을 산 거다. 그리고 나한테 가져왔던 거고.

"이거 입고 가면 되잖아!"

"누가 결혼식에 그러고 간대? 그것도 혼주 가족이?"

"아, 그럼 안 가! 안 가!"

"이 가시내가 진짜! 니 요새 대체 왜 그냐? 미용고를 가네 어쩌네 해 싸면서 헛소리나 해 싸고, 나가 니 그러라고 뼈 빠지게 돈 벌어서 학원비 대 준 줄 아냐? 니 왜 그냐? 어? 대체 뭐에 바람이 들어서 그냐?"

"내가 언제 학원 보내 달랬어? 엄마가 가라고 한 거잖아!"

"니 친구들 다 거기 다닌다고 니가 우는소리 했냐 안 했냐? 우리 형편에 니 학원 보내는 것도 내가 어얼마나 쥐어짜고 애 끼고 애껴야 되는지 알고나 하는 소리냐? 어?"

"그니까 미용고 가서 기술 배워서 돈 번다고!"

미숙 언니와 예서의 싸움이 계속될수록 어쩐지 들어서는 안 될 걸 듣는 기분이 들었다. 슬슬 말려야 하긴 할 것 같은데. 대체 뭐라고 말려?

"누가 니보고 돈 벌어 오라디? 어? 그냥 넘의 집 애들처럼 평범하게 공부나 하라니까? 공부해서 대학 가, 대학! 번듯한 직장 들어가서 번듯하게 살 생각을 해야지! 미용고? 니 세라

이모처럼 될라 그러냐? 그렇게 살래? 어?"

"세라 이모가 어디가 어때서?"

"뭐?"

"세라 이모가 엄마보다 훨씬 낫거든! 훨씬 세련되고!"

미숙 언니의 얼굴이…… 여태 본 적 없는 표정으로 일그러졌다.

"내가 엄마 때문에 얼마나 쪽팔린 줄 알아? 엄마는 아진이네 엄마 본 적도 없지?"

예서가 말하는 '아진이네 엄마'가 누군지 빤하다. 스타힐 112동 1302호, 그 집을 말하는 거다.

바닥에 화려한 무늬의 수입 타일이 깔린 긴 현관을 지나 망유리가 끼워진 빈티지 블루의 중문을 열고 들어서면 온통 프렌치 스타일로 꾸며져 있는 집. 인테리어 스타일만큼이나 옷 취향도 확고했는데 고급스럽고 우아한 아이템의 향연이었다.

트렌치코트의 대명사로 여겨지는 바로 그 브랜드의 트렌치코트가 언뜻 봐도 대여섯 벌. 거기에 질 좋은 캐시미어 코트와 니트, 온통 세련된 원피스 일색이던 드레스 룸. 옷들은 전부 사이즈가 작은 편이었으니 '아진이네 엄마'는 마르고 날렵한 몸매일 거다.

"아, 왜 엄마는 다이어트 안 하는데? 짜증 나, 진짜. 엄마 그렇게 입고 다니는 것도 싫고, 다 싫다고! 1단지에 사는 애들도 우리 엄마 아빠가 여기 관리 사무소 직원인 거 다 아는데. 얼굴도 아는데! 진짜 쪽팔린다고! 아진이 그게 막 지 엄마 팔짱 착 끼고 비웃는 것처럼 쳐다볼 때 어떤 기분인 줄이나 알아? 캔디 이모랑 세라 이모는 맨날 예쁘게 잘 꾸미고 다니잖아! 셋이 친군데 엄마만 왜 그래? 진짜 너무 짜증 나 죽겠다고!"

소리를 꽥 지른 예서가 미숙 언니를 밀치듯 지나쳐 가게 밖으로 나갔다.

언니는 아무 말이 없었다. 아마, 자신의 옷장을 생각하고 있을 거다. 푸근한 체형을 가리기 좋은 평퍼짐한 모양에 온통 검은색 회색 남색인 옷들을.

그렇게 멍하니 서서 한참 생각하는 듯하던 미숙 언니가 미간을 찡그렸다. 글쎄, 이젠 자신의 외모까지 곱씹어 보고 있는 걸까? 화장기 없는 얼굴에 뽀글뽀글한 아줌마 파마라고?

"죄송해요, 언니. 예서가 옷 가져왔을 때 제가 눈치를 챘어야 했는데."

"니가 뭐가 죄송해야. 괜히 우리가 니 영업장에서 소란 떨어서 미안케 됐다."

말을 마친 미숙 언니는 예서가 다림질 작업대 위에 팽개쳐둔 아노락을 챙겨 가게를 나섰다.

× ◇ ×

"대체…… 대체 왜 여기서 이러시는 건데요?"

내 말에 소파에 앉은 두 사람이 서로를 바라봤다. 마치 자신에게 하는 말이 아니라는 듯이. 아니, 둘 다요! 둘 다! 가뜩이나 미숙 언니 일로 속 시끄러워 죽겠는데 정말!

"추워."

그래요, 할머니. 춥지요, 추워. 일주일만 더 있으면 12월인데 당연히 춥지!

"아니, 왜 날씨 탓을 하세요? 할머니 요새 안 바쁘세요? 쉬는 시간이 이렇게 길어도 되는 거예요?"

"안 바빠. 대목 다 지나갔다. 다시 대목 올라믄 다음 달이나 돼야 혀. 원래 폐지는 11월이 비수기여."

할머니가 들고 있던 요구르트병에서 쪼록 소리가 났다. 세상에, 아니…… 대체 왜…… 우리 가게는 사랑방이 아니라고요! 사랑방 취급하는 건 언니들로도 족해! 이미 충분하다고!

"형사님은요?"

"오늘 비번입니다."

"그러니까 비번인데 왜 여기서 이러고 있냐고요."

"관문동에서 사건이 있었는데 백은조 씨가 이걸 좀 봤으면 좋겠거든요."

이정도 씨가 손에 든 종이 뭉치를 펄럭였다. 아니, 이 양반아 그걸 내가 왜 봐요? 내가 뭐 탐정이야? 탐정이냐고!

"아, 그리고. 왜 저는 요구르트 안 줍니까? 차별입니까?"

이정도 씨의 눈이 테이블 위에 놓인 요구르트에 가 박혔다.

"안 돼! 그거 다 내 꺼야! 손만 대 봐요, 아주!"

"그래. 거, 다 큰 총각이 어린애 간식에 눈독 들이면 못써."

다시 두 사람의 시선이 팽팽하게 부딪쳤다. 세상에…… 세상에서 가장 하찮고 어이없는 경쟁 같은데 지금.

"어르신, 일단 백은조 씨는 애가 아닙니다. 그리고……."

"아, 아니긴 뭐가 아니여? 거, 총각은 대학 졸업장 있지? 쟤는 졸업장도 없어. 그러니까 아직 학생이여, 학생. 학생이면 애기지. 안 그냐?"

아니…… 왜 여기서 갑자기 졸업장 얘길 하고 그러세요? 이 할머니가 사람 두 번 죽이시네.

"제가 졸업장 없는 걸 할머니가 어떻게 아세요?"

"저도 압니다. 동네 사람들 다 알던데요? 백은조 씨 신상은 이 동네 공공재던데 몰랐습니까?"

이정도 씨의 말이 끝나기 무섭게 할머니가 고개를 끄덕이며 자리에서 일어났다. 그치, 이렇게 좁아터진 동네에 이미 소문이 돌 만큼 돌았는데 할머니가 몰랐을 리가 없다. 우리 동네를 줄기차게 드나드는 이정도 씨도 마찬가지고. 하지만 아무리 그래도 공공재라니? 너무하네 정말!

"아가."

"네?"

문간에 선 할머니가 씩 웃으며 문고리에 손을 올렸다. 장난처럼 검지 끝으로 손잡이를 툭툭 두드리며 나를 빤히 보다가 고개를 느리게 두어 번 끄덕였다. 영문을 알 수 없는 행동이었지만 어쩐지 쉽게 입을 열 수 없었다. 그건 이정도 씨도 마찬가지인 듯했다. 우리는 가만히 할머니의 입이 다시 열리길 기다렸다.

"졸업해야지 이제. 그만 졸업해라."

졸업하라는 할머니의 말이 종일 머릿속을 떠나지 않았다.

할머니가 무슨 뜻으로 그런 말을 했는지는 몰라도, 듣는 나는 한 가지 의미밖에 떠오르지 않았으니까.

내가 이 관계에서, 그날의 그 순간에서 졸업할 수 있을까?

세은의 인스타그램을 쭉 훑어보다가 충동적으로 메시지를 보냈다.

[안녕. 잘 지냈어?]

× ◇ ×

"언닌 뭐 하는데 사람이 오는지도 몰라?"

소파에 늘어져 있는데 머리 위에서 예서가 쑥 고개를 들이밀었다.

"청소년. 언니 지금 브레이크 타임인데."

"안 돼. 오늘 백 사장님은 쉬는 시간 없어."

예서가 내 무릎을 치워 내고 소파에 앉았다. 요놈 봐라?

"아! 무거워!"

"무거우라고 올린 거야."

"유치해! 언니 지금 진짜 완전 유치하다고!"

예서가 한 마디씩 말을 이을 때마다 내 종아리를 찰싹찰싹 때렸다. 와, 기지배 요거 손 더럽게 맵네.

"용건만 간단히. 나 이번 주 내내 손님도 너무 많았고 불청객도 너무 많았고……. 암튼 오늘은 진짜 쉬어야 되거든?"

"알았으니까 이것 좀 봐 봐. 빨리이. 일어나아아아아!"

성화를 이기지 못하고 일어나 앉기 무섭게 예서가 테이블 위에 쇼핑백 하나를 척 소리 나게 올렸다.

"뭐야?"

"엄마 옷."

"엄마 옷? 미숙 언니?"

"응. 엄마 옷장 뒤져 봤는데 쓸 만한 게 이거밖에 없었어. 근데 엄마 결혼하기 전에 입던 옷인가 봐. 너무 촌스러워."

툴툴거리며 중얼거리는 예서의 귓바퀴가 조금 빨개져 있었다. 요거 요거 요 깜찍한 지지배 봐라?

쇼핑백 안에 든 옷은 터키시 블루와 호라이즌 블루가 격자 모양으로 교차된 깅엄체크 투피스였다. 스탠드를 켠 작업대에 옷을 펼쳤다. 그간 꽤 공들여 관리한 모양인지 20년은 더 됐을 옷의 상태가 바로 어제 만든 옷처럼 좋았다.

"근데…… 사이즈가 좀 작은 것 같아. 내가 어제 엄마 몰래 앨범도 좀 뒤져 봤는데 우리 엄마 옛날에는 진짜 날씬했더라? 나 진짜 깜짝 놀랐잖아! 우리 엄마 아닌 줄 알았어."

예서는 내가 별 대꾸가 없는 게 불안한지 뭐 마려운 강아지처럼 부산스럽게 작업대 주변을 서성였다.

"언니도 이거 봐 봐. 응?"

아직 어려서 그런지 예서가 얄팍한 인내심을 자랑하며 내 눈앞에 핸드폰을 들이밀었다. 사진 속 미숙 언니와 소장님은 흐드러지게 핀 동백나무 앞에서 다정히 팔짱을 낀 채 서서 웃고 있었다. 아…… 여기 오동도네, 오동도야.

"언니이."

예서가 기어이 내 팔을 잡고 흔들기 시작했다.

"언니 패션 디자인 전공했다며어. 응? 엄마가 다시 입을 수 있게 고칠 수 있지? 그치?"

"글쎄……."

"아, 튕기지 말고오. 응?"

"튕기는 게 아니라."

자신이 없다.

마지막으로 옷다운 옷을 만들었던 건 작년 여름 졸업 작품을 준비할 때, 그때가 마지막이었다. 그마저도 표절이었다. 내 작품이 아니라.

세탁소를 떠맡은 지난 몇 개월간 고작해야 바짓단이나 허리를 줄이는 정도의 수선만 해 왔다. 디자인이 아니라 수선.

만약 미숙 언니의 옷을 고친다면 이건 수선이 아니라 원단만 살려 아예 다른 옷을 만드는 작업이 될 거다. 글쎄…… 무릎길이쯤 오는 롱 재킷으로 만들 수 있을 것도 같은데.

근데 그걸 내가 할 수 있을까?

하고 싶지만 할 수 없다. 나는 여전히 옷을 만드는 일을 사랑하지만 옷을 만드는 것이 싫다. 이런 질척이고 애타는 감정을 사람들은 애증이라 부른다. 아마도.

"……했어."

예서가 내 허리께에서 손을 꼼지락거리며 중얼거렸다.

"잘못했어. 엄마한테도 사과할 거야. 아진이랑도 화해했단 말이야……."

예서가 얼굴을 묻고 있는 내 어깨가 축축하게 젖기 시작했다. 아이고…… 울어? 내가 미쳐.

"왜? 엄마 쪽팔리다더니?"

"잘못했다니까아."

"잘못했단 말은 나한테 할 게 아니라 너네 엄마한테 가서 해야지."

뭘까. 사흘 전까지만 해도 엄마에게 바락바락 소릴 지르며 대들던 애가 이렇게 갑자기 태도가 변한다고? 정말 알다가도 모르겠다. 사춘기여서 그런가? 나도 이맘때 이랬나?

"그러니까 언니가 도와줘……. 응? 아니이. 엄마가 맘에 드는 옷 직접 골라서 사 입으라고 돈을 주는 거야. 그래서 나는 그걸로 엄마 옷 사서 화해해 보려고 했는데 예쁜 건 다 너무 비싸고 좀 살 만하다 싶은 건 안 예쁘고 그렇잖아."

"그래서?"

"그래서 엄마 옷도 못 사고 그렇다고 내 옷을 또 사긴 그래서 그냥 왔더니 엄마가 또 막 화를 내잖아. 사 입으라는 데 왜 안 사 입냐고……."

살다 살다 호텔 결혼식은 처음 가 본다며 웃던 미숙 언니의 얼굴이 떠올랐다.

"엄마는 결혼식 가서 너 기죽을까 봐 그러지. 이 기지배야."

"알아아. 그러니까 언니가 좀 도와줘. 응?"

웅얼거리며 코를 훌쩍이는 예서의 동그란 머리통을 내려다보고 있다가 머리를 한 번 쓰다듬었다. 제 친구를 따라 하던 그 차림새가 아니라 청바지에 포근한 니트를 입은, 내가 늘 보던 예서니까. 지금 이건 진짜 오예서의 진심일 테니까.

"내 옷에 코 묻히지 마라, 오예서. 혼난다."

여태 엉겨 붙어 있던 예서가 얼굴을 더 들이밀며 킁킁거렸다. 어우, 정말. 내가 미쳐 진짜.

× ◇ ×

스쿠터에 시동을 걸던 은조가 주머니 안에서 짧게 울리는 진동에 핸드폰을 꺼냈다.

한세은.

알림창에 반짝 뜨는 이름을 한동안 바라보기만 하다가 코를 한 번 훌쩍이고 눈가를 문질러 닦았다. 그러다 흘끗 세탁소로 눈을 돌렸다. 불 꺼진 세탁소 앞에 서 있던 가로등이 켜지더니 무대 위로 떨어지는 핀 조명처럼 가게 문에 붙은 종잇장을 길게 비췄다.

〈옷 고쳐 드립니다.〉

문에 붙은 종이를 가만히 보던 은조가 다시 가게로 들어가 안에서 매직을 가지고 나왔다. 팔짱을 낀 채 종이를 바라보기를 잠시. 은조는 앞부분에 작은 글씨로 말을 덧붙이고 가게 안으로 들어갔다.

〈세련되게, 옷 고쳐 드립니다.〉

7
열세 개의 성냥갑

폐지 할머니가 사라졌다.

× ◇ ×

"어휴 정말! 내가 진짜 얼마나 놀랐는데! 할머니 뒤통수에선 피가 철철 나지, 밥 챙겨 주는 애기들은 빨리 밥 달라고 야옹야옹 난리지, 정신이 하아나도 없었다니까!"

소파 가운데 자리에 앉은 캔디 언니가 까다 만 귤을 든 손을 이리저리 흔들었다. 그럴 때마다 오른쪽에 앉은 세라 언니가 미간을 찡그리며 소파 팔걸이 쪽으로 몸을 뺐다. 아마 양손을 몸에 딱 붙여서 묶어 두면 캔디 언니는 한 문장도 제대로 잇지 못할 거다. 확실하다.

"그런께 말이다. 날이 이리 추운디 이 엄동설한에 새벽부터 폐지 줍는다고 몸보다 더 큰 리아까를 그리 끌고. 동네서 초상 치를 뻔했어야."

미숙 언니는 말을 하는 동안 귤을 두 개나 까서 입안에 넣고 우적거렸다.

"백 사장, 형사님은 뭐래? 범인 잡을 수 있을 것 같대?"

캔디 언니가 팔을 쭉 뻗어 내 입에 귤 알맹이 하나를 쏙 집어넣었다.

"아직 자세히는 모르겠는데 아마 단순 퍽치기로 결론 날 가능성이 크다고 하더라고요. 그나마 스타힐엔 단지 중간중간에 방범용 CCTV라도 있는데 여긴 하나도 없잖아요. 그래서 범인 잡는 데 시간이 좀 걸릴 거래요. 목격자도 찾아야 하고 할머니 그날 동선 추적도 해야 하고, 뭐…… 할 일이 많은가 봐요."

"그래도 천만다행 아니냐. 할매 물건 중에 없어진 건 없는 것 같다매? 물건 노리고 거시기 한 강도는 아닌갑지."

"폐지 줍고 다니는 노인네한테 뺏을 게 뭐가 있겠냐."

"아이갸? 언니는 또 뭔 말을 그리 한가? 아무튼 캔디 니가 큰일 했다야. 니 아니었으믄 그 새벽에 누가 할매를 발견했을 거냐. 날도 추워서 해 뜨기 전엔 동네에 쥐새끼 하나 안 다니는디."

허벅지를 툭 치는 미숙 언니의 손길에 캔디 언니가 "그치

그치. 다행이지” 하며 고개를 끄덕였다.

“팔자 좋다.”

세라 언니가 소파 등받이에 몸을 푹 기대며 하는 말에 나란히 앉은 두 쌍의 눈이 같은 방향으로 휙. 아니…… 지금 또 분위기 싸한데 이거?

“팔자도 좋다고. 동네 까집고 돌아다니는 고양이 새끼들 밥 챙기는 데 돈 쓰고 다니고.”

순간 가게 안에 이는 정적에 나도 모르게 손이 삐끗 미끄러졌다. 아씨, 손으로 오버로크 치는 게 얼마나 고도의 집중력을 요하는 일인데!

“아휴, 팔자 좋지 그러엄. 내가 딸린 자식이 있수, 남편이 있수? 첫사랑에 실패만 안 했어도 우리 은조만 한 딸이 있을 건데. 그치, 백 사장?”

활짝 웃으며 눈가를 찡긋한 캔디 언니가 내 입에 귤을 하나 더 집어넣었다.

이 언니들의 대화는 매번 이런 식이다. 내가 보기엔 정말 별거 아닌, 대체 어느 구석에서 빈정이 상하는 건지 이유를 알 수 없는 포인트에서 세라 언니가 날을 세우면 도리어 그 날에 베인 상대가 우스갯소리를 하며 분위기를 푼다. 세라 언니의 공격 대상은 대체로 캔디 언니고.

그렇다고 캔디 언니의 반응이 어색하고 냉랭한 분위기를, 단순히 그 순간을 모면하기 위해 꾸며 낸 행동이냐 하면 그건 또 아니었다.

캔디 언니는 세라 언니가 뭐라고 꼬투리를 잡든 늘 활짝 웃는 얼굴로 세라 언니가 한 말을 그대로 다시 읊으며 모두 사실이라고 수긍한다. 돌려 말하는 듯 아닌 듯 애매한 공격일 때마저도 캔디 언니의 이런 반응은 즉각적이다. 그러니 큰 싸움으로 이어지질 않는다. 그럴 핑계가 없는데 어떻게 싸워?

솔직해지는 건 어려운 일이다. 나이가 들수록 더더욱. 그런데 캔디 언니는 그걸 잘도 해낸다. 그러니 매번 이렇게 세라 언니의 완패로 끝나는 거다.

× ◇ ×

"할머니가 사라졌습니다."

이정도 씨가 옷 몇 벌을 작업대에 내려놨다. 어제 할머니가 입었던 옷이다.

"입원하셨다고 하지 않았어요?"

"예. 응급실 이송 후 곧바로 이런저런 검사 마치고 입원실로 올라가셨습니다. 의식이 돌아온 건 아니었고요. 근데 오늘 새벽에 환자복만 입은 채로 사라졌습니다."

"전남병원이면 시내 한복판에 있는 거라 주변 CCTV 엄청 많지 않아요? 근데 어디로 가셨는지 추적이 안 돼요? 옷도 환자복이라 엄청 눈에 띄었을 텐데?"

이정도 씨가 한 손으로 양쪽 눈가를 꾹 눌렀다. 순간적으로 입술이 달싹이는 듯하더니 금세 단단하게 맞물렸다.

"얼빠진 소리 하려고 한 거 아니죠? 내가 어느 병원이라고 말했습니까? 같은 거. 여수에 응급실 있는 병원은 세 군데밖에 없어요. 그중에 여기서 제일 가까운 게 전남병원이고."

이정도 씨가 아까보다 더 바짝 미간을 접었다가 입꼬리를 당겨 웃었다.

"가만 보면 은조 씨는 맨날 나만 이렇게 쥐 잡듯이 잡는다니까."

"내가 뭘 또 쥐 잡듯이 잡았다고 그래요? 나 지금 진짜 친절하게 얘기했는데?"

"보니까 평소에는 이렇게 말 많은 타입이 아니던데요. 옷 얘기할 때나 말이 많지."

"그래서, 싫어요?"

이정도 씨가 고개를 저으며 웃음을 터트렸다. 뭐야? 싫다는 거야 좋다는 거야? 아니, 쥐 잡듯이 잡는다고 해 놓고 그게 좋다고 하면…… 변태 아냐?

"그러니까 사람이 첫인상이 좋아야 하는 거예요, 형사님. 쟁개 왔샙내까? 허위신고 아냅내까? 참 나! 내가 대대손손 기억할 거야, 아주."

스탠드를 켜고 옷가지를 펼쳤다. 비니, 머플러, 티셔츠, 바지, 거기에 구스다운 점퍼. 팔짱을 낀 이정도 씨가 작업대에 느

슨하게 몸을 기대고 서서 내 손이 가는 방향을 따라 시선을
옮겼다.

"할머니 성함이 뭐래요? 입원 수속 했을 거 아녜요."

"동네 척척박사가 할머니 성함도 모르, 아, 알았습니다. 눈
그렇게 뜨지 말고요."

형사 양반이 잠시 머뭇거리며 내 눈치를 봤다. 뭐야, 설마
모르는 거야?

"모른다고 하지 마요. 그게 말이 돼요?"

"됩니다. 일단 지갑도 신분증도 없었고, 지문조회를 하려고
했는데 열 손가락 모두 지문이 제대로 남아 있질 않았거든요.
관리 사무소 김미숙 씨가 할머니 주소를 알려 줘서 가 봤는데
빈집이었습니다. 107동 107호요."

그러니까 이게 전부…… 이름도 모르는 폐지 할머니의 구
찌, 프라다, 몽클레르.

순간 뒤통수가 얼얼해졌다. 119 불러야 하는 게 아닌가 싶
을 정도로. 폐지를 주워 생계를 잇는 할머니가 입기에는 너무
고가다. 이건 짝퉁이 아니라 진짜니까.

FAKE/NOT

세상에! 백은조 이 멍청이! 이거 이번 시즌 신상이잖아!

"은조 씨?"

처음 보는 옷이 아니다. 그저께도, 사흘 전에도, 또 지난주
에도, 할머니의 착장은 내 작업대에 놓인 이 조합 그대로였다.

명품 하우스의 로고가 빼곡히 박힌 원단 양 끝에 선명한 노란색으로 〈FAKE/NOT〉이라는 프린트가 새겨진 울 머플러도, 뒤쪽 네크라인 중앙에 가죽 트라이앵글 로고가 박힌 얇은 니트 티도, 메탈로 된 트라이앵글 로고가 박힌 조거팬츠도. 찬바람이 불기 시작할 때부터 교복처럼 입었던 구스다운은 말할 것도 없고.

"폐지 줍고 다니는 노인네한테 뺏을 게 뭐가 있겠냐."

안 그런 척해 놓고, 나도 여태 내심 세라 언니처럼 생각했던 거다. 폐지 줍는 할머니가 입은 옷이니까. 그러니까 이렇게 명품 하우스의 로고가 눈에 띄게 박힌 옷이어도 당연히 시장표 짝퉁인 줄 알았다. 아니, 더 솔직히 말하자면 헌 옷 수거함 같은 데서 얻었을 거라고 생각했다.

와, 백은조 진짜…… 무례하고 건방졌네.

× ◇ ×

"폐지 할멈? 혼자 살지."

백돌 할머니가 수를 두자 바둑판 위로 흰 돌이 경쾌한 소리를 내며 안착했다. 흑돌 할머니는 손안에서 잘그락거리며 바둑돌을 굴리는 중이었다. 바둑에는 문외한인 정도가 봐도 잘 안 풀리는 쪽은 흑돌 할머니인 듯했다.

"그 양반이 낮이고 밤이고 동네 폐지란 폐지는 다 줍고 다닌 지…… 있어 봐, 어, 한 5년 됐소. 그 양반 지나간 자리에는 종이가 죄다 씨가 말라. 쯧."

"아적에 요 옆에 1단지 한 바쿠 돌고, 점심 먹고 오적에 요여그 한 바쿠 돌고. 넌 언제까지 그러고 있을라 그냐? 날 새겠다, 새겠어. 그냥 내년에 봐 불지 그냐?"

"저…… 어르신."

흑돌 할머니가 쯧 하는 소릴 내더니 조심스레 운을 떼는 정도를 가로막았다. 시선은 여전히 바둑판을 향한 채였다.

"아적은 아침, 오적은 오후. 알았으믄 좀 조용히 하소, 정신 사납네."

"아나 내년에 봐라, 내년에. 그러고 버티고 있다고 안 보이는 수가 보인데?"

바둑 할머니들 사이에서 쩔쩔매는 정도의 뒤통수를 바라보던 털실 할머니가 속으로 혀를 차고는 팔꿈치로 그를 툭 쳤다. 코바늘에 실을 걸던 손을 멈춘 할머니는 눈짓으로 노인정 문을 가리켰다. 여기 있어 봤자 딱히 별 소득은 없을 거라는 뜻이었다.

"1단지 입구 앞에 편의점 있어. 거기 가 봐. 그이가 점심은 늘 거기서 먹으니까 거기 알바하는 학생이 뭘 좀 알 것이네."

바둑 할머니들과 털실 할머니, 그리고 아랫목에 누워 말을 붙여도 듣는 체 마는 체하는 할머니가 두 분. 괜히 경로당 안을 한 번 더 둘러본 정도가 꾸벅 허리를 숙이고 자리를 빠져

나왔다.

곤란해도 너무 곤란했다. 동네 어딜 가도 주민들의 증언이 대부분 비슷했기 때문이다.

월요일부터 금요일까지 일정한 시간에 일정한 루트로 움직이는 폐지 할머니. 다들 할머니가 2단지에 사는 독거노인이라고 말했지만 미숙이 알려 준 집은 비어 있었다. 처음부터 사람이 살지 않았던 집처럼 장판도 깔려 있지 않고 도배도 되지 않은 완벽한 공실이었다.

5개월도 아니고 5년이다. 이 아파트에 사는 사람들이라면 그게 누구든, 다들 할머니가 몇 시에 어느 동 앞에 나타나는지 훤히 꿰고 있다. 그런데 정작 할머니의 집이 빈집이라는 걸 아무도 몰랐다는 게 말이 안 됐다.

다른 곳이라면 몰라도 이 동네에서는 있을 수 없는 일이다. 그동안 세탁소에서 안면을 튼 상가 삼인방이 평소 했던 말들을 떠올려 보면 더더욱 그렇지 않은가. 어느 집에 숟가락 젓가락이 몇 개인지도 훤히 아는 동네라는데.

× ◇ ×

정말 맹세코, 이번에는 진짜로 이렇게 나댈 생각은 없었다. 없었는데…… 근데 어지간해야 말이지. 세상에, 이 코딱지만한 세탁소에 훔쳐 갈 게 뭐가 있다고 세탁소를 털어? 어?

"다 털렸어요, 다. 아주 싹 다 털어 갔어."

"도둑맞은 옷들…… 다 기억할 수 있겠습니까?"

이정도 씨가 난감한 얼굴로 가게 구석구석을 훑어봤다.

"아뇨, 세탁물 말고 어제 형사님이 가져온 할머니 옷이 다 털렸다구요."

장부를 들춰 보던 이정도 씨가 퍼뜩 고개를 들었다.

"행거란 행거는 죄다 엉망으로 들쑤셔 놔서 첨엔 긴가민가 했거든요. 어쨌든 도둑맞은 옷은 제가 변상해야 하니까 얼마나 빼 갔는지 대충 정리해 봤는데 할머니 옷 말고 더 훔쳐 간 건 와이셔츠 두 벌뿐이었어요."

"전형적인 수법입니다. 헤집어 놓은 것 중에는 범인이 진짜로 원했던 게 없는 거예요. 그래서 과장되고 극적으로 보이게 세탁소 안을 다 뒤집어 놓은 거고. 그럼 범인이 진짜로 원한 건 할머니의 옷이라는 뜻입니다. 아마 범인을 특정할 만한 단서가 옷에 남아 있었겠네요."

"아뇨."

지원 요청을 하려는 듯 핸드폰을 두드리던 이정도 씨가 손을 멈췄다.

"옷 주인이 가져간 거예요. 폐지 할머니요."

태블릿을 받아 든 표정이 제법 심각한 걸 보니 이 양반도 나처럼 냄새를 맡은 모양이다. 몇 번이나 가게 앞 CCTV 영상을 되돌려 보던 그가 슬쩍 눈을 들어 내 눈치를 살폈다.

"화 많이 났네요?"

"티 나요?"

"은조 씨는 포커페이스가 전혀 안 되는 사람인데, 본인이 그렇다는 걸 여태 몰랐습니까?"

"당연히 화나죠. 배신감도 들고."

"근데 또 무슨 남모를 사정이 있는 것 같으니까 한편으론 걱정도 되고?"

"그런 건 좀 모르는 척해 주면 안 돼요? 진짜 사람이 왜 매번 이렇게 쓸데없는 데서 집요해?"

이정도 씨가 얄밉게 어깨를 들썩이더니 들고 있던 태블릿을 내려 뒀다.

"신고할 겁니까?"

그러고는 핸드폰에 112를 찍어 내밀었다. 초록색 동그란 통화 버튼이 내 쪽으로 향하도록.

버튼 위에서 검지를 뱅글뱅글 돌리다가 고개를 들면 내 손끝을 따라 움직이던 그의 시선이 얼굴로 향한다. 씨익 소리가 날 듯 치켜 올라가는 입꼬리. 이 사람은 내가 뭐라고 대답할지 이미 알고 있다. 이 족제비 같은 양반 보게?

"안 해요."

"정말요?"

확인하듯 되묻는 입꼬리가 여전히 얄밉게 말려 올라가 있다. 이 봐 이 봐, 영락없는 족제비 상이라니까.

할머니와 마지막으로 함께 요구르트를 먹은 날은 문제의 그 새벽으로부터 일주일 전. 할머니가 비번이었던 이정도 씨와 말도 안 되는 눈싸움을 하며 소파 한쪽을 차지하고 앉았던 그날이었다. 그다음 주에는 계속 "바빠"라는 말만 남기고 폐지와 요구르트만 가지고 곧바로 떠났고.

5년 내내 한결같이 루틴을 지켰다던 분이 갑자기, 왜?

× ◇ ×

채널 커피홀릭에 새 영상이 올라왔다. 꼬박 네 달 만에.

× ◇ ×

쉬는 시간마다 할머니와 요구르트를 나눠 먹으며 수다를 떨기 시작한 게 여름부터였다. 커피홀릭 일로 동네가 어수선해지던 그때쯤부터.

우리 가게는 물론이고 언니들 가게 앞에 달린 CCTV까지 몽땅 네 달치 기록을 탈탈 털고 나서야 새롭게 알게 된 사실이 있다.

할머니는 오전에는 스타힐에서, 오후에는 2단지에서 폐지를 수거했다. 우리 가게에 들른 후에는 2단지 101동과 스타힐

106동 사이 펜스 출입구를 통해 다시 스타힐로 갔다. 여태 내가 2단지 첫 폐지 수거 지점일 거라고 짐작했던 우리 가게는, 사실 할머니가 하루를 마무리하는 마지막 수거지였던 거다.

하지만 할머니가 쓰러진 그날은 확실히 모든 게 평소와 달랐다. 원래 이른 아침 할머니가 제일 먼저 찾는 수거지는 스타힐 옆 구봉중학교로 올라가는 길목이다. 그 시간에 2단지에 있었던 것부터가 이상했다.

평소와 달랐던 하루는 또 있다.

해가 넘어가 어둑해진 초저녁. 화면 속 할머니가 우리 가게 앞을 지나 가로등 바로 옆 어둠 속으로 발을 디디자 101동 건물 옆에 숨어 있던 그림자가 잽싸게 다가와 할머니의 옷깃을 움켜쥐고 드잡이를 했다. 상대가 거세게 팔을 움직일 때마다 할머니의 마른 몸이 바람에 흩날리는 종잇장처럼 이리저리 휘청거렸다.

한참이나 졸렬하게 어둠 속에 숨어 있던 상대가 푹 꺾이는 할머니의 무릎을 따라 중심을 잃고 가로등 아래로 얼굴을 반쯤 드러냈다. 벌겋게 열이 오른 상대의 얼굴과는 정반대로 할머니의 얼굴은 창백했다. 세찬 바람을 맞고 죄다 뒤집혀 반대편의 여린 색을 내보이는 나뭇잎처럼.

그게 두 달 전 어느 날이었다. 아무래도 이번엔 저놈부터 족쳐야 될 모양이다.

"그러니까 형사님이 탈탈 털어 줘요. 그놈 그거 아주 죄질이 나빠. 어딜 감히 힘 없는 노인을 그렇게 막, 어? 밀치고 막!
어? 하여튼 그런 놈들은 1절만 할 줄 모르고 꼭 그렇게 2절
3절까지 한다니까요. 그러니까 형사님이 그때 말리지만 않았
어도 그 새끼 그거 내가 한 대 때려 주는 건데!"

　　—알았으니까 숨 쉬고요.

　　아, 맞다. 숨 쉬고.

　　"근데 그 사람 지금 어디에 있어요?"

　　—순천 교도소에 있습니다. 오늘은 이미 늦었고, 내일 아
침 일찍 면회 후 연락할게요.

　　좋았어. 법의 심판을 받고 있는 놈은 파트너에게 맡기, 와
미쳤나 봐 백은조. 파트너는 무슨! 아니, 파트너는 맞지. 맞는
데…… 혹시 할머니도 파트너가 있었을까?

　　이 근처에 폐지를 받아 주는 곳은 전남대 후문 옆 골목에
있는 고물상밖에 없다. 2단지 입구에서 4차선 도로 하나만 건
너면 나오는 곳인데 왜 굳이 그 무거운 리어카를 끌고 다시 스
타힐로 돌아갔을까? 아무리 생각해 봐도 스타힐 단지 안에 폐
지를 가득 실은 리어카를 보관할 만한 장소가 있을 것 같진 않
은데.

　　아니, 아니다. 있을 수도 있지. 할머니의 옷이 모두 진짜였
듯이 내가 모르는 장소가 있을 수도 있다. 가끔은 눈으로 직접
확인해야만 알 수 있는 것들도 있는 법이니까.

× ◇ ×

"어! 세탁소 맞지?"

막 스타힐 106동 앞으로 통하는 펜스 출입구를 지나가던 은조가 걸음을 멈췄다. 종종 세탁소에 손님으로 들르기도 하는, 스타힐 상가에서 옷 가게를 하는 사장이었다.

"우리 애 아빠 옷 가지고 갈까 하다가 귀찮은데 내일 하자 했더니 그러길 잘했네. 약속 있어? 오늘은 퇴근이 빠르네?"

살가운 성격을 대변하듯 말이 빠르고 목소리가 큰 사람이었다. 은조가 미처 대답을 내놓을 새도 없이 사장이 금세 말을 이었다.

"그래. 이제 겨울이라 해도 빨리 지고 자기는 여자고 젊고 이러니까 해 떨어지면 후딱후딱 집으로 들어가. 나 같은 다 늙은 아줌마야 산전수전에 공중전까지 아주 다 겪어서 알아서 한 몸 건사한다고 해도 젊은 처녀들은 언제나! 응? 조심해야 되는 거야. 요새 미친놈들이 좀 많아? 엊그제 언제 2단지에서 누가 다쳤다며? 자기도 조심해."

한참 열렸다 닫히길 반복하는 상대의 입술을 바라보던 은조가 뒤늦게 아! 하며 고개를 끄덕였다.

"폐지 할머니가 다치셨어요. 새벽에요. 사장님 댁 상가에도 들르시죠?"

"응? 폐지 할머니? 어머! 공 씨 어르신?"

"어…… 할머니랑 잘 아세요?"

"어르신이 우리 가게 옆 창고 쓰시잖아! 잘 알지!"

은조의 눈이 번뜩 이채를 띠었다. 파트너가 아니라 창고가 있었다. 은조는 마주 선 사장이 한참이나 상가 사람들이 어떻다는 둥 재계약이 어떻다는 둥 말을 늘어놓는 것을 반쯤 흘려들으며 스타힐 상가 내부 모습을 곱씹었다.

스타힐은 아파트는 모두 타워형이지만 상가는 판상형이다. 지상 3층, 지하 1층으로 이루어진 상가건물은 가게들이 복도 두 개를 사이에 두고 세 줄로 늘어선 구조라, 양쪽으로 복도를 끼고 있는 가운데 라인 점포들은 대부분 문이 양쪽으로 나 있거나 아예 문과 벽이 없는 간이 점포였다.

마주 서 있는 사장의 가게는 상가 동쪽 입구 앞 오른쪽 복도 끝에 있는 첫 가게다. 은조가 그동안 수없이 상가에 배달을 다니면서도 무심히 지나친 그곳에 할머니의 창고가 숨어 있었던 거다. 놓칠 만도 했다. 상가 안쪽에는 딱히 창고의 입구랄 만한 것도 없었고 애초에 창고처럼 보이지도 않았으니까.

"……잖아! 어르신이!"

"네?"

귓가를 스쳐 간 단어 하나에 번쩍 정신이 들었다. 평일 아침 막장 드라마에 나오는 주인공이 얼굴에 냉수를 얻어맞을 때 이런 기분일까.

"할머니가 어디 사신다구요?"

"107동 펜트하우스! 팔용 어르신 댁이 거기잖아!"

확실하다. 냉수나 커피, 어쩌면 주스를 얼굴에 맞았을 때 드라마 주인공들이 딱 이런 기분일 거다.

× ◇ ×

폐지 할머니가 아니라 공팔용 어르신.

정도와 함께 팔용 집 현관으로 들어서던 은조가 연신 헛웃음을 흘렸다. 3601호. 2호는 없다. 한 층을 통으로 쓰는 64평짜리 펜트하우스라니. 2단지 107동이 아니라 스타힐 107동이라니.

"뭘 기어이 여기까지 왔어?"

퉁명스러운 멘트로 두 사람을 맞이한 팔용이 거실을 가로질러 안마 의자에 앉았다. 그러고는 소파를 향해 턱짓했다.

"몸은요? 괜찮으신 거예요?"

은조가 팔용의 머리 뒤를 향해 고개를 기울였다.

"넌 사람이 너무 물러서 탈이다. 괜찮지 그럼. 뭐 그깟 걸로 죽을까 봐?"

팔용이 귀찮다는 듯 손을 휘젓자 은조가 작게 한숨을 쉬며 소파에 앉았다.

"할머니, 이제 사투리 안 쓰시네요?"

웃음 섞인 은조의 말에 팔용이 코웃음을 쳤다. 정도의 말마따나 포커페이스 따위는 개나 줘 버린 은조는 그런 팔용의 태도가 낯설어 자꾸만 이맛살이 접히는 걸 숨기지 못했다.

그래도 그간 요구르트를 나눠 먹으며 다진 얄팍한 우정 때문인지 은조를 대하는 태도는 좀 나은 편이었다. 팔용은 정도가 "어르신" 하고 자신을 부르기 무섭게 눈을 흡뜨고 그를 노려봤다.

"자네랑은 할 말 없네."

정도가 입가를 움찔하더니 은조와 팔용의 얼굴을 차례로 훑었다. 이렇게 보니 정말 이상한 조합이긴 했다. 세 사람은 저마다 서로가 서로를, 그리고 이 상황을 어처구니없어 하는 중이었으니까.

"할머니가 집주인이시라면서요?"

은조의 물음에 팔용이 뭔가를 가늠하듯 눈을 가늘게 떴다.

"2단지 109동 108호 하우스 도박요."

"어르신과 월세 계약을 했던 그 도박꾼은 지금 교도소에 있습니다. 이번 일은 모르는 일이라고 잡아뗴던데요. 간단한 조사이긴 했습니다만 거짓말 같진 않았고요. 혹시 다른 짐작가는 범인이 있습니까?"

차례로 말을 잇는 은조와 정도를 바라보던 팔용이 대수 없이 눈을 감았다.

"누군지 전혀 모르세요? 얼굴도 못 보셨어요? 위험하게 그렇게 병원에서 나가시면 어떡해요. 옷은 그냥 저한네 달라고 하셨어도 됐잖아요. 가게를 그렇게 엉망으로……."

은조가 목소리를 높이는가 싶더니 이내 입을 다물었다. 입술이 맞물리고 코 평수가 넓어졌다. 뒤늦은 배신감이 가슴을 쿡쿡 찔렀다.

"그런 종합병원 입원비가 하루에 얼만 줄이나 알아? 그 돈이 다 어디서 나오는데! 그리고, 8인실이면 됐지 뭐 한다고 다 늙은 노인네를 1인실에다 넣어 놔?"

"다인실은 베드가 꽉 찬 상태였고 자리가 생기는 대로 병실을 옮길……."

"자네가 병원비 낼 거야? 형사라는 작자가 그런 머리도 안 돌아가?"

팔용이 정도를 무섭게 쪼아 댔다. 딱 봐도 말이 통하지 않을 듯한 모양새에 정도가 결국 입을 다물었다.

정적이 길지는 않았다. 정도와 팔용이 한숨 돌릴 새도 없이 이번에는 은조가 다다다 팔용을 향해 쏘아 댔다.

"병원비 때문이라고요? 검사 결과 나오지도 않았는데 그렇게 막무가내로 퇴원 수속도 없이 도망친 게? 할머니, 사람들이 들으면 웃어요. 여기 할머니 집 좀 보세요! 사람을 그렇게 걱정시켜 놓고 어쩜 이렇게……."

"누가 누굴 걱정해?"

팔용의 일갈에 은조가 입을 한 번 벙긋하더니 얼굴을 가렸다. 정도가 속으로 움찔하며 은조의 눈치를 살폈다. 이미 여러

번 본 버릇이었다. 속으로 화를 삭이는 거다. 눈을 크게 굴리 며 열 받고 황당하다는 티를 팍팍 내야 하는데, 차마 일흔 넘 은 어른을 앞에 두고 버르장머리 없게 눈을 굴려 가며 언짢은 기색을 할 수는 없으니 저렇게 얼굴을 감싸고 앉아 구부린 등 을 바르르 떠는 거다.

"네가 네 이름으로 된 집이 있어 뭐가 있어? 그 흔한 대학 졸업장도 하나 없는 게 어디서 누굴 가르치려 들어? 제 코가 석 자인 주제에 누굴 걱정해? 너는 내가 아직도 불쌍하게 폐 지 줍는 노인네로 보이냐? 얄팍하게 동정하면서 구슬리게?"

"할머니 말마따나 집도 없고 쥐뿔 아무것도 없는 애가 뭘 어떻게 동정을 해요? 동정은 돈으로 하는 거예요! 그런 값싼 요구르트로 하는 게 아니라! 그러는 할머니는요? 제가 어쭙잖 게 속아 넘어가니까 재미있으셨어요? 할머니보다 반백 살이나 어린 애 놀리니까 좋으셨죠? 또, 또 뭐 있어요? 이 집이랑 2단 지 말고 또 뭘 속이셨는데요?"

"네가 알 거 없다. 거, 자네도. 어느 놈들이 한 짓인 줄 알고 있으니까 내가 알아서 할 거야. 신경 꺼."

"할머니!"

은조가 소리를 빽 지르며 눈을 홉뜨자 정도가 은조 씨, 작 게 속삭이며 손을 눌러 잡았다.

"어쨌든 서에 오셔서 조서는 작성하셔야 합니다. 오늘은 이 만 돌아갈 테니 내일 오전에 서로 오십쇼."

정도가 테이블에 명함을 내려 두고 은조를 일으켜 세웠다. 하나에 150원짜리 요구르트만큼 값싸고 얄팍한 우정이 깨지는 순간이었다.

× ◇ ×

"동네가 엄청 시끄럽네요?"

"어쩐 일이에요? 오늘 비번이에요?"

아니, 이 양반아. 왜 그렇게 난감한 얼굴을 하는데? 난감한 얼굴로 해야 할 말이면 아예 안 했으면 좋겠는데.

"어제 공팔용 어르신이 서에 왔다 가셨습니다. 은조 씨가 궁금해할 것 같아서요."

궁금하지 않다면 거짓말이다. 하지만 모양 빠지는 거짓말을 하느니 아예 대꾸를 하지 않는 편이 훨씬 바람직하다.

"근데 정말 무슨 일입니까? 동네에 사람이 좀…… 너무 많은 것 같은데요."

"커피홀릭 씨가 크게 한 건 했거든요."

"커피홀릭이요?"

이정도 씨가 미간에 크게 내 천 자를 새겼다.

"방송을 다시 시작했더라고요. 커피홀릭의 여행홀릭이래요. 참 나……. 네이밍 센스가 그게 뭐야? 진짜 촌스럽다니까. 여행홀릭인지 나발인지의 첫 장소가 여기예요. 아니, 지난번에 그렇게 시끄럽게 했으면 됐지 대체 이 동네에서 뭘 더 얼마나 빼먹겠다고 이 난리를 치냔 말이에요. 그놈의 인생사진 명소 소리 진짜 지겨워 죽겠어, 아주! 대체 다들 왜 그러는 거예요? 사진 못 찍어서 죽은 귀신이 붙었나 정말. 여기가 관광지예요? 사람들 사는 데라고요! 생활하는 곳이요! 근데 여기까지 바득바득 와서 아무 데나 카메라 들이밀고, 시끄럽게 하고, 쓰레기 아무 데나 버리고!"

"숨 쉬고요. 제발 좀 말을 할 때는 숨을 쉬라니까요."

이정도 씨가 웃음을 삼키며 손끝으로 딱딱 소리를 냈다.

"눈도 그렇게 굴리지 말고요. 뭐…… 그래서 이렇게 블라인드도 다 내려 두고 문도 꼭꼭 닫아 뒀습니까? 그 패션쇼 영상 소리 아니었으면 오늘 쉬는 줄 알고 전화할 뻔했는데."

"추워서요."

그가 한숨을 내쉬며 손으로 눈가를 꾹 눌렀다. 변명이 통하지 않았다는 뜻이다.

"은조 씨는 안전 문제에 민감한 사람입니다. 별다른 사건 같은 게 없는데도 일주일에 한 번씩 잊지 않고 CCTV 영상을 백업해 둘 정도로요. 관찰력도 좋고 집요합니다. 그리고 기본적으로 사람을 잘 안 믿어요. 낯선 사람이 많은 환경에서는 극도로 불안해하는 과민반응을 보이고요."

집요하다니. 이정도 씨가 나한테 할 말은 아닌 거 같은데.

"무슨 얘기가 하고 싶은 건데요, 지금?"

"생각해 봤습니다. 그날, 할머니 댁에서 은조 씨가 왜 그렇게까지 예민하게 굴었는지. 솔직히 할머니 일을 그 정도로 걱정할 사이는 아니었잖습니까."

"나 이거 뭔지 알아요. 프로파일링이잖아, 이거. 하긴, 경찰 나리들 기본 소양이겠죠. 프로파일링이니 과학수사니 하는 거. 근데 형사님, 대체 왜 제 행동거지를 분석하고 있는 건데요? 그것도 지금 이 시점에?"

"숨."

아씨……. 그래, 숨. 근데 진짜 나한테 왜 이러는데?

"더는 그렇게 예민하게 굴 필요가 없다는 말을 하려는 겁니다. 그때 그 파이트 클럽, 그놈은 감옥에서 평생 썩을 거예요. 109동 108호 그놈도 마찬가지고요. 다른 나쁜 놈들이 또 있다면 경찰이 잡을 거예요. 그러니까 안심해도 된다는 소립니다. 환기도 안 될 정도로 이렇게 문 꼭꼭 걸어 잠그고 숨어 있을 필요 없다고요."

멍청히 서 있다가 뺨을 한 대 얻어맞은 듯한 기분이다. 아니, 경찰이라는 사람이 선량한 시민을 이렇게 말로 휘둘러 패도 되는 거야? 민중의 지팡이가 아니라 몽둥인 거 같은데.

"그리고 공팔용 어르신 말입니다. 아, 눈 그렇게 뜨지 말라니까요."

"아직 안 갔어요? 내가 빨리 나가라는 말을 안 했나?"

"109동 108호랑 107동 107호 말고도 집이 다섯 채나 더 있던데요."

"뭐요?"

"근데 전부 다 빈집입니다. 일곱 채 모두요."

"여기에요? 2단지에?"

"네. 2단지에요. 아, 그리고 상가 칼국숫집도 최근에 할머니가 매입하셨습니다."

이 할머니가 정말…… 대체 정체가 뭔데?

"그건 아직 저도 모릅니다."

어…… 내가 또 얼굴로 말을 했나? 나 진짜 포커페이스가 전혀 안 되는 거야?

"아뇨, 소리 내서 말했는데요."

"아……."

"입 닫고요. 파리 들어갑니다. 일단 다주택 보유자라는 것까진 알았는데 범인에 대해서는 끝까지 말씀을 안 하셨습니다. 알아서 하겠다고 어찌나 화를 내시는지 도저히 말이 안 통해서 일단 거기까지만 하고 가셨거든요."

아, 머리야……. 이 할머니 혹시 지금 범인을 감싸는 건가?

"그래서 파트너가 필요합니다."

"뭔 소리야. 이번엔 못 도와줘요. 그날 봤잖아요? 할머니랑 나랑 완전 좋난 거."

이정도 씨가 입꼬리를 끌어올리며 자리에서 일어났다. 여러 번 본 표정이다. 날 놀릴 때나 하는 표정. 이런 걸 보고 알미운 놈이 얄미운 짓만 골라 한다고 했던 거 같은데.

"어르신 생각은 다른 거 같던데요? 아무튼 전 파트너만 믿고 있겠습니다."

어래샌 생객앤 대랜개 괠댄대여, 는 개뿔. 그날 이후 사흘이 지나도록 할머니 리어카는커녕 굴러다니는 폐지 한 장 안 보이는데, 내가 무슨 수로?

× ◇ ×

"개! 개가 왔더라구."

캔디의 말에 은조가 눈을 치떴다. 단순한 대명사로 말했지만 누구인지 알 것 같았다.

"우리 가게에도 왔다 갔다."

"어머 어머! 개가 미용실에도 왔어? 어머, 고거 아주 불여시네?"

내내 깨작거리기만 하던 은조가 기어이 들고 있던 젓가락을 내려놨다. 내가 사는 동네도 아닌데 무슨 상관인가 싶었다. 더 이상은 이 동네 일에 관여하고 싶지 않았다. 생각이 거기에 미치자 다시 두통이 일었다.

"고게 나한테는 레트로풍 어쩌구 하면서 업종을 바꾸지 않겠냐고 하더라구. 언니한텐 뭐랬수?"

"뭐, 비슷하던데? 지네 카페랑 윈윈 할 수 있는 그런 업종이 좋지 않겠냐면서. 아예 팔면 더 좋고. 괜찮은 투자자를 알고 있다나?"

가만히 듣기만 하던 은조가 이마를 쓸었다. 피곤한 기색이 역력한 모습에 캔디와 세라가 흘끗 은조의 눈치를 살폈다.

"저 이만 가 볼게요."

"왜, 더 먹지?"

"에이, 언니 냅 둬. 우리 은조가 오늘 컨디션이 영 꽝인가 보다."

미용실을 나서던 은조가 노을광장 구석을 곁눈질했다. 제법 두툼하게 쌓여 있는 폐지가 예민해진 신경줄을 박박 긁어댔다.

신경 끄자. 남의 동네 일에.

스스로에게 퉁을 준 은조가 서둘러 노을광장을 가로지르는 찰나, 듣기 싫은 목소리가 뒤통수를 잡아당겼다.

"야! 세탁소!"

가지가지 한다 진짜. 이죽거리며 돌아서니 호박카페 앞을 지키고 선 커피홀릭이 문을 향해 턱짓했다.

"얘기 좀 하지?"

"그쪽이랑 할 얘기 없는데."

"하는 게 좋을걸?"

대체 무슨 자신감인지. 속으로 혀를 찬 은소가 **코트 주미**

니에 손을 넣고 서서 커피홀릭의 얼굴을 빤히 봤다. 카페에서 얘기하자는 걸 보니 자기 구역에서 우위를 점한 채 대화를 주도하고 싶은 모양이다.

잠시 고민하던 은조가 결국 호박카페로 발을 들였다. 이번엔 또 무슨 헛소리를 하나 보자 싶은 심정이었다.

× ◇ ×

"근께, 인쟈 다들 좀 조용히 하시요이. 오늘 상가 사장님들과 주민 대표분들을 모신 것은 다름이 아니라 우리 2단지에 아주 좋은 투자를 하겠다는 분들이 있어섭니다."

10평 남짓한 주민자치회 사무실에 빼곡하게 모여 앉아 수군거리던 동네 사람들이 미숙의 말에 입을 닫았다.

"자, 그럼 앞으로 모십니다이. 대대 그루웁에! 안대범, 안대용 대표님! 자, 박수!"

이런 분위기가 영 어색한 듯 드문드문하게 이어지는 박수 소리 사이로 멀끔하게 정장을 차려입은 두 남자가 앞으로 나서고, 커피홀릭이 얼른 일어나 사람들에게 제법 두툼한 팸플릿을 한 권씩 나눠 주기 시작했다.

"뭔 트로?"

"레트로. 응, 레트로."

냉큼 대답하는 미숙을 한 번 흘겨본 고은마트 최 사장이 들고 있던 팸플릿을 가까이 들여다봤다가 팔을 뻗어 멀리 봤다가 하길 반복했다.

"아휴, 언니! 돋보기를 끼든지 어쩌든지 뭔 수를 써!"

"돋보기는 무슨. 레트론지 나발인지 그걸 하자고 우리 마트를 팔라 이 말 아녀 지금?"

"아이갸? 언니는 또 뭔 말을 그리 한가? 그냥 한번 생각해 봐라아 이 말이제."

미숙이 눈을 흘기자 최 사장이 탁 소리 나게 팸플릿을 내려 놨다.

"됐고. 난 그럴 생각 없은께. 아, 내가 이날 이때껏 요 마트 하나 건사해서 내 새끼들 시집보내고 장가보냈는디. 나도 이 동네 토백이로 자부심이 있다 이 말이여."

"무작정 팔라는 것이 아니고. 그라고 언니도 인쟈 손주들 다 봤는디 동네 사람들이나 드나드는 가게 계속 붙잡고 있어 봐야 피곤 안 한가? 늘그막에 쉬 가믄서, 어, 그 뭐라 그냐 그걸? 인생 2막! 소확행! 그걸 해 보라 이 말이제. 아까 그 사장님들 말씀은."

"아, 됐어! 우리 손주들 대학 갈 때 등록금 대 주는 게 내 인생의 꿈이여. 내 자식새끼들은 대학 못 보냈어도 내 손주들은 내 돈으로 대학 보낼 거다."

최 사장이 더 들을 것도 없다는 듯 자리를 털고 일어나사

둘러앉아 있던 동 대표들이 슬금슬금 눈치를 보며 하나둘 일어날 채비를 했다.

"아이갸? 다들 가 불라 그요? 말씀을 좀 더 하고 가시제."

미숙의 물음에 내내 뜨개질을 하던 할머니가 쯧 혀를 차며 팸플릿을 미숙 쪽으로 밀어냈다.

"동네가 너무 시끄럽네. 안 그래도 요새 외지인들 드나들어서 아침부터 저녁까지 잠을 못 자서 죽겠구만. 됐네. 나는 반대네."

"나도 반대여. 나는 오매불망 재개발만 기다리고 있는디 이제 와서 관광지? 하이고야, 그러다 재개발 엎어져 부는 거 아니데? 내년에 또 시에서 나와서 본담서. 그라믄 안 되제."

"성님 말이 맞소. 딱 보니까 장사치들이구만. 장사치들은 믿는 거 아녀! 이러다 우리 전부 다 뒤통수 맞는다니까?"

"그 말이 맞다! 에 한 표."

"그렇다니까."

"맞네! 맞아!"

동 대표들이 목소리를 높였다. 내년에 있을 재개발 실사 때문인지 다들 이러다가 재개발이 엎어질까 불안해하는 모양새였다.

뜨개질 할머니가 뜨개질감을 비닐봉지 안에 챙겨 넣고 자리에서 일어났다. 그러고는 미숙을 향해 "나는 분명히 말했네" 하며 주민자치 회의실을 나섰다.

할머니를 따라 사람들이 자리를 뜨자 결국 남은 건 삼인방 뿐이었다.

"언니는 벌써부터 그 대표들 편드는 거 같어?"

캔디가 입술을 삐죽이자 미숙이 손을 휘저었다.

"편을 들기는 나가 뭣을 편을 들었다고 그냐. 그라고, 이것이 편을 들고 말고 할 거시기냐? 동네가 하도 거시기 한께 이런 제안이 있을 때 다들 긍정적으로 고려해 보는 것이 어떠냐, 이 말이제."

"긍정적은 무슨."

세라가 들으라는 듯 코웃음을 쳤다. 못 만질 것 만지듯 손끝으로 팸플릿을 툭 건들더니 앞에 앉은 미숙 들으라는 듯 말을 이었다.

"욕심이 과하면 못쓴다."

"그건 세라 언니 말이 맞아. 욕심이 과하면 못쓰는 거야. 우리 동네 사람들이 바라는 게 뭐 재개발 말고 더 있어? 어휴! 미숙 언닌 혼자서 똑똑한 척은 다 하면서 순 맹탕이야 맹탕! 그렇게 순진해서 어떡해? 그 사람들이 뭘 할 줄 알고 그렇게 아무나 동네에 들이면 어쩌냔 말이야! 못살아 정말!"

"아이갸? 난 좋은 마음으로 그랬제. 다 같이 잘살자고 한 일인디 그리 말하면 나가 좀 섭섭하다."

"호박 개 붙여시다. 조심해."

"나가 뭐 그리 맹추단가? 언니는 뭘 그런 걱정을 하고 근가? 나가 김미숙이여 김미숙이! 이 동네 젤로 오래된 토박이에다가, 동네 사정 모르는 게 하나아도 없다 이 말이여. 걱정 말고 나만 믿으소."

"그래, 언니. 걔 좀 붙여시 같긴 하더만. 조심해 정말. 우리 같은 늙은이들은 이런 거 봐도 잘 몰라. 인생사진 명소? 레트로 핫 플레이스? 이런 젊은 애들이 아는 건 우리 은조가 잘 알지. 어머, 근데 백 사장 어디 갔어? 방금까지 여기 있었는데?"

× ◇ ×

"우린 여길 관광지로 만들 거야."

자신만만하게 한다는 소리가 관광지가 어쩌고 하는 게 수상하더라니.

커피홀릭이 등에 업고 나타난 사람들은 최근 몇 년 새 도시 재생 개발 프로젝트 사업을 하며 유명해진 회사의 대표들이다. 어제 커피홀릭이 선심이라도 쓰듯 나에게 먼저 보여 준 팸플릿은 오늘 사업 설명회에서 나눠 준 거랑 똑같은 팸플릿이고.

대대(DAEDAE). 큰 게 좋은 거고 좋은 게 좋은 거란다.

서울, 대전, 대구, 부산, 강릉이나 목포, 제주까지. 최근 인스타그래머 사이에서 흥하는 곳은 죄다 모아 놓은 전국 팔도 어디에나 있는 장소들. 널리고 널린 그놈의 레트로풍 핫 플레이스와 똑같이 이 동네를 바꾸겠다는 이야기다.

그다음은 뻔하다. 그런 식으로 길어야 1~2년 입소문을 타고 사람들이 몰려들 동안 동네 사람들은 이런저런 불편에 시달려야 할 거다. 집주인들은 집세를 올릴 거고 그걸 감당하지 못한 세입자들은 여기저기로 흩어지는 게 당연한 수순이다.

엑스포발도, 그놈의 여수 밤바다를 끊임없이 중얼거리는 노래발도 다 떨어져 더이상 핫한 관광지가 아닌 이곳에 새로운 관광 포인트가 생긴다면 가장 이득을 보는 사람이 누굴까?

아니, 무엇보다…… 병원비가 아까울 정도로 그렇게 돈, 돈 하는 팔용 할머니는 왜 오늘 사업 설명회에 안 왔지? 커피홀릭네 할머니가 장사를 접은 칼국숫집을 팔용 할머니가 매입했다고 했는데? 게다가 이 일로 집값이 오른다면 가장 기뻐할 사람 중 하나가 할머니 같은 다주택 보유자일 텐데.

모르긴 몰라도 일단 동네 사람들이 이 일을 반기지 않을 거다. 이 동네 사람들은 지금도 충분히, 밤낮없이 몰려드는 관광객 때문에 고통받고 있으니까.

호박카페 앞에는 항상 줄이 길게 늘어서고, 대기 번호를 받고 기다리는 사람들이 노을광장을 점령한다. 호박카페에는 하루가 멀다 하고 사람들이 드나드는데 고은마트는 여전히 관광객들에게 물 한 병 파는 일이 드물다. 두 언니네도 마찬가지다. 길어야 한두 시간 머물다 가는 사람들이 시골 미용실에서 머리를 할 리도, 만화방에서 진득하게 만화책을 볼 리도 없으니까.

아니 근데, 팔용 할머니는 정말 왜 안 왔지? 아니야. 그게 아니라…… 돈이 그렇게 중요하다는 사람이 어째서 일곱 채나 되는 집을 빈집으로 놀리고 있는 건데?

하긴, 엑스포 이후 도시 곳곳에 신축 아파트며 오피스텔이 넘쳐 나는데 아무리 집값이 싸다고 해도 누가 이런 낡은 아파트에 들어와 살겠어. 그나마 살던 사람들도 하나둘 떠나고 빈집이 반인데. 그러니 집을 많이 가지고 있어 봤자 할머니가 노릴 건…….

재개발밖에 없네?

시세 차익을 노리는 건가? 어? 어……. 그런 것 같은데. 나지금 또 똑똑한 짓 한 거 같은데. 그치 그치. 할머니 입장에선 어쭙잖게 관광지가 되는 것보다 아파트 전체가 재개발되는 게 훨씬 이득일 테니까.

레트로 핫 플레이스가 되어 봤자 할머니가 칼국숫집 자리에서 직접 장사를 할 리도 없고. 반짝 동네가 흥해 봤자 이미 할머니 소유의 집들은 모두 공실이니 터무니없이 값이 오른 이런 낡은 아파트에 새로 이사 오는 사람도 없을 거고. 그러니 커피홀릭과 대대의 계획대로 일이 굴러간다면……. 어? 잠깐. 할머니 성격에 될지 안 될지도 모르는 재개발을 마냥 기다리면서 무작정 그렇게 많은 집을 사들였을 리가 없는데? 심지어 칼국숫집을 매입한 건 최근 일이고.

할머니는 이 동네가 재개발에 성공할 거라고 확신하고 있는 거다.

× ◇ ×

"할머니 정보원은 누구예요?"

"그걸 네가 알아서 뭐 하게."

통명스러운 팔용의 말에 은조가 씩 웃으며 소파에 앉았다.

"뭘 웃어?"

"뭐가 됐든, 정말로 대답 안 해 주실 거였음 애초에 문을 안 열어 주셨겠죠. 제가 그것도 모를까 봐요?"

뻔뻔한 태도로 대꾸한 은조가 들고 온 에코백에서 주섬주섬 비닐봉지 하나를 꺼내 소파 앞 테이블에 올렸다. 다섯 개에 한 줄인 요구르트 네 줄이 테이프로 둘둘 말린 요구르트 묶음이었다.

봉지를 털어 빨대를 꺼낸 은조가 테이블 위에서 개수를 세는 듯하더니 하나를 집어 들었다. 바스락거리며 빨대 비닐을 벗긴 후에는 당연한 수순처럼 콕 소리 나게 요구르트병에 빨대를 꽂았다.

"뭐 하는 짓이야? 뇌물이랍시고 그런 걸 가져와 놓고 드셔 보시라고 하진 못할망정 네가 먹고 앉았어?"

"저 이거 할머니 드린다고 한 적 없는데요?"

"뭐?"

쪼록 소리를 내며 얄밉게 한 병을 비운 은조가 다음 병에 빨대를 꽂았다.

"왜요? 전 할머니하곤 다르게 집도 없고 가게도 없고 대학 졸업장도 없는데, 돈도 없이 불쌍한 어린애 간식을 뺏어 드시려고요?"

짐짓 과장된 품새로 크게 눈을 깜빡거린 은조가 빨대를 입에 물었다.

"허, 내가 대학 졸업장 있는 건 어떻게 알고?"

"아니, 저렇게 보란 듯이 걸어 놓으셨잖아요 거실 한복판에! 저거 누가 봐도 학위증인데요?"

은조가 벌떡 일어나 맞은편 벽 앞에 섰다. 학위증이 곱게 들어간 액자 세 개가 나란히 걸려 있었다.

"어? 학교를 미국에서 나오셨네요? 어…… 메카니컬 엔지니어르…… 기계공학? 맞죠? 와……. 어? 이건 박사학위 아니에요? 맞죠? 세상에, 우리 할머니 어마어마한 분이셨네!"

"거, 그거 봐서 뭐 해! 이리 와서 앉아, 얼른! 왜 왔냐니까?"

팔용이 버럭 목소리를 높였다. 말은 그렇게 하면서도 안마의자에서 일어나 적극적으로 말리진 않는 모습에 은조가 팔용 몰래 웃음을 삼켰다.

"할머니, 할머니."

"거, 왜 자꾸 불러?"

은조가 입을 다물었다. 귀찮은 체하면서도 내심 다음 말을 기다리는 듯한 팔용의 태도에 "어르신 생각은 다른 거 같던데요?" 하던 정도의 말이 떠올랐다.

"사실 저 기다리셨죠?"

입꼬리가 씰룩거리는 걸 애써 갈무리한 은조가 말끝에 큼 헛기침을 했다.

"어제 오후에 상가 사장님들이랑 동 대표분들 다 모이셨는데 왜 안 오셨어요? 못 들으신 건 아닌 거 같고."

팔용은 별다른 대꾸 없이 은조가 테이블 위에 늘어놓은 빨대와 요구르트병을 노려보기만 했다.

"재개발 시세 차익 노리시는 거죠? 동네 사람들이 내년에 다시 실사가 있네 어쩌네 해도, 사실 재개발 이야기가 언제 다시 나올지 기약도 없잖아요. 근데 그렇게 큰 투자를 무작정 하셨을 리는 없고……. 정보 출처가 어디예요? 재개발 확신하시는 거죠?"

팔용이 더는 상대하기 싫다는 듯 안마 의자에 몸을 푹 기대며 눈을 감았다. 그 모습을 가만히 보던 은조의 입가가 장난스럽게 말려 올라갔다. 답을 알아내기 쉽지 않을 거라고 이미 예상은 하고 있었다. 팔용이 어떤 태도를 취할지도. 하지만 오히려 그 점이 은조의 집요한 성격에 부채질을 한다는 걸 팔용은 모르는 듯했다.

"할머니 정보원이 누구든 아마 재개발 쉽지 않을 거예요. 아시잖아요, 1단지가 스타힐로 변하는 동안 2단지는 몇 년째

말만 오가다가 마는 거."

은조가 가방에서 대대의 팸플릿을 꺼냈다. 그러고는 일부러 팔랑이는 소리를 내 가며 요란하게 종잇장을 넘겨 댔다. 아니나 다를까, 팔용이 슬그머니 눈을 떴다.

"할머니 것도 챙겨 왔어요."

은조가 팔용에게 팸플릿을 건넸다.

"동네 사람들은 환영하는 눈치더라구요."

팸플릿을 물끄러미 보던 팔용이 비웃음을 흘렸다. 맨 앞 표지에는 젊은이들에게 인기 있을 법한 모양으로 제법 그럴싸하게 꾸민 2단지 상가의 청사진이 크게 박혀 있었다.

"상가 이렇게 개발하는 프로젝트에 세탁소도 끼워 준대요. 가게 넘기면 돈 많이 준다던데 부르는 값이 생각보다 높아서 좀 고민이에요. 할머니도 아시다시피 제가 돈도 집도 졸업장도 쥐뿔 하나도 없잖아요? 엄마 아빠도 찬성하시는 분위기……."

"쯧, 순진한 건지 멍청한 건지. 이놈들이 어떤 놈들인 줄은 알고?"

물었다. 속으로 중얼거린 은조가 맹한 얼굴로 눈을 깜빡거렸다.

"제가 어떻게 알아요? 그리고 솔직히 알 필요도 없죠. 어차피 가게 넘기면 끝인데. 상가 다른 사장님들도 좋아하시던데요? 동 대표 어르신들도 집값 오른다고 좋아하셨구요."

깜빡깜빡. 여전히 맹한 얼굴을 꾸민 채 은조가 눈을 감았다 뜰 때마다 긴 속눈썹이 팔랑거렸다.

"다들 그렇게 한 치 앞도 모르고 눈앞에 있는 이익만 좇으니까 이런 막돼먹은 장사치들 말에 홀랑 넘어가지."

"에이이, 아니에요. 어제 보니까 여기 대표님 두 분 다 어엄청 젠틀하시던데? 배운 사람 티도 팍팍 나구요."

"네가 뭘 알아?"

팔용이 자리에서 벌떡 일어나며 거실 바닥에 팸플릿을 내팽개쳤다.

"이놈들이 어떤 놈들인 줄 알아? 이것들이 그 부시장 놈한테 로비를 얼마나 한 줄 아느냔……."

"할머니는 어떻게 아시는데요?"

여태 생글거리던 은조가 입매를 굳혔다. 내내 깜빡이고 팔랑이던 눈이 단 한 번의 흔들림도 없이 팔용을 똑바로 바라보았다.

"요망한 것. 물러 터진 줄 알았더니."

팔용이 어처구니가 없다는 듯 중얼거리자 은조가 얼른 요구르트 하나에 빨대를 꽂아 팔용의 손에 쥐여 줬다. 손에 들린 요구르트병을 바라보며 얼마간 허, 참, 하는 헛웃음을 내뱉던 팔용이 결국 빨대를 입에 가져다 물었다.

은조는 말없이 팔용이 병을 비울 때까지 기다렸다.

"그놈들이다. 새벽에 내 뒤통수 후리고 간 거."

"증거는요?"

침착하게 되묻는 은조를 향해 팔용이 빈 병을 건네더니 테이블을 향해 턱짓했다. 얼른 새 요구르트를 까 건네자 팔용은 목이 타는 듯 금세 병을 비웠다.

"없지. 일단은 그놈들이 직접 하지도 않았을 거고. 사람을 샀을 거다."

"왜 할머니를 노린 건데요?"

은조가 팔용을 따라 요구르트 한 병을 들고 물었다.

"처음에는 나를 찾아왔었다. 여러 번. 근데 서로 뜻이 다르니 별수 있어? 나는 이미 3년 전부터 재개발 다시 논의하자고 추진 중이었고, 저놈들은 재개발 대신 한탕 치고 빠질 궁리를 하느라 바쁘고."

빨대를 물던 은조가 입을 쩍 벌렸다. 아무래도 이 할머니는 은조의 예상보다 훨씬 더 거물인 모양이었다.

× ◇ ×

"은조 니가 한번 대답해 봐라! 나가 무슨 죽을 죄를 지었냐? 어?"

미용실. 어쩔 줄 모르는 얼굴로 대답을 망설이는 은조를 향해 미숙이 다그치듯 언성을 높였다.

"왜 애먼 딸내미를 잡고 그래? 니가 하는 짓이 지금 그 대댄지 뭔지 하는 사람들 앞잡이 짓이 아니고 뭐야? 내가 틀린 말 했어?"

세라가 미숙을 따라 목소리를 높였다. 팽팽하게 날을 세우는 두 사람 사이에서 은조와 캔디가 어쩔 줄 몰라 하며 두 사람의 눈치를 살폈다.

씩씩거리며 팔짱을 끼는 미숙 뒤에서 이 상황을 즐기는 듯 서 있던 커피홀릭이 과장되게 눈썹을 늘어트린 얼굴로 세라를 보더니 말을 얹었다.

"저희 할머니가 여기 이사 온 지 3년인데 적어도 그 3년간 요즘같이 동네가 활기를 띤 적은 없었거든요? 이게 다 경리 부장님 덕……."

"니가 뭐라고 말을 얹어? 조용하던 동네 쑤셔서 시끄럽게 만들어 놓고 뭘 잘했다고!"

"이 아줌마가 진짜! 내가 잘못한 건 또 뭔데요? 다 같이 잘 살자는데 대체 뭐가 꼬여서 이러는지 모르겠네 정말!"

"아우, 언니 그만해. 좀 참아. 응?"

"놔 봐. 참긴 뭘 참아? 이만치 참았으면 됐다!"

정리가 되기는커녕 점점 더 분위기가 험악해졌다.

자꾸만 어떻게 좀 해 보라는 듯 캔디가 무언의 재촉을 하자 은조가 끙 새는 한숨을 삼키며 입술을 말아 물었다. 어쩌다 이렇게까지 엮인 거지 하는 생각과, 대체 내가 이놈의 동네랑 무슨 상관이야! 싶은 생각이 금방이라도 입 밖으로 쏟아져 나올 것만 같았다.

"미숙이 너 솔직히 말해라. 그 장사꾼들한테 돈 받았어?"

묻는 척했지만 미숙이 이미 돈을 받았을 거라고 확신하는 투였다. 은조도 그걸 눈치챌 정도인데 오랜 시간 세라의 화법에 익숙해진 미숙 본인이 그걸 모를 리가 없었다.

"웅! 받았네, 받았어! 한 번만 받고 끝났을라고? 그짝들이 하자는 대로 일이 잘되게 도와주믄 이번에 받은 것 세 배로 더 준다 그러대!"

"그깟 돈 몇 푼에 동네를 팔아? 우리를 팔아? 니가?"

세라의 눈에 이채가 도는가 싶더니 목소리가 낮게 가라앉았다. 버럭 소리를 지르며 화를 내는 것보다 오히려 분위기가 더 흉흉해졌다. 금방이라도 둘 중 한 사람이 상대 뺨을 올려붙인 대도 이상하지 않을 분위기였다.

"몇 푸운? 그깟 도온? 하이고야, 언니 같은 팔자가 뭘 안가? 딸린 자식 새끼가 있어 뭐가 있어? 이날 이때껏 자기 입에 들어가는 것만 신경 쓰고 자기 두르고 다니는 행색만 신경 써 본 사람이 뭘 아냐 이 말이여! 누구한테는 그 돈이 꼴랑 몇 푼이어도, 나한테는 눈이 홱 돌아갈 만한 그런 거여! 언니가 뭘 안가? 뭘 알어? 뭐 내가 언제까지 이런 옷 입고 이런 꼬라지로 구질구질하게 살 줄 안가? 나는 뭐 언니처럼 할 줄 몰라서 안 한대? 어?"

목소리를 높이던 미숙의 말끝이 볼품없이 떨려 나왔다. 분을 이기지 못하는 건지, 서러운 건지, 미숙이 헛숨을 들이켰다.

어쩌면 둘 다일 수도.

내내 미간을 찡그린 채 말이 없던 은조가 나머지 네 사람 들으라는 듯 일부러 크게 한숨을 내쉬고는 커피홀릭을 끌고 나갔다.

"야, 이거 안 놔?"

노을광장 한복판에서 커피홀릭이 은조의 손을 털어 내듯 몸을 뒤틀었다.

"씨발 진짜 힘은 더럽게 쎄네. 야, 너 이거 상해야 상해! 손 목 벌써 빨갛게 됐잖아! 멍이라도 들면 니가 책임질 거야? 방 송하려면 몸이 재산인데 이게 어딜 감히."

그다지 세게 쥐지 않았다는 걸 본인이 가장 잘 알면서도 커피홀릭은 먼저 우위를 점하려는 듯 과장되게 손목을 매만지 며 은조를 흘겼다.

"좋아?"

자신의 손목에 정신이 팔려 있던 커피홀릭이 눈을 휙 치켜 떴다. 이맛살이 꼴사납게 구겨져 있는 게, 머리통 반이 넘게 차 이 나는 눈높이가 못마땅한 기색이 역력했다.

"좋냐고. 이렇게 분탕질 쳐서 동네 시끄럽게 하니까 속이 시원하냐고."

"분탕질은 무슨 분탕질이야? 다 같이 잘살자는 건데."

"다 같이? 놀고 자빠졌네. '다 같이'라는 말이 무슨 뜻인지는 알고?"

은조가 이죽거리자 커피홀릭이 눈썹 끝을 늘어트리며 갸륵한 표정을 했다. 그간 수없이 욕해 온 리나의 그 표정을 자신이 그대로 따라 하고 있다는 걸 스스로는 모르는 듯했다.

"이 미친년이 나이도 새파랗게 어린 게 어디서 욕을 해? 야, 세탁소. 너 괜히 끼어들어서 다 된 밥에 코 빠트리지 말고 좋게 말할 때 조용히 가게나 넘겨."

"당신이나 동네 시끄럽게 하지 마. 유튜브로 그렇게 장난질 친 덕에 지금 동네 꼴이 어떤지 안 보여?"

"장난질? 야, 남의 사업에 대고 니가 뭔데 이래라저래라야? 그리고 난 그냥 친구들 부른 거야, 친구들. 꼬우면 너도 친구들 부르든가!"

빽 소리를 지른 커피홀릭이 몸을 돌려 자신의 가게 안으로 사라졌다. 그 모습을 보는 은조의 입에서 새어 나온 헛바람이 입김이 되어 하얗게 공기 중으로 흩어졌다. 친구들. 기가 막히게도 '친구들'은 커피홀릭이 여행홀릭 채널을 시작하면서 팔로워들에게 새로 붙인 애칭이었다.

다시 긴 한숨을 내쉬고 있는데 미용실 문이 열리고 미숙이 모습을 드러냈다. 허공에서 얼핏 두 사람의 눈이 마주쳤지만 미숙이 먼저 고개를 돌려 도망치듯 상가 코너를 돌아 사라졌다.

눈두덩이 벌겋게 부어오른 미숙의 옆얼굴이 그날 내내 은조의 눈꺼풀에 잔상처럼 들러붙어 있었다.

온 동네에 미숙과 세라가 다퉜다는 이야기가 돌았다.

사람들 반응은 대체로 둘로 나뉘었다. 평소 같았다면 동네 사람 대부분이 묻지도 따지지도 않고 미숙의 편을 들었겠지만 이번에는 달랐다. 이 유치하지만 심각한 편 가르기에서 미숙이 대대의 대표들과 어떻게 쿵짝이 맞았느니 하는 건 결코 별개의 문제가 될 수 없었다.

이런 싸움이라는 게 늘 그렇듯, 한바탕 와와하고 나니 정작 당사자들은 소강상태가 되어 시간이 지날수록 냉정해진 반면, 지켜보는 사람들은 점점 더 말을 얹어 가며 일을 크게 만들 타이밍을 재고 있었다.

오죽했으면 미숙이 고 착한 것이 바락바락 소리를 질러 가며 눈물 바람을 했겠냐는 사람들은 싸움의 원인이 된 문제에 관심이 있다기보다 평소 퉁명스럽고 쏘는 투로 말하는 세라에게 불만을 간직하고 있던 부류였다.

반대로 미숙이 그게 이렇게 뒤통수를 칠 줄 몰랐다고, 속이 시커멓다고 욕하는 사람들은 어떻게든 재개발이 성사되길 바라는 사람들이었다.

그런 사람들이 하루에도 몇 번씩 세탁소를 드나들며 은조를 떠보고 은근히 자기들 편에 서기를 종용했다. 어린애, 여시 깍쟁이라고 부르던 은조에게도 이러는데 그늘이 은소보나 훨씬 더 편하게 여기는 상대인 캔디에게 어떻게 하고 있을지는 두말하면 입 아픈 일이었다.

세라와 미숙이 한바탕 한 그날 이후, 은조는 또다시 가게 문을 꼭꼭 걸어 잠그고 블라인드를 모두 내린 상태로 일을 했다. 정도의 말처럼 여전히 겁이 나서가 아니었다. 그저 피곤한 말을 더 이상 듣고 싶지 않았다. 모든 게 귀찮고 짜증스러웠다. 대체 우리 동네도 아닌데 내가 왜! 하는 생각이 들 때마다 울컥울컥 화가 치밀었다.

그런 날들이 며칠이나 이어졌다. 은조는 스쿠터를 끌고 나가며 지금 이건 배달이 아니라 드라이브라고 몇 번이나 되뇌었다. 들쑥날쑥한 기분을 달래는 데는 드라이브만큼 좋은 게 없었다. 모처럼 바람도 없고 포근한 날이었다. 오르막길에서 속도를 올릴 때마다 무릎까지 오는 올리브색 코트 자락이 약하게 펄럭였다.

꼭대기 동인 113동에서 마지막 배달을 마치고 돌아오는 길. 은조는 괜히 미숙의 집 베란다를 올려다봤다. 미숙과 세라는 그날 이후 여태 그대로다. 덕분에 상가건물 전체에 냉기가 풀풀 흘렀다. 한숨을 푹 쉰 은조가 스쿠터 시동을 걸었다.

언덕을 내려가던 은조의 스쿠터가 110동 앞 내리막길에서 멈춰 섰다.

한겨울 짧아진 해에 벌써 넘어가는 노을이 놀이터의 모래 알을 금빛으로 빛나게 했다. 초등학생 시절, 이 동네 친구들과 미끄럼틀 두 대를 성 삼아 편을 나눠 전쟁놀이를 하던 놀이터 였다.

더는 아이들이 살지 않는 동네의 주인 없는 놀이터를 바라 보다가 고개를 돌리자 110동과 109동 사이에 있는 야트막한 언덕을 메운 잔디가 노랗게 말라붙은 채로 놀이터의 모래알처 럼 금빛으로 반짝였다. 슈퍼에서 얻은 박스로 풀 썰매를 타던 그 언덕이었다.

그러다가 지겨워지면 술래잡기를 하고, 다시 놀이터로 돌 아가 전쟁놀이를 하는 것의 반복이었다.

금빛 노을이 점점 기울어 주홍빛이 되자 약하게 부는 바람 을 따라 풀이 왼쪽으로 또 오른쪽으로 일렁였다.

"하여튼 이놈의 동네……."

풀이 눕는 모양을 한참 바라보던 은조가 탄식하듯 중얼거 렸다.

실은 처음부터 알고 있었다. 강한 부정은 강한 긍정이랬으 니까.

그냥 인정하고 싶지 않았던 거다. 아직도 은수에게 슬려나 니고 있다는 것도. 그렇게나 벗어나고 싶어 발버둥 치던 이 거 지 같고 범죄의 온상인 도시가 고향이라는 것도.

여기는 은수네 집이 있던 동네다. 학교를 마지년 같이 전쟁

놀이를 하고 풀 썰매를 타던 친구들이 살던 동네고, 엄마와 아빠가 평생을 일궈 온 세탁소가 있는 동네다.

은수의, 친구들의, 부모님의.

백은조의 동네다.

그러니 이쯤에서 인정해야만 했다. 지금의 백은조를 만든 게 바로 이곳이라는 걸. 그래서 이토록 신경 쓰이고 짜증 났다는 걸.

여태 내리막길 끄트머리에 서 있던 은조가 멀리 바다 쪽을 향해 시선을 던졌다. 이제 완전히 해가 지고 밤이 찾아오면 저 바다 위로 어선들이 내는 불빛이 별처럼 점점이 흩뿌려질 거다. 옹기종기 모여 가끔씩 별자리 같은 모양을 하기도 하는 불빛이.

모두 이곳에서만 볼 수 있는 풍경이다.

여기에만 있는 이야기다.

작고 사소한 것들은 늘 이렇게 은조의 마음을 약하게 만들었다.

현실은 늘 은조가 상상하고 그리던 것과는 전혀 다른 모습을 했지만 그럼에도 사랑할 수밖에 없는 건 모두 이런 이유 때문이다.

이런 동네를 남이 망가트리게 둘 순 없다.

× ◇ ×

"좀 알아봤어요?"

―시장은 현재 공석이고 권한대행인 부시장이 전권을 행사하고 있습니다. 부시장이 되기 전에는 도시계획과장이었던 사람입니다. 시장하고 이전부터 잘 알던 사이였나 봐요. 새 시장 취임 후 건설교통국장으로 승진한 게 아니라 바로 부시장이 됐거든요.

"시장은 왜 공석이래요?"

―뇌물 수수요.

"뇌물요? 보니까 할머니랑 대대랑 둘 다 시청이랑 건설사 쪽에 로비를 많이 한 것 같던데 용케 부시장은 안 걸렸네요? 것보다, 뇌물 뭐 이런 거면 사실 할머니도 큰일 아네요?"

―아뇨, 어르신이 로비를 했다는 증거는 아직 없습니다.

"대대는 그런 증거가 있다는 말처럼 들리는데요."

―그렇죠. 일단 정황증거는 확실하고요. 물증이나 증인은 아직입니다. 조사 중이니까 좀 기다려요.

통화가 끝나고도 한참이나 이정도 씨의 이야기를 곱씹었다. 참…… 대단한 할머니네. 사실은 여수의 정재계를 주무르는 어둠의 보스 뭐 이런 거 아냐? 로비가 아니면 대체 어떻게 재개발을 추진하려고 한 건데? 아니 그것보다…… 대대랑 커피홀릭을 무슨 수로 막아?

잠시 멍하니 앉아 있는데 SNS 새 피드 알림이 울렸다. 세은이다.

미숙 언니의 오래된 투피스를 수선해 롱 재킷으로 만들기로 결심했던 그날, 잘 지내냐는 내 메시지에 한참 만에 [그럭저럭]이라고 대답했던 세은은 내가 다시 뭐라 답을 보내기도 전에 [언제 밥이나 먹자]라고 연달아 메시지를 보냈다.

더는 긴 대화를 원치 않는 듯한 뉘앙스라 [그래, 그러자] 하고 답을 보냈는데 그 후로 여태 이 모양이다. 할 말은 많지만 나는 여전히 용기가 없고, 무엇보다 이건 전화나 메시지로 할 만한 얘기가 아니라서 그냥 세은의 인스타그램이나 보며 근황을 체크하는 거다.

그건 아마 세은도 마찬가지일 거다. 일주일에 사진 하나 올릴까 말까 한 내 계정을 아직 팔로하고 있으니까.

생각해 보면 동기들이나 후배들도 다 마찬가지다. 굳이 메시지를 보내거나 통화하지 않아도 서로의 인스타그램이나 페이스북을 보며 근황을 아는 거다. 피드를 새로고침 하는 게 메시지를 보내는 것보다 빠르니까.

나와는 다르게 세은은 여전히 옷을 만들고 있다. 포트폴리오처럼 사용하는 인스타그램과 유튜브는 조금씩 구독자가 늘어 지금은 1200명이 조금 넘는다.

오늘 새로 올라온 건…… 아 미친, 좋아요를 왜 눌러 백은 조 멍청이! 피드를 올리다 미끄러진 손이 하트를 꾹 눌렀다. 황급히 취소하긴 했는데. 그랬는데.

[야 백조, 너 지금 뭐 하냐? ㅋㅋㅋㅋㅋㅋㅋㅋㅋㅋㅋㅋㅋ]

생각지도 못한 메시지가 도착했다. 그새 좋아요 알림이 간 모양이다.

아씨, 진짜…….

× ◇ ×

"근데 진짜 이렇게 나와 있어도 되냐?"

"브레이크라니까."

세은이 젓가락으로 떡볶이를 휘젓다가 고개를 끄덕였다.

"백조답다. 동네 세탁소에 브레이크도 있고."

뭐가 웃긴지 혼자 한참을 웃던 세은이 은조를 향해 눈을 흘겼다.

"야, 내가 잡아먹냐? 뭘 그렇게 굳어 가지고 그러냐?"

생글생글 웃으며 테이블에 턱을 괴는 세은을 바라보던 은조가 한숨을 푹 쉬며 젓가락을 고쳐 쥐었다.

"이렇게 갑자기 쳐들어올 줄 몰랐으니까 그렇지."

"그래서. 안 반갑다고?"

"반갑다고! 반갑다고! 됐지?"

"와…… 요거 봐라? 너 지금 나한테 그렇게 큰소리쳐도 될 상황이 아니지 않냐?"

"어. 안 돼. 안 되는 거 아니까 내가 지금 눈치 보잖아. 삽사기 왜 쳐들어온 건지나 말해. 너 무슨 일 있지?"

"나 너네 집에서 한 이틀 자고 갈 거야. 동네 구경 한 바퀴 하고 있을 테니까 퇴근하면 술이나 한잔해. 여긴 뭐가 맛있어? 게장? 회? 맛있는 거 먹자. 네가 사. 넌 사장님이잖아."

[언제 밥이나 먹자]

은조는 새삼 세은이 보냈던 메시지를 떠올렸다. 늘 이랬다. 대부분 의례적으로 하는 "밥 한 끼 해" 하는 말을, 세은은 한 번도 허투루 한 적이 없었다. 상대가 누구든 예외는 없었다.

"근데 난 이제 예외인 줄 알았지……."

작게 중얼거리는 은조를 기민하게 알아챈 세은이 "뭐래, 꿍얼거리지 말고 빨리 먹어!" 하며 재촉했다.

동네나 한 바퀴 돌고 올 거라더니. 금세 흥미를 잃은 세은 이 가게 소파 한쪽을 차지하고 앉아 퇴근, 퇴근 노래를 하는 통에 은조는 평소보다 조금 이른 시간에 가게 문을 닫았다.

세은은 퇴근 타령이 끝나기 무섭게 곧바로 여수 밤바다 타 령을 시작했다. 은조가 가게 셔터를 내리는 동안 잽싸게 스쿠 터 뒷좌석에 탄 채 그놈의 "여어수우 바암바아다아아아아아" 노 래를 끊임없이 불러 젖히기 시작한 거다.

"알았어. 알았다고! 좀! 한세은!"

한숨을 팍 쉰 은조가 세은의 목에 걸린 머플러를 좀 더 단 단히 여몄다. 그러고는 어린애 달래듯 세은의 정수리에 손을 얹고 두어 번 토닥거렸다. 그새 헬멧을 챙긴 세은이 가만히 그 손길을 받고 있다가 씩 웃더니 높게 올려 묶었던 머리를 풀며 고개를 이리저리 흔들었다.

"야, 나 지금 완전 샴푸 모델 같지 않냐?"

히죽거리며 실없는 소리를 늘어놓던 세은이 운전석에 앉은 은조의 허리를 익숙한 폼으로 끌어안고 다시 노래를 흥얼거리기 시작했다. 서울로 돌아가는 그 순간까지 끊임없이 이 노래를 부를 기세였다.

해안 도로를 끼고 달릴 때쯤이 되자 세은의 노랫소리가 허밍으로 바뀌는가 싶더니 곧 잠잠해졌다. 은조의 코트 주머니에 손을 찔러 넣은 채 허리를 안고 있던 세은이 장난을 걸듯 더듬더듬 은조의 배를 만지작거리더니 이내 등에 얼굴을 푹 파묻었다.

애 진짜 무슨 일이 있긴 있는 것 같은데…… 속말을 삼킨 은조가 입술을 씹었다. 평소에도 잘 치대고 말이 많은 세은이었지만 확실히 평소와 조금 달랐다. 뭐라 콕 집어 말하긴 어려웠지만 그랬다.

"안 돼. 안 만들어져……. 완전 슬럼프라고!"

양손으로 소주잔을 쥔 세은이 갑자기 눈물을 줄줄 흘렸다. 당황한 은조가 가방을 뒤져 손수건을 꺼내 건넸다.

"이걸 아직도 가지고 다녀?"

세은이 눈물이 그렁그렁한 얼굴로 물었다. 복학 후 처음 맞았던 은조의 생일에 세은이 스카프와 세트로 선물한 것이었다. 손수건과 스카프 모두 한구석에 은조의 이니셜이 새겨진, 최근 꽤 이름값이 오른 디자이너 브랜드 제품이었다.

은조가 고개를 끄덕이자 세은이 손수건을 쥐고 눈치를 좀 보더니 작게 웅얼거렸다.

"……코 풀어도 돼?"

세은답지 않게 우물쭈물하는 모습에 은조가 목을 큼 가다듬어 새어 나오는 웃음을 삼켰다.

"풀어라, 풀어. 근데 코 풀면 오늘 밤에 그거 한세은이가 세탁해야 돼."

세탁이란 말에 잠시 멍하니 있던 세은이 이내 고개를 끄덕이고는 쿵 코를 풀었다.

"너 때문이야. 백조 이 나쁜 년."

손수건을 꽉 움켜쥔 세은이 은조를 째려봤다. 원망이 담긴 눈동자에 또다시 눈물이 그렁그렁 차올랐다.

"미안해."

그동안 수없이 그날을 곱씹었던 탓인지 잠깐의 망설임도 없이 사과가 튀어나왔다. 혹시 눈을 피하면 쉽게 뱉은 말처럼 여길까 싶어, 은조는 느리게 입술을 잘근거리면서도 세은의 눈을 피하지는 않았다.

"미안해. 정말로. 네가 졸업 작품전 첫 러프 드로잉 냈을 때, 그걸 보여 줬을 때 내가…… 네 디자인 베꼈어. 네가 그 디자인 버리고 최종 시안 낼 때 다른 디자인으로 변경한 것도 나 때문……."

"너 진짜 몰라?"

은조의 말을 자른 세은이 코를 훌쩍이며 눈을 가늘게 떴다.

"……뭘?"

"진짜 모르나 보네? 와, 백은조 진짜…… 이래서 짜증 난다고, 너!"

세은이 내내 쥐고 있던 손수건에 얼굴을 묻었다.

"야, 너 방금 거기다 코 풀었잖아! 얼굴에 다 묻는다? 어?"

은조가 손을 뻗자 세은은 울면서도 용케 몸을 획획 피했다. 엉엉 소릴 내며 아주 대성통곡을 하는 걸 보니 아무래도 이러다 무슨 사달을 내겠다 싶었다. 서둘러 자리를 정리한 은조가 세은의 야상점퍼를 챙겨 입혔다. 계산을 마치고 나오니 그제야 소주를 세 잔이나 비웠던 게 기억났다.

"스쿠터는 일단 여기다 두고 가야겠다. 택시 부를 테니까……. 야, 그만 울어. 어?"

어쩔 줄 모르고 달래는데 팽 코를 푼 세은이 통통 부은 눈으로 은조를 노려봤다.

"나 커피."

이렇게까지 어리광이 심하진 않았는데. 진짜 무슨 일 있는 거 맞네, 맞아. 머리통 하나만큼이나 아래에 있는 세은의 정수

리를 내려다보던 은조가 새어 나오는 한숨을 갈무리하고 앞서
걷기 시작했다. 세은이 쉬지 않고 구시렁거리며 종종걸음으로
다가와 손을 잡았다.

"콧물 묻은 거 아냐?"

붙잡힌 손을 흘끔 내려다보며 묻는 말에 "아니야아아악!"
소리를 지른 세은이 머플러를 추켜올려 눈물로 엉망이 된 얼
굴을 가렸다.

"나 아이스."

"얼씨구? 이 추위에?"

은조가 혀를 차자 세은이 또 떼를 쓸 기세로 눈을 굴렸다.
결국 세은이 하자는 대로 커피를 하나씩 손에 쥔 두 사람은
이내 종포 해양공원으로 발길을 돌렸다.

"안 추워?"

세은이 대답 없이 빨대를 입에 물며 고개를 끄덕였다. 바람
이 없는 날이라 망정이지 아주 얼어 죽으려고 용을 쓴다, 용을
써. 속으로 잔소리를 한바탕 한 은조가 흘끔 세은의 눈치를 살
폈다.

"다 울었어?"

"어. 다 울었어. 짜증 나, 백은조."

"그러니까. 내가 뭘 모르는데?"

"멍충이 새끼."

아주 똥멍청이. 바보 멍청이. 한참 구시렁거리던 세은이 눈

을 치켜떴다.

"내가 훔쳤다고. 네 꺼!"

"어?"

대체 무슨 소릴 하는 건지. 은조의 미간이 좁아졌다.

"너 진짜 기억 안 나?"

"대체 뭐가?"

"내가 첫 러프 냈던 거. 그거 네 디자인이잖아! 이 멍충이 새끼야!"

"그게 내 꺼라고? 나 그런 디자인한 적……."

"있다고! 그거 2학년 때 네가 기초 패션 드로잉 수업 때 냈던 기말 과제였다고! 진짜 기억 안 나?"

내가 그런 걸 냈다고? 당황스러운 얼굴로 기억을 더듬던 은조가 뒤늦게 아…… 하며 느리게 눈을 끔뻑였다.

"나 막판에 다른 거 그려서 과사에 냈는데? 마감 날. 그때 조교 언니가…… 수현 언니 아냐? 언니가 이전 건 폐기하겠다고 했는데? 그걸 어떻게 니가 가지고 있어?"

"내가 그 수업 반장이었잖아. 과제 내가 걷었고. 나중에 취합해서 과 사무실에 내려 갔는데 언니가 넌 따로 제출했다고 네 건 빼서 날 줬어. 돌려주라고. 계속 가지고 있으려고 했던 건 아니고, 그 후에 막…… 그 학기 끝나자마자 너도 바로 휴학해 버리고 난 어학연수 간다고 유학원에 맨날 들락거리고 이러느라 정신이 없어서 한쪽에 치워 뒀서 몰랐는데…… 작년에 지금 집으로 이사하면서 발견했어."

"그러니까, 니가 내 옛날 과제를 표절했고 난 또 그걸 표절했다고? 표절의 표절의 표절이야?"

은조의 고개가 모로 기울자 세은이 또다시 눈물 바람을 했다.

"야, 생각을 해 보라고! 왜 네가 다른 사람도 아니고 내 걸 표절하고 싶어졌겠냐고! 너 평소에 내 디자인은 죄다 취향 아니라고 맨날 말로 줘팼잖아! 난 4년 내내 스포츠 캐주얼에 꽂혀서 거기에만 눈이 돌아 있었는데, 아무리 졸작이라고 해도 내가 어떻게 갑자기 그런 드레이프 치렁치렁한 드레스를 디자인하냐고! 이 멍충아!"

틀린 말은 아니었다. 취향이 확고하고 고집까지 센 세은이 한 디자인이라고 하기엔 아무리 졸업 작품이라고 해도 너무 여성스럽고 화려했으니까.

"아……."

그제야 폐기했던 그 드로잉이 선명하게 떠올랐다. 살짝 두툼한 하운드투스체크 원단으로 된, 허리 아래에 일부러 드레이프를 자글자글하게 잡은 드레스. 지금 은조의 취향으로 평가하면 너무 과한 감이 있는 디자인이지만 그땐 그런 스타일을 선호했다.

"네가 낸 그 디자인에서 원단만 글렌체크로 바꾸고 몇 군데 러플만 덧붙인 거였어. 근데 네가, 네가 막…… 그게 지 껀

줄도 못 알아보고 막······. 그리고 야, 그렇게 드레이프 잡기 힘든 울 혼방 원단으로 누가 드레스를 만드냐? 드레스 성애자 백은조나 하지. 근데 그것도 모르고 네가 막 내 눈치를 보니까, 나는······."

말하는 중간중간 숨을 들이켰다가 코 먹는 소릴 했다가 아주 난리였다.

"알았어, 알았으니까 일단 그만 좀 울어 봐. 이래 가지고 택시는 어떻게 타? 너 내일 쪽팔려서 내 얼굴은 어떻게 볼래?"

표절의 표절의 표절이라니.

기가 막혀 죽겠는데 이 와중에 자기는 할 말 다 했다는 건지 세은은 택시에 타기 무섭게 꾸벅꾸벅 졸기 시작했다. 후드를 푹 뒤집어쓴 작은 머리통이 끄덕끄덕 앞으로 기우는 것을 바라보던 은조가 손을 뻗어 제 어깨에 세은의 머리를 올려놨다.

"하나도 안 변했네, 하나도 안 변했어."

작게 중얼거리는 은조의 목소리 위로 세은이 작게 코 고는 소리가 대꾸하듯 겹쳤다.

× ◇ ×

[나 여수 갈래.]

막 배달을 나가던 은조가 스쿠터를 세웠다. 어찌나 급하세

브레이크를 걸었는지 뒷바퀴가 들썩 튀어 올랐다.

진짜? 다음 세입자 못 구하면 방 빼기 힘들 거라며?

답장을 다 쓰기도 전에 사진 한 장이 날아왔다.

"세상에, 한세은 이 가시내 이거 대책 없는 거 봐! 내가 미쳐 진짜!"

답장을 보내는 대신 소리를 꽥 지른 은조가 이마를 감싸쥐었다. 단출한 가구 몇 개와 온갖 작업 도구들로 엉망이던 세은의 반지하 방이 깔끔하게 정리되어 있었다. 그냥 정리 정돈을 한 게 아니라 작정하고 짐을 싼 거였다. 서울로 돌아간 지 사흘 만에.

나흘 전 아침.

"여수 올래? 나랑 같이 작업할까?"

종포 구백식당에서 세은과 함께 아귀탕으로 해장을 하던 은조가 반쯤 충동적으로 운을 뗐다. 퉁퉁 부은 눈을 게슴츠레하게 뜬 세은이 숟가락을 쥔 채로 작업실? 하며 고개를 기울이자 마치 준비했던 것처럼 술술 말이 나왔다.

"엄마 아빠 귀국하시려면 아직도 6개월은 더 남았고 어차피 우리 집은 방 하나 비니까. 너 지금 그 방 반지한데 방세도 너무 비싸잖아. 작업실은…… 아직 확실하진 않은데 내가 생각해 둔 게 있거든. 작업실 문제 정리되는 대로 알려 줄게. 올래? 여기서 같이 할까?"

"그래."

"어?"

"하자고."

"어?"

"뭐!"

망설임도 없이 훅 들어오는 대답에 어? 어? 하며 얼빠진 소리를 내고 있으니 세은이 붕어눈을 애써 치켜뜨며 인상을 썼다.

[내일 아침 출발.]

연이어 도착한 메시지를 확인한 은조가 난감한 얼굴을 했다.

"내가 오라고 하긴 했는데……."

그래도 이렇게 빨리 올 줄은 몰랐지! 아직 작업실 문제는 해결하지도 못했는데 발등에 불 떨어졌다. 마음이 한껏 조급해진 채로 은조가 스쿠터 핸들을 돌렸다.

× ◇ ×

"할머니, 할머니!"

신발을 내던지듯 벗은 은조가 거실로 들어서자 팔용이 미간을 찌푸렸다.

"또 왜!"

"할머니, 칼국숫집 저한테 세 주세요. 네?"

"그건 뭐 하게!"

거실을 가로지르는 팔용의 뒤를 졸졸 따라간 은조가 익숙한 듯 소파 한쪽에 자리를 잡고 앉았다. 그러고는 당연한 수순처럼 가방 안에서 요구르트를 착! 꺼내고 빨대를 탁! 꽂았다.

"제 작업실로 쓰려구요."

"뭔 작업실?"

요구르트를 손에 쥔 팔용이 안마 의자 전원 버튼을 눌렀다. 그러기 무섭게 은조가 다시 버튼을 눌러 작동을 멈췄다.

"뭐 하는 짓이야!"

"사업 얘기 진지하게 하는데 이러시기 있어요?"

"사업? 사업은 뭔 얼어 죽을 놈의 사업! 네가 돈이 있⋯⋯."

"네. 제가 돈도 없고 학위도 없는데 보증금이랑 월세 낼 정도는 있거든요?"

"내가 얼마를 부를 줄 알고?"

"박사님씩이나 되는 분인데 상도덕을 모르시진 않겠죠. 다른 가게 시세랑 비슷하지 않겠어요?"

은조가 능청스럽게 거실 벽에 걸린 팔용의 학위증을 눈짓했다.

"500에 50."

팔용이 빈 병을 내밀며 말했다.

"200에 20."

은조가 잽싸게 새 요구르트를 건네며 말했다.

"협상 결렬이다, 이것아."

팔용이 코웃음을 치자 은조가 제 몫의 요구르트에 빨대를 꽂았다.

"알겠어요. 제가 진짜 양보해서 300에 30. 더는 안 돼요."

"결렬이라니까?"

"고은마트랑 뜨개방은 맨 처음에 단지 입주하고 상가 분양할 때 사장님들이 직접 분양받은 거라 관리비만 내시고요. 달려라 하니는 500에 30, 세라뷰티는 500에 40이에요. 달려라 하니, 세라뷰티, 칼국수, 셋 중에 칼국숫집이 제일 작잖아요. 세라뷰티 반밖에 안 되는 평수에 보증금 500은 말도 안 되죠! 어차피 제가 들어가는 거 아니면 공실로 놀리는 가게잖아요."

틀린 말은 아니었다. 5평 남짓한 가게에 당장 누가 들어오겠다는 사람도 없었고 앞으로도 딱히 누가 들어오겠다고 할 만한 자리는 더더욱 아니었으니. 하지만 팔용은 쉬이 대답을 해 주지 않았다.

잠시 눈싸움을 하듯 팔용을 바라보고 있던 은조가 혀끝으로 입술을 축이더니 입꼬리를 씩 끌어올렸다. 그러자 팔용이 인상을 팍 구겼다. 저런 표정 끝에 은조가 하는 말들이 매번 자신의 속을 뒤집었던 걸 기억하기 때문이었다.

"설마⋯⋯ 대대가 하자는 대로 상가 넘기실 거 아니죠?"

말 같지도 않은 소리를 한다는 듯 팔용이 쯧 혀를 찼다.

"사업의 기본은 프레젠테이션이다. 사업 계획서도 없이 무슨 놈의 협상을 한다고."

"사업 계획서 있는데요?"

의기양양한 얼굴로 태블릿을 찾아 가방을 뒤지는 은조의 뒤통수에 대고 팔용이 "저, 저 요망한 것" 하고 중얼거렸다.

"이정도 씨가 부시장이랑 대대 대표들 커넥션을 캐고 있어요. 그 양반이 보기에는 그냥 희멀거니 서울 샌님같이 보여도 엄청 엘리트거든요. 할머니 엘리트 좋아하시잖아요, 그죠? 경찰대를 수석으로 입학했다가 수석으로 졸업했대요, 글쎄! 그러니까 일단 믿어 보세요. 근데, 만약에 대대랑 같이 부시장이 엮여 들어가면 재개발은 이대로 꽝이에요, 꽝. 정도 씨가 증거 잡기도 전에 대대 계획대로 되면 그건 더 문제구요. 저도 아직 큰 그림은 구체적이지 않아요. 근데, 일단 알은 박아 놔야죠. 못 건드리게. 너네가 그런 걸로 꼬시지 않아도 우리도 알아서 할 수 있다! 보여 줘야 돼요. 그래야 다시는 안 건들지. 칼국숫집 먼저 찜해 놓고, 그다음엔…… 동네 사람들 도움이 좀 필요해요. 아직 브리핑할 만큼 준비된 게 아니라서 시간이 좀 걸릴 것 같아요. 근데 그 '동네 사람'에 할머니도 포함이에요. 아마 계획대로 되면 할머니가 공실로 놀리는 집들도 필요할 거 같거든요."

"안 도망가니까 숨이나 쉬고 말해라."

팔용의 핀잔에 은조가 히히 애교 섞인 웃음을 짓더니 태블릿을 건넸다. 은조와 세은의 작업실 청사진을 한참 들여다보던 팔용이 반쯤 포기한 투로 답을 내놨다.

"300에 30. 공사는 너희들이 알아서 해라. 그리고…… 집은 안 돼."

"왜요?"

"뭘 할진 몰라도 집은 안 된다. 월세든 전세든 누가 들어오 겠다고 하면 도배며 장판이며, 어떤 집은 새시까지 다 새로 해 줘야 되는데 그게 돈이 얼만 줄은 알아? 뺄 때도 말이야, 가게 빼는 것보다 집 빼는 게 더 귀찮고 힘든 법이여. 재개발 성사돼 서 다 내보내야 될 때 되면 골치 아프다고, 아주."

"제가 진짜 너무 궁금해서 그러는데요."

은조가 말을 멈추고 태블릿을 톡톡 두드렸다.

"대체 그 돈 다 어디다 쓰시려고요? 자녀분들은 미국에서 다들 잘 지내신다면서요?"

"팔용 아이."

"네? 뭔 아이요?"

영문을 몰라 되묻자 팔용이 픽 웃으며 자리에서 일어났다.

"뭐 해? 안 따라오고."

팔용이 거실에서 가장 가까운 방문을 열며 재촉했다.

"……이게 다 뭐예요?"

팔용의 서재에 들어선 은조가 입을 쩍 벌렸다.

"여긴 아메리카랑 오세아니아."

팔용이 오른쪽 벽을 가리켰다.

"이쪽은 유라시아랑 아프리카."

이번에는 왼쪽 벽이었다.

손짓을 따라 고개를 획획 돌린 은조가 황당해하든 말든, 팔용은 아주 천천히 애정 어린 눈길로 양 벽을 감상하듯 바라봤다.

두 벽면을 가득 채우고 있는 건 관람차 설계도와 사진들이었다. 언뜻 마구잡이로 장식된 것처럼 보였지만 그 나름대로 체계를 갖추고 나뉘어 있었다. 크게 인쇄된 각 대륙 관람차 설계도의 사방에는 각 부분의 상세 사진과 해당 관람차를 배경 삼아 찍은 팔용의 사진이 촘촘하게 붙어 있었다.

"설마…… 할머니 지금 관람차 세운다고 이렇게 돈을 모으시는 거예요?"

"왜, 이 할미가 못 할 것 같냐?".

"아니, 아무리 그래도 뜬금없이 무슨 관람차를……."

"하여간 요즘 것들이란. 에버랜드가 자연농원이던 시절을 네가 알아?"

에버랜드라니. 자연농원이라니.

"할머니. 할머니 대체 정체가 뭐예요?"

"내 팔자가 이렇게 드센 게 다 이 이름 때문이다."

"네?"

뜬금없는 이름 타령에 은조가 반문하는 사이 팔용이 방

정면 책장 앞에 놓인 책상으로 다가갔다.

"그렇게 멍청하게 서 있지 말고 일루 와."

은조가 다가가자 팔용이 다시 입을 열었다.

"하여튼, 뭐든지 이름을 잘 지어야 하는 거야. 아들 바라면서 받아 온 팔용이라는 이름을 딸한테 붙여 놨으니 내가 사내들처럼 일평생 기계나 쳐다보며 산 것 아니겠냐. 봐라, 여태 내가 설계한 놈들이다."

"이게 다 할머니가 설계한 거라고요?"

"그럼. 미국까지 가서 비싼 돈 들여 가며 박사학위씩이나 땄는데 그걸 그냥 놀려?"

책상 위에 펼쳐진 놀이 기구 사진을 한 장 한 장 넘길 때마다 은조의 눈이 점점 더 커졌다. 자연농원, 서울랜드, 롯데월드, 도쿄 디즈니랜드.

팔용. 용이 여덟 마리. 정말로 이름 탓인지, 은퇴 전까지 팔용이 설계한 것들은 대부분 용처럼 길고 빠른 고속열차류의 놀이 기구였다.

하지만 팔용은 의외로 빠르게 지나가는 것보다 느리게 흐르는 것을 더 사랑하는 낭만가였다.

사별한 남편과의 추억 때문만은 아니었나. 팔용의 성정이 원래 그랬다. 노을이 노랗고 붉게 넘어가는 시간에 관람차 꼭대기에서 하늘을 바라보는 그 순간이, 팔용이 인생에서 가장 사랑하는 시간이었다.

천천히 사진을 넘기던 은조가 익숙한 곳의 사진을 발견했다. 팔용 아이(Palyong Eye)를 세울 부지로 점찍어 둔 어항 단지와 주변 사진이었다. 얼마간 말없이 그걸 들여다보던 은조가 고개를 들어 서재를 꽉 채운 관람차 설계도와 사진들을 바라봤다.

이유는 알 수 없었지만 괜히 코끝이 찡해졌다. 이 방 안을 가득 채우고 있는 책과 사진과 설계도는 하나도 빠짐없이 관람차 광인 공팔용의 평생을 바친 컬렉션이었다. 한 사람의 인생이 전부 담긴 컬렉션.

"됐고. 다 봤으면 이만 가 봐. 내일 가게로 갈 테니까 계약서에 도장 찍을 준비해 놓고."

말을 마친 팔용이 자리에서 일어나더니 내쫓듯 은조를 향해 손을 휘저었다. 휘이, 참새를 몰아내듯이.

× ◇ ×

"애들이 우리 작업실 구경 오고 싶대."

"누가?"

한창 바닥 장판을 뜯던 은조가 고개를 치켜들었다. 벽지를 북북 뜯어내던 세은이 그런 은조를 흘끗 보고는 마스크를 턱 아래로 내렸다. 얇은 입술이 새초롬하게 말려 올라가 있었다.

"이삭이랑 가을이랑 재민이."

세은이 동기들의 이름을 입에 올렸다.

"완성되면."

"완성되면이 아니라 당장 오고 싶은 거 같던데? 정확히는 우리랑 합류하고 싶어 해."

안 될 일이다. 무작정 그럴 수는 없었다. 가뜩이나 커피홀 릭이 여기저기 분탕을 치고 다닌 덕에 기어이 뜨개방이 매물 로 나와 동네 분위기가 뒤숭숭한데, 동네에 자리 잡는 외지인 이 더 늘어난다고 하면 주민들이 날을 세우고 경계할 거다.

동기들 사정을 모르는 건 아니었다. 이렇게 말하면 제 얼굴 에 침 뱉기지만 외곽 끄트머리라도 서울 소재 대학이라는 게 유일한 자랑인 학교 출신이, 심지어 폐교되어 졸업장도 종잇 장에 불과해진 학교 출신인 동기들이 졸업 후 어떻게 지내는 지는 은조도 이미 알고 있었다. 굳이 SNS를 일일이 확인해 보 지 않아도 사정은 다 거기서 거기였다.

다른 분야도 마찬가지겠지만 이쪽 바닥은 철저히 학벌 위 주로 돌아갔다. 정말 특출한 재능이 있다면 센트럴 세인트 마 틴스를 못 갈 리가 없다. 파슨스도 마찬가지다. 어디든 유학파 가 넘쳐 난다. 하다못해 종일 대봉[+]에 원단과 스와치[++]를 넣어 메고 다니는 게 일인 동대문 도매 상가 디자이너 사이도 은조

[+]   대형 비닐봉지.

[++]   원단 샘플 묶음.

와 동기들에겐 쉽지 않았다.

근데 밑도 끝도 없이? 여기 와서 뭘 하겠다고?

혼잣말인지 아닌지 구분하기 힘든 투로 중얼거리던 은조가 벌떡 자리에서 일어났다.

"금방 올게."

그러고는 세은이 뭐라 물을 새도 없이 가게를 빠져나갔다.

"사장님!"

"오야. 은조가 웬일이야?"

한창 짐을 빼던 뜨개방 윤 사장이 제법 반가운 기색으로 은조를 반겼다.

"왜? 무슨 일 있어?"

윤 사장이 손을 탁탁 털며 여태 문간에 서 있는 은조를 향해 다가왔다. 대답을 기다리는 윤 사장의 눈빛에도 은조는 쉽게 입을 열지 못하고 망설였다.

"저……."

"응?"

"가게 내놨다고 하셔서요."

"아! 이미 팔렸는데? 내놓자마자 팔렸어."

낭패다. 이렇게 빠를 줄은 몰랐는데. 대대와 커피홀릭이 생각보다 더 잽싸게 움직인 모양이었다. 물론, 그들이 사지 않았더라도 은조가 이 가게를 매입할 만한 돈이 있는 것은 아니었지만 어쨌든 대대에게 가게가 넘어간 것은 또 다른 문제였다.
예상보다 훨씬 더 당황스러웠다.

"은조야."

"네? 아, 죄송해요 제가 잠깐 딴생각을……."

"가 봐. 달려라 하니."

윤 사장이 씩 웃으며 눈을 찡긋했다.

"언니!"

"아이고오, 우리 백 사자앙."

캔디가 가게 중앙에 있는 소파에 앉아 은조를 반겼다.

"언니, 뜨개방 샀어요?"

"응. 내가 샀는데?"

"엊그제 저한테 여기는 500에 30이라고……."

"그렇게 냈었다고 했지. 여기도 내가 매입한 지 좀 됐는데?
한 10년?"

입을 쩍 벌리고 선 은조를 바라보는 캔디의 눈이 장난스럽
게 반짝였다.

"어……. 그……. 아니야, 잠깐만요."

벙긋거리던 은조가 이마를 감싸 쥐었다. 한참 선 채로 눈동
자를 이쪽으로 굴렸다 저쪽으로 굴렸다 하더니 캔디 맞은편
에 자리를 잡고 앉았다.

"미숙 언니랑 세라 언닌 아직 그대로죠?"

"그렇지 뭐. 곧 크게 한 판 또 붙을 것도 같고…… 잘 모르 겠네."

캔디가 심드렁하게 만화책을 한 장 넘겼다.

"언니, 뜨개방 말인데요."

"그래애. 우리 은조 말이 맞아. 작업실이 두 개면 더 좋지. 뭐, 하나는 아예 숍을 열어도 되고. 그치?"

선수 치듯 말끝을 잡은 캔디가 들고 있던 만화책을 탁 소 리 나게 덮었다.

"어떻게 아셨어요?"

"어떻게 알긴? 내 머릿속이 맨날 꽃밭인 것처럼 보여도 알 건 다 알아. 그러니까 백 사장, 여자가 이 나이 먹도록 혼자 살 려면 돈이 있어야 돼, 돈."

은조가 열렬한 기세로 고개를 끄덕이자 캔디가 어머 어머 하며 웃고는 금세 말을 덧붙였다.

"근데 둘이서 되겠어? 유튜브 보니까 호박카페 불여시가 팔로워들보고 친구들 어쩌구 하면서 자꾸 사람들 불러들이는 데 수적으로 너무 밀리는 거 아냐?"

"아뇨, 아니에요. 우리가 더 많아요."

이왕 이렇게 된 거 더 크게 일을 벌여야겠다. 본격적으로 불러 모으면 세은이 말한 세 사람보다 더 많이 부를 수 있을 거다. 이미 바닥에 바닥을 친 청춘들이 더 이상 뭐가 겁날까 싶기도 하고.

하지만 은조와 친구들의 가게가 다른 동네에서 이미 시도한 청년몰 같은 형태여서는 안 된다. 운 좋게 시에서 지원을 받는다 해도 그런 지원을 받으면 이미 실패한 다른 청년몰처럼 지원이 끊기자마자 결국 문을 닫게 될 거다. 이 동네 사람들만의 힘으로 자립할 수 있는 형태여야 한다.

"일단은 미숙 언니를 만나야겠어요."

"그래. 가자."

"같이 가 주실 거에요?"

"그러엄. 이왕 우리 백 사장 도와주기로 했는데, 혼자 보내면 안 되지. 미숙 언니가 고집이 얼마나 센데!"

씩 웃은 은조가 캔디와 손을 짝 마주쳤다.

× ◇ ×

"안 돼야."

"왜요?"

상가 2층 관리 사무소.

단호한 미숙의 대답에 당황한 은조가 삑사리를 냈다.

"니가 뭐신디?"

"제가…… 뭐라뇨?"

"니가 뭐시냐고."

여태 은조와 캔디는 본체만체하며 장부만 넘겨 보고 있던 미숙이 휙 고개를 치켜들었다. 움직임을 멈춘 그의 엄지손가락에 끼워진 골무 끝에 작게 구멍이 나 있었다. 그걸 발견한 은조가 입안의 여린 살을 짓씹었다.

저런 것까지 아끼고 아끼는 게 미숙이다. 미숙은 저 골무에 난 구멍이 더 커져 손가락이 골무 끝을 뚫고 나올 때가 되어야 새것을 살 거다. 세라와 싸울 때 말했듯이, 대대가 미숙을 회유하려 내민 돈은 절대 미숙에게 푼돈이 아닐 거라는 의미다. 그게 얼마든.

"니는 이 동네 사람도 아닌디 뭐 땀시 자꾸 이 일에 끼어드냐? 이 동네 사람도 아닌디 니가 뭔 권리로 주민 회의를 소집해야? 왜 니까지 이리 성가시게 구냐? 어?"

잔뜩 날이 선 미숙의 말투에 사무실 안 공기가 쩅하게 얼어붙었다.

"어머, 언닌 무슨 말을 그렇게 섭섭하게 하우?"

"섭섭? 아야, 은조 니 말해 봐라. 섭섭허냐? 근디 이런 걸로 섭섭해도 어쩔 수 없어야. 이게 다 세상 이치다."

섭섭했다. 섭섭하지 않다면 거짓말이다.

"괜찮아요."

하지만 은조는 아무렇지도 않다는 얼굴로 고개를 저었다. 예상치 못한 반응이었는지 미숙이 미심쩍은 눈길로 은조의 얼굴을 훑었다.

"제가 이 동네 주민 아닌 건 맞죠. 그죠. 여기 살지도 않는데. 근데요 언니."

"뭐, 뭐!"

은조가 나긋나긋하게 말을 잇자 미숙이 당황한 듯 말을 더 듬었다.

"근데 제가 칼국숫집 자리에 가게를 열게 됐잖아요. 공사 안내문에 언니가 직접 관리 사무소 도장 찍어 주신 거 벌써 잊으신 거 아니죠? 그건 저도 이제 상가 세입자라는 뜻이구요. 그럼 주민 회의는 못 해도 상가 입주자 회의는 소집할 수 있지 않나요? 언제 엄마가 그런 얘길 했던 거 같은데."

"어머! 그치, 할 수 있지. 과반수가 찬성하면 되니까. 나랑 은조랑 세라 언니만 찬성해도 과반순데? 입주자가 넷뿐이라 어차피 우리가 모인다고 하면 마트 최 사장 언니도 빠진다고 하진 않을 거고!"

캔디가 거들자 미숙이 티 나게 얼굴을 구겼다.

"왜 넷이냐? 뜨개방 윤 사장도 있는디?"

"어우, 언니. 윤 사장이 뜨개방 나한테 넘겼어, 오늘 아침에. 아직 몰랐어? 벌써 짐 다 뺐는데! 윤 사장이 서류를 아직 안 갖다 줬나 보네!"

미숙이 허탈한 듯 웃음을 흘렸다. 웃음 끝에 "팔자 좋네"라고 나지막이 중얼거렸지만 캔디와 은조는 그 소리를 못 들은 척했다.

"이따 오후에 할게요. 회의실 쓸 수 있게 문 열어 주세요."

×◇×

"뜨개방을 사? 니가 정신이 있냐 없냐!"

마트 최 사장이 캔디의 등을 짝 소리나게 쳤다.

"더 세게 때려, 더. 그거 가지고 쟤가 정신을 차리겠어? 쟨 맨날 투자한다고 설치고 다니면서 투자의 기본도 몰라. 다 망해 가는 동네 상가를 사서 뭘 해?"

세라가 커피를 홀짝이며 편을 들자 최 사장이 "하이고, 미쳐 버려!" 하며 캔디의 등을 한 번 더 때렸다. 이번에는 아프지 않을 정도로만.

"그래서 뭐, 세탁소 니는 뭘 해 달라고 우릴 이렇게 불러 모았냐?"

"동 대표 어르신들을 좀 만나 뵙고 싶은데요. 가능할까요?"

"딸내미가 동 대표 노인네들 만나서 뭐 하려고?"

"뭘 좀 해 보려고요."

"그러니까, 뭘?"

세라가 재촉하자 은조가 책상 위에 올려 뒀던 태블릿의 잠금을 해제했다.

"젊은 애들 사이에 '한 달 살기'라는 여행 방식이 유행한 지 좀 됐거든요? 주로 외국에 나가서 많이 하긴 하는데……. 동네가 좀 괜찮다 싶으면 지방에서도 하고 그래요. 최근에 인기가 많았던 곳은 경주랑 제주, 양양, 남해, 통영 정도구요."

세 사장이 태블릿을 보기 위해 옹기종기 머리를 모았다.

"이런 방식을 좀 이용해 볼까 하는데요. 아무래도 주민분들 도움이 필요할 것 같아서요. 주민 회의를 열려면 어떻게 해야 돼요?"

"어쩌긴 뭘 어째?"

최 사장이 픽 웃으며 입을 열었다.

"오시오, 하면 된다. 할매 할배들 죄다 저녁 장은 우리 집에서 보는데 뭣이가 문제냐."

"미숙 언니가 회의실을 열어 줄까요? 여긴 관리 사무소 소관이잖아요."

"어머, 그건 아아무 걱정 안 해도 돼. 동 대표들이 우리 회의하겠다, 문 열어라, 하면 열어 주는 거거든."

"그럼 어르신들께 말씀드리는 건 최 사장님께 부탁 좀 드릴게요."

"근데 백 사장. 문제가 하나 있는데."

캔디가 슬쩍 세라의 눈치를 봤다.

"113동 동 대표가 미숙 언니야."

"난 상관없다. 내가 죄지은 것도 아니고. 정 껄끄러우면 껄끄러운 사람이 피하겠지."

눈치를 본 것이 무색하게 세라가 여상한 투로 대꾸하고는 먼저 자리에서 일어났다.

"그라믄 내일 이 시간에 보자고잉."

최 사장까지 세라를 따라 나가자 캔디가 "못살아 정말" 하고 작게 구시렁거리며 고개를 내저었다.

"미숙 언니…… 설득하기 쉽지 않겠죠?"

"아휴, 백 사장아 백 사장아. 쉽지 않지 그럼."

캔디가 혀를 끌끌 차며 자세를 고쳐 앉았다.

"미숙 언니가 정말 돈을 받았을까요?"

"글쎄……. 경리 부장 김미숙이라면 안 받았을 거고, 예서 엄마라면 받았겠지. 미숙 언니라고 하고 싶은 게 없겠니? 괜히 저렇게 궁상을 떨겠어? 어떻게든 예서한테 더 좋은 거 해 주고 싶고 예서 하고 싶은 거 다 하면서 살게 하고 싶으니까 돈, 돈 하는 거고. 그래서 그런 미심쩍은 사람들이 주는 돈이어도 마음이 기울 수밖에 없는 거야."

은조가 고개를 끄덕였다. 이미 짐작하고 있었다. 비유적인 의미가 아닌, 단어 그대로 '먹고사는' 문제가 곤란해질 때, 부모는 보통 아이에게 포기를 먼저 가르친다. 하지만 은조가 아는 미숙은 예서에게 그런 식으로 포기를 가르치지도, 강요하지도 않는 사람이었다.

"세라 언니는…… 언니가 저어기 조발리 출신이잖아. 있어, 화정면 저 끝에 쪼끄만 섬. 그러니까 언니는 가오 죽기 싫은 거야. 광주에서 미용학원 다닐 때 맨날 섬 촌년 소리 듣던 게 지긋지긋해서. 그래서 지금도 구질구질한 거 질색하잖아. 모른 척해, 그냥. 아, 저 언니들이 사는 게 고달파서 저렇게 뾰족해졌다가 또 금방 실실 웃고 그런가 보다 하면 돼. 우리 은조도 더 나이 들면 다아 알게 된단다."

"언니는요?"

캔디가 미숙과 세라 얘기를 주절였지만 사실 은조가 제일 궁금한 건 캔디의 이야기였다.

"나? 나야 뭐……. 그냥 아무 생각 없는데? 우리 아부지가 돈이 많아. 근데 나도 우리 아부지 닮아서 돈 굴리는 머리가 없진 않어! 그러니까 내 머릿속이 맨날 꽃밭이야! 돈 있고 건강한데 딸린 자식도 없고 내가 걱정할 일이 뭐가 있니? 언니들 말 틀린 거 하나도 없어."

솔직해지는 건 어려운 일이다. 나이가 들수록 더더욱. 그런데 캔디는 그걸 잘도 해낸다. 이러니 세라가 매번 지는 거다. 솔직한 사람을 이기는 게 가장 힘드니까.

× ◇ ×

"그러니까, 정말 죄송하지만 솔직하게 말씀드릴게요. 장기적으로 이어지면 좋겠다고 생각하고는 있지만 잘 안 될 수도 있어요. 다른 비슷한 곳들이 그랬던 것처럼 찜찜한 빈 칸했다가 시들 가능성도 크고요. 근데, 이번이 끝이 아닐 거예요. 앞으로도 대대 같은 회사들이 계속 찾아와서 우리가 동네를 발전시켜 주겠네, 돈을 벌게 해 주겠네, 그러겠죠. 근데 그 사람들이 하려는 걸 우리라고 못 할 이유가 없잖아요. 중요한 건 우리 힘으로 동네가 살아나는 거예요. 자립이요."

주민자치 회의실. 지난번 대대의 사업 설명회에 모였던 멤버들이 자리를 찾아 앉고 커피홀릭과 미숙이 빠진 자리에 세은과 팔용의 자리가 추가됐다.

"조용하고 낭만적이고 힐링하기 좋지만 지루한 동네가 되면 안 돼요. 일단 집이 필요해요. 사람들이 와서 살아야 하니까요. 방법은 두 가진데요, 동네에 1인 가구가 많으니까 방학 때 시골 할머니 댁에 놀러 온 것 같은 느낌으로 평수에 따라 남는 방 한 칸이나 두 칸을 게스트 하우스처럼 운영하는 방식이 있구요. 나머지는 에어비앤비라고, 숙박 공유 업체를 이용하는 거예요. 에어비앤비 같은 경우에는 시설이랑 가구가 완비된 빈집이 있어야 하는데 일단 세 가구는 확보된 상태예요. 집이 더 많으면 좋겠지만 이 부분에 가장 크게 투자 가능하신 분이 아직 그럴 의향이 없으셔서, 일단은 세 곳으로 시작할 거예요."

은조가 말끝에 슬쩍 팔용의 눈치를 살폈다. 내키지 않는 듯 팔짱을 끼고 앉은 모습을 보니 설득이 쉬울 것 같지는 않았다. 언뜻 눈이 마주치려던 찰나, 은조가 모른 체 능청을 떨며 벽에 걸린 스크린으로 시선을 옮겼다. 슬라이드가 넘어가고 사진 몇 장이 화면을 채웠다.

"우리 동네의 가장 큰 장점은 바다가 가깝다는 거예요. 밤에 베란다에서 운치 있게 먼바다를 내다볼 수 있는 집들이 많은데 관광지 한복판은 아니라서 조용해요. 동네 자체가 조용한 게 가장 큰 장점인 거죠. 그리고 단지 안에 있는 벤치가 전부 등나무로 장식돼 있죠? 단지 조경수도 대부분 수령이 많고, 조경 디자인 자체가 클래식한 편이라 이것도 장점이에요. 고즈넉한 분위기도 풍기고 포토 스폿도 많아지니까요. 산책하기도 좋구요."

은조의 말대로 이 동네는 사진 명소였다.

커피홀릭이 모은 관광객들이 #인생사진, #감성사진 따위의 태그를 붙여 동네 사람들의 가난이나 초라함을 마음대로 훔치고 전시해도 되는 곳이 아니라, 이 동네와 이곳 사람들이 지나온 40년의 시간을 증명하는 등나무 넝쿨과 은행나무가 아직도 살아 있는.

평범하고.

사소하고.

작고.

연약하고.

오래된 것들이 모여 있는 '진짜' 사진 명소.

"문제는…… 이게 자칫 지루하게 느껴질 수 있다는 건데요. 제일 중요한 건 상가에 열 숍들을 잠깐 와서 구경만 하고 가는 사람들보다 여기에 난 이틀이든 한 달이든 머무르면서 상권을 소비할 사람들이 많아야 한다는 점인데……. 재밌을 만한 아이템이 부족해요."

"뭘 해야 쓴데?"

할머니 한 분이 물었다.

"뭔가 액티비티로 할 만한 아이템이 있어야 하지 않을까요? 기본적으로 한 달을 산다고 가정했을 때, 시내로 나가거나 다른 동네로 가지 않고 이 동네에서만 할 수 있는 거……. 아니면 아쉬운 대로 이 동네 안에서 해결할 수 있는 거요."

잠시 침묵이 흘렀다. 불가능하다고 생각하는 걸까? 이런 게 다 무슨 소용이냐고? 굳게 닫힌 주민들의 입을 바라보는 은조의 표정이 점점 어두워졌다.

"그, 104동 영감이 젊을 때 도예 공방을 크게 했다고 하지 않았나? 현빈이네 할아범 말여."

한참 만에 102동 대표 할머니가 입을 열었다.

"그라제, 그 집 가면 아직도 거실이랑 작은방에 전부 다 도자기여."

그 말을 들은 은조가 세은에게 눈짓했다. 그러자 세은이 스크린 옆에 붙여 둔 전지 앞에 섰다. 전지에는 열세 개의 성냥갑이 단지 배치도와 똑같은 모양으로 붙어 있었다.

세은이 〈도예 할아버지〉라고 쓴 노란 포스트잇을 104동 성냥갑 아래에 붙였다.

"가마는? 그런 공방 할라믄 가마가 있어야 될 건디?"

"만들면 되제. 뭐시가 문제여?"

"아이고 이 노인네들아, 그걸 어떻게 만들어? 그게 뚝딱 만든다고 만들어져?"

"자네 말도 맞네. 공방을 하든 현빈네 영감이 그걸 꾸려 갈 수는 있고?"

"아니에요. 현빈이 할아버님 요새도 여서동 공방에 주말마다 강의 나가세요."

"아, 그래?"

순식간에 말이 오갔다. 가만히 듣고 있던 은조가 다시 사람들의 주의를 끌었다.

"그 공방, 어디다 하면 될지 알 것 같은데요? 그 할아버지가 클래스 여는 걸 수락하시면요."

은조가 씩 웃으며 108동 성냥갑을 손끝으로 툭 쳤다.

"108동 옆에 윗상가 있잖아요. 제가 어릴 땐 거기에 유치원이랑 피아노학원이랑 슈퍼랑 문방구가 있었는데."

"어머, 그치! 지금은 비어 있잖아!"

캔디가 대꾸하자 사람들이 맞네, 맞아 하며 웅성거렸다.

"윗상가가 여기보다 규모가 작긴 해도 일단 쓸 수 있는 공간이 네 군데인 거잖아요? 그러면 뭔가 더 있어야 할 것 같은데요……."

은조가 말끝을 흐리자 할머니 한 분이 손을 들었다.

"내가 젊을 때 목공예를 좀 했는데."

사람들 시선이 일제히 할머니를 향했다. 쑥스러운 듯 잠시 말을 멈췄던 할머니가 다시 입을 열었다.

"목공예 기능사 자격증도 있어."

"딱이네! 왜 여태 그걸 말 안 했어?"

옆에 앉은 할아버지가 거들자 할머니가 "그냥 지금은 소일거리야" 하며 손을 저었다.

"유치원이랑 피아노학원 자리는 다른 두 곳에 비해 공간도 넓고 마당을 공유하고 있으니까, 거기를 목공예랑 도예 공방으로 꾸리고 클래스를 열면 좋을 것 같아요. 강의하시는 두 분 작품도 전시하고 판매도 하면 더 좋구요. 다른 두 자리는…… 사실 생각나는 게 있긴 한데 당사자분들이 허락하실지 모르겠어요."

"뭔데 그래? 일단 말을 해 봐."

세라의 물음에 은조가 헤헤 웃으며 맨 뒷자리로 눈길을 보냈다.

"한 분은 지금도 같이 계세요. 103동 할머니요. 뜨개질 클래스…… 어떨까요?"

내내 말없이 뜨개질에 열중하던 할머니가 은조를 흘끗 보더니 웃으며 혀를 찼다.

"아이고, 내가 이걸로 누구 가르친다 그러면 우리 노인정 백여시들이 가만 안 있을 거다. 바둑 가르친다고 나설 거여."

"그럼 바둑 클래스도 하면 되죠. 대신, 여기에 없는 주민들도 뭔가 참여할 만한 아이템이 있을 수 있으니까 네 군데 중 한 곳은 커리큘럼을 짜서 매일 돌아가면서 다른 클래스를 여는 공간으로 사용해도 되고요."

"왐마? 그럴듯한디?"

"그럴듯하죠?"

맨 앞에 앉은 할아버지에게 대꾸한 은조가 씩 웃으며 팔용의 자리로 눈을 돌렸다. 하지만 어느새 팔용이 앉아 있던 자리는 비어 있었다.

× ◇ ×

고은마트 앞 자그마한 마당에 테이블 네 개와 의자 스무 개가 들어왔다.

"어때, 괜찮지?"

최 사장이 가게 입구에 놓은 입간판을 가리키며 물었다. 상가건물과 색감을 맞춘 듯 파란 바탕에 흰 글씨로 〈고은 슈퍼가맥〉이라고 쓰여 있었다. 은조와 세은이 동시에 엄지를 치켜들었다.

막상 일을 벌이고 나니 예상치 못한 곳에서 의외의 아이템들이 쏟아져 나왔다. 뜨개 할머니가 말한 대로 바둑 할머니들이 왜 자신들은 끼워 주지 않냐고 성화였고, 그다음은 프랑스 자수 클럽과 베이킹 클럽 아줌마들이었다. "세상에, 이 동네에 그런 클럽도 있어?" 놀라는 은조의 옆구리를 세라가 아프지 않게 꼬집었다.

취미로 초콜릿 공방을 운영하는 자매도 있었고, 지역 커피 대회에서 입상한 바리스타와 로스팅 챔피언 부부도 있었다. 닥종이 인형이나 판화, 서예 같은 클래식한 취미를 아주 오랫동안 수준급으로 해 온 사람들도 있었다. 여기가 예술가 마을이냐고 웃으며 농을 던지는 은조와 세은에게, 세라는 "다들 은퇴하고 심심한 사람들이니까"라고 했다. 누구는 가르치고 누구는 팔기로 했다. 그렇게 결정하자마자 캔디가 덜컥 노을 광장에 들일 캐노피 천막과 테이블을 주문했다. 주민들이 만든 소소한 물건을 파는 간이 부스를 만들기 위해서였다.

모든 게 순조롭기만 하지는 않았다.

"야, 세탁소! 너 좀 나와 봐."

뜨개방 자리에 공사를 시작한 지 하루 만에 커피홀릭이 문을 쾅쾅 차며 은조를 불러냈다.

"너 지금 뭐 하는 짓거리야?"

"내가 뭘?"

"이게 진짜! 새파랗게 어린 게 계속 반말 찍찍 하네?"

"나도 다음부턴 반말하지 말라고 분명히 얘기했는데."

"야!"

커피홀릭이 소리를 지르자 뜨개방 안에 있던 동기들이 우르르 몰려나왔다. 살짝 움찔했던 커피홀릭이 신경질을 내며 머리칼 사이에 손을 집어넣었다. 여전히 취향은 한결같았다. 손톱에 붙은 파츠가 애시브라운 색깔 머리칼 사이에서 반짝거렸다.

"남의 영업장 옆에서 뭐 하는 짓이야? 공사는 영업시간 피해서 해야 될 거 아냐?"

"관리 사무소에서 허가받았는데?"

은조가 문에 붙여 둔 종이를 턱짓했다. 관리 사무소의 도장이 찍힌 공사 안내문이었다.

"이게 진짜!"

약이 바짝 오른 커피홀릭이 은조를 향해 한 발 다가섰다. 세은이 그 사이로 잽싸게 파고들었다.

"네에, 여기는 바로 노을광장 핫 플레이스, 노을 점빵 공사 현장이구요! 오늘은 노을 점빵의 기존 자재 철거 현장을 공개한 후에 완성 단계에 들어선 백조 점빵의 모습도 공개할 예정입니다."

재민이 들고 있는 카메라를 향해 세은이 눈을 접어 웃으며 손을 흔들자 뒤에 서 있던 커피홀릭이 인상을 구겼다.

"아까 문 쾅쾅 찰 때부터 찍었는데 이대로 다 내보내도 돼요? 무편집본으로 올릴 건데? 저 어제 구독자 수 3000명 넘었거든요."

세은이 실실 웃으며 얄미운 표정을 지었다.

"3000? 겨우 그거 가지고 어따 쓰게? 겨우 3000 가지고 30만에 어떻게 비빌래?"

커피홀릭이 비웃는 눈초리로 세은을 위아래로 훑었다.

"어? 아직도 30만이나 있어요? 계속 구독자 수 줄어들고 있지 않아요? 하루에 막 몇천씩 빠지던데? 내가 다 봤는데? 저는 계속 느는 중이거든요."

"하…… 야, 됐다. 말을 말자. 별 거지발싸개 같은 것들이 진짜."

커피홀릭이 은조와 세은을 노려보며 고개를 절레절레 저었다.

"어? 도망간다! 그쵸? 지금 도망가는 거죠?"

돌아서는 커피홀릭의 뒤통수에 대고 세은이 끝까지 종알거리며 성질을 긁었다. 최대한 유치하게 굴어서 상대가 싸울 의지를 잃게 만드는 게 세은이 싸우는 방식이었다. 그게 어느 정도 먹힌 모양인지 커피홀릭이 상가 2층으로 올라가는 소리가 그렇게 사나울 수가 없었다.

문제는 더 있었다.

세은을 제외하고도 동기가 여덟 명이나 더 내려왔는데 숙소와 작업실이 너무 비좁았다. 칼국숫집과 뜨개방 모두 숍으로 꾸리자고 정하고 나니 결국 숙소의 반을 작업실로 써야 했기 때문이다. 남자애들이 쓰는 집은 그나마 나았다. 다섯이나 되는 여자애들은 두 팀으로 나눠 번갈아 가며 한 팀은 은조의 집에서 자고 한 팀은 작업실 겸 숙소에서 쪽잠을 잤다.

은조와 친구들에겐 집이 하나 더 필요했다. 하지만 팔용은 여전히 집을 내줄 생각이 없어 보였다.

×◇×

베네치아 호텔 서쪽 주차장 한쪽에 정도가 차를 세웠다. 시동을 끄고 핸들에 팔을 기댄 채 앞 유리창 쪽을 향해 쭉 고개를 밀어 건물 중간쯤을 올려다보다가 손목에 찬 시계를 확인했다. 점심시간이 한참 지났으니 곧 자리를 파할 거다. 뭐, 이런 모임이 늘 그렇듯 더 길어질 수도 있고.

얼마간 시간을 죽이고 있으니 호텔 안에서 한 무리의 사람들이 쏟아져 나왔다. 열댓 명쯤 되는 사람들의 연령대는 40대에서 70대까지 다양했다. 남녀를 불문하고 젊은 쪽은 대부분 각이 딱 떨어지는 정장을 입고 있었고 나이 많은 쪽은 골프웨어 같은 편한 차림이었는데, 대체로 정장을 입은 쪽이 골프웨어 쪽에 저자세를 취했다.

한참이나 서로 오버스러운 악수를 하고 어깨를 두드리고 하며 인사를 나누던 사람들이 하나둘 흩어졌다. 절반쯤은 정도가 있는 서쪽 주차장에 세워진 차를 하나씩 골라 탔고 남은 절반의 8할은 다시 호텔 안으로 들어갔다. 지하 주차장으로 내려가는 모양이었다.

마지막으로 남아 있던 사람이 택시를 타고 떠나자 호텔 입구에 남은 사람은 딱 한 명. 팔용뿐이었다. 어디론가 전화를 하는 듯하던 팔용은 천천히 걸어 호텔 건너 버스 정류장으로 향했다.

창문을 내려놓은 조수석 너머로 팔용과 눈이 마주치자 정도가 길게 팔을 뻗어 조수석 쪽 문을 열었다.

"어르신, 타시죠. 댁까지 모셔다 드리겠습니다."

"됐네."

팔용이 지팡이 끝으로 열려 있던 조수석 쪽 문을 툭 밀어 닫았다.

"그럼 댁에 먼저 가서 기다릴까요?"

정도가 다시 문을 열었다. 열린 문을 물끄러미 보던 팔용이 이맛살을 구기며 다가와 차에 올라탔다.

"끈질기기는, 쫏."

"어떻게 알고 왔는지는 안 궁금하신 모양인데요?"

"은조 그 요망한 것이 나불거렸겠지."

투덜거리는 목소리에 흘끗 팔용을 곁눈질한 정도가 웃음기 묻은 목소리로 물었다.

"은조 씨랑 서로 스케줄도 공유하시는 사입니까?"

"그러는 자네는? 은조가 자네 스파이야 뭐야?"

"파트넙니다."

"파트너 같은 소리 하고 있네."

끌끌 혀를 차던 팔용이 창밖으로 고개를 휙 돌렸다. 새어 나오는 웃음을 삼킨 정도가 오동도 앞 케이블카 탑승장 쪽으로 차를 돌렸다. 탑승장 옆 작은 터널을 지나면 곧바로 하멜로와 이어지는 해안 도로였다.

"얼른 용건이나 말해. 바쁘니까."

"로터리클럽 모임 다녀오신 거 맞습니까?"

"취조하는 거야?"

"두 달 전부터 부시장은 모임에 나오지 않고요."

팔용이 고집스럽게 입술을 앙다물었다.

"클럽 회원 중에 오용근이라고 있을 텐데요. 언뜻 보니 오늘 모임에는 나오지 않은 것 같았고요."

"원하는 게 뭐야?"

팔용의 목소리에 잔뜩 날이 섰다. 차 안의 공기가 팽팽해지자 정도가 도로변에 차를 세웠다.

"이거 하나만 말씀해 주십시오. 부시장이나 로터리클럽 회원들과 금전적으로 엮인 적이 있습니까? 주는 쪽이든 받는 쪽이든……."

"지금 내가 그런 막돼먹은 놈들 뒷주머니에 돈을 찔러줬다, 그런 헛소릴 하는 거야?"

팔용이 버럭 성을 냈다. 금방이라도 지팡이를 들어 올려 정도를 두드려 패기라도 할 기세였다.

"어르신하고는 전혀 관련이 없는 일이군요. 알겠습니다."

금세 수긍한 정도가 기어를 풀고 다시 핸들을 잡자 팔용이 미심쩍다는 눈으로 정도의 옆얼굴을 훑었다.

"자네 형사라면서? 뭐 이렇게 싱거워? 엘리트라더니 순 허풍이었구만."

위아래로 움직이는 노골적인 시선에 정도가 어색한 웃음을 흘렸다. 의심하면 의심한다고 난리, 믿으면 믿는다고 난리. 정말이지 한 번을 쉽게 넘어가는 일이 없는 노인이다.

하지만 정도도 오늘은 만반의 준비를 하고 나온 터였다. 이 꼬장꼬장한 노인의 무장을 해제할 치트 키를 이미 손에 쥐고 있었다.

"은조 씨가 그러던데요? 어르신은 정공법을 쓰는 분이라 졸렬하게 공무원들한테 뒷돈 먹이고 그럴 분 아니라고. 저도 이런저런 사건을 겪어 봐서 지금은 파트너가 하는 말엔 무조건 예, 하고 숙이는 편이긴 합니다만. 그래도 이번 건은 어르신께 직접 확인할 필요가 있어서요."

정도의 차가 하멜로를 지나 종포 해양공원 방향으로 들어섰다.

"대대 쪽에서 지역산업에 투자한다는 명목으로 부시장과 세 번 술자리를 가졌습니다. 그때마다 오용근 대표가 그 자리에 끼어 있었고요."

"대표는 무슨 얼어 죽을 놈의 대표야? 말이 좋아 건설업이지 용역 깡패 놈인 거 내가 모를 줄 알고? 그놈은 아주 글러 먹었어."

"예. 그러니까요. 그러니까 앞으로는 더욱더 조심하셔야 합니다."

차가 정지 신호에 서자 정도가 팔용을 향해 고개를 돌렸다.

"그날 새벽에 누가 어르신께 그런 짓을 했는지 제가 잡을 겁니다. 아마 은조 씨가 저보다 먼저 증거를 찾을 수도 있고요. 늘 그랬거든요. 저는 이 동네에선 힘이 하나도 없어서."

"자네가 아주 줄을 잘 탔구만."

"예. 아주 잘 탔죠. 줄 중의 줄은 백은조 라인이거든요."

피식 웃은 정도가 다시 앞으로 시선을 되돌렸다.

초록불. 직진신호가 떨어졌다.

× ◇ ×

거듭 다리를 떨던 커피홀릭이 피드를 새로고침 했다. 한 시간 전과 크게 다를 바가 없었다. 지금쯤이면 좋아요가 100개 정도는 늘어야 하는데.

"계속 구독자 수 줄어들고 있지 않아요? 하루에 막 몇천씩 빠지던데?"

세탁소의 친구라던 그 쪼끄만 계집애가 했던 말이 보름이 넘게 귓가를 쾅쾅 때리고 잡아당기더니 기어이 달라붙어 떨어지질 않고 괴롭혔다. 그게 정말 저주나 예언이라도 된 듯 팔로워 수가 점점 줄더니 어느새 10만까지 내려갔다. 유트브와 인스타그램 모두.

"씨발……. 내가 어떻게 모은 건데."

손톱을 잘근잘근 깨물던 커피홀릭이 메시지 창을 열었다.

[일 처리를 이딴 식으로밖에 못 해요? 이제 어떻게 할 작정이에요?]

메시지를 보내기 무섭게 전화벨이 울렸다.

─이게 진짜 미쳤나. 지금 우리 탓이야? 네가 우리한테 받아 처먹은 돈이 얼만데! 너 진짜 유튜브랑 같이 인생도 접고 싶어?

"뒤통수를 갈길 거면 확실히 했어야죠! 노인네가 저렇게 멀쩡하게 돌아다니게 두면 어떡해요? 웃기는 짓 작작 하고 이번엔 제대로 해요. 아무래도 다른 방법을 써야겠어요."

전화기에 대고 짜증스럽게 대꾸하는 커피홀릭의 눈동자에 툭 핏발이 섰다.

× ◇ ×

"대체 이게 뭐길래 니 키보다 큰 상자에 담았나 했다. 이걸 기어이 가져왔어? 하여튼 한세은이 집착 진짜……."

은조가 혀를 차며 고개를 내저었다.

"야, 백조. 가만히 있지 말고 좀 들어 줘!"

"한세은이 가져왔으니까 한세은이 알아서 해야지."

말은 그렇게 하면서도 은조가 스탠드 바닥 받침대를 들어 올렸다.

백조 점빵 쇼윈도 한쪽에 세은보다는 한참 크고 은조보다 는 약간 작은 장 스탠드가 놓였다. 한동안 가게 안팎을 드나들 며 스탠드가 놓인 모습을 이리저리 보던 세은은 또 뭐가 맘에 안 드는지 한참이나 스탠드를 붙잡고 씨름했다.

"이걸 어따 쓰려고 이고 지고 내려와서 이 난리를 쳐?"

"백조 네가 뭘 알아! 다른 건 절대 안 돼. 이게 딱이야."

세은이 흐뭇한 얼굴로 스탠드를 바라봤다. 동그란 금속 갓 이 달린 목이 긴 스탠드가 서 있는 모양이 언뜻 고개를 살짝 숙인 채 구부정하게 서 있는 사람 같기도 했다.

"백조! 이제 이거 걸어 줘!"

세은이 캐리어에서 연보라색 플로피해트를 꺼내 왔다. 어 디서 구한 건지 흔한 기성품보다 훨씬 챙이 길었다.

"어디, 여기? 스탠드에?"

"응! 스탠드에. 이거 모자 굽는 스탠드야. 여기다 걸어 놔야 동그랗게 예쁘게 잘 구워져."

아닌 게 아니라 스탠드의 동그란 갓 부분에 모자를 올리니 조금의 오차도 없이 딱 맞아떨어졌다

"근데 넌 이런 모자 취향 아니잖아?"

은조가 세은의 정수리를 꾹 누르며 물었다.

"간지용이지 멍충아! 원래 디자이너 숍에 이런 거 하나씩은 간지로 딱! 있어야 되는 거야. 쇼윈도에서 제일 잘 보이는 자리에다가 짜잔! 그럼 내일모레 오픈할 때 여기에 홀린 손님들이 따단!"

그럼 그렇지. 웃으며 고개를 가로저은 은조가 세은의 머리통을 다시 한번 꾹 눌렀다.

"야, 백조. 우리 이러다 진짜 대박 나면 어쩌지?"

"그러게."

들뜬 듯 한껏 높아진 세은의 목소리에도 은조는 그냥 웃기만 했다. 이유를 알 수 없는 불안함과 찝찝함이 가시질 않았다. 뜨개방 자리에 공사를 시작했던 그날 이후 커피홀릭이 통 모습을 보이지 않았던 탓이다. 미숙과 대대 또한 마찬가지였다. 무소식이 희소식일 그런 상황은 아닌 터라 더 찝찝했다.

정도에게 연락을 해 볼까 고민하던 찰나, 가게 문에 달아 둔 종이 요란하게 울렸다.

"할머니?"

뒷짐을 지고 선 팔용이 반쯤 떨떠름한 얼굴로 가게 안을 훑었다. 임대인 행세를 제대로 하겠다는 듯, 가게를 둘러보는 그 잠깐 동안 팔용의 눈이 날카롭게 빛났다.

"은조 너, 나 좀 따라와."

휙 몸을 돌려 나가는 팔용을 따라 은조가 서둘러 가게를 나섰다.

× ◇ ×

가게, 그러니까 점빵 말고 세탁소에 도착한 후에 나는 평소하던 대로 요구르트를 착착 준비해 할머니께 헌납했다.

아니, 분명히 예전엔 내 꺼 먹는 김에 하나 나눠 드리는 거였는데. 어쩌다 나눔이 아니라 상납이 된 건데? 그러고 보니 이 할머니가 정말. 자꾸 이렇게 가난한 소녀 가장을 등쳐 먹어도 되는 거야?

아니 아니, 왜 아무 말씀도 안 하시는 걸까? 괜히 사람 주눅 들게. 설마 이제 와서 방 빼라고 하진 않겠지? 내일모레가 오픈인데? 그건 아닐 거다. 그렇게 치사한 분은 아니니까.

아니지, 혹시 또 모를 일이다. 사람 일이라는 게 그런 거니까. 불과 한 달 전까지만 해도 나한테 할머니는 건물주느님이 아니라 폐지 할머니였으니까.

"거."

"네?"

"뭘 그렇게 놀라?"

아…… 티 났구나?

"그래서. 얼마나 더 벌겠어?"

이 봐 이 봐. 우리 팔용 할머니 그럴 분 아니라니까.

"얼마를 버는지보다 얼마나 장기적으로 이어질 수 있는지가 더 중요하지 않을까요?"

"하여튼 말은 잘하지. 거, 전에 말한 그거 해 봐. 집 싹 고쳐 줄 테니까."

"전부 다요?"

"그럼? 하려면 전부 다 해야지. 어설프게 한두 채만 하고 말 거야?"

아뇨, 맞습니다. 무조건 주느님 말씀이 옳습니다. 근데…….

"그래도 한 채는 안 돼요."

"안 되긴 뭐가 안 돼?"

"저희 작업실 해야 되는데요?"

"집도 절도 없는 애들처럼 나눠서 쪽잠 잔다더니 그게 진짜였구만?"

세상에! 그걸 어떻게 아셨지? 할머니한테는 말씀 안 드렸는데?

"너만 정보원이 있는 줄 알아?"

그러게. 정말 궁금하다. 대체 할머니의 정보원이 누군지.

"할머니, 할머니. 근데요오…….'"

"또 뭐?"

"왜…… 갑자기 왜 이러시는데요?"

해 준대도 난리야 이놈아? 하실 줄 알았는데 할머니는 대꾸가 없으셨다. 손에 쥔 빈 요구르트병을 바라만 보고 계시기에 새 병을 쥐여 드렸더니.

"요망한 것, 하여튼."

나는 또 요망한 것이 되었다.

"112동이랑 113동 뒤에 넓게 공터 있는 거 알지? 거, 언덕
배기 앞에."

알고 있다. 동네 땅인지 아닌지는 모르지만, 꽤 오랫동안
그렇게 빈 채로 놀고 있는 땅이다.

"그거 내가 사기로 했다. 계약서 도장 찍으러 가는 길에 들
른 거야."

"네? 거길요? 왜요?"

"왜는 왜야? 이 맹추 같은 것아."

쥐고 있던 요구르트를 빨대 없이 단숨에 비운 할머니가 자
리에서 일어났다. 엉거주춤 따라 일어났더니 품 안에서 꺼낸
종이를 작업대 위에 툭 던지듯 올려놓고 가게를 나섰다.

"나올 것 없다."

어설프게 포토숍으로 만진 듯한 사진 속 캡슐 하나하나가
오색찬란했다. 우리 가게 차양보다 더 화려하다. 하긴, 이린
것들은 조금 유치한 맛이 있어야 더 귀엽고 눈길을 끄는 법이
니까.

가운데에 네온사인으로 크게 적힌 글자가 눈에 박혔다.

Palyong Eye. 할머니가 그렇게도 원하던 대관람차의 청사

진이었다.

× ◇ ×

"왜 전화를 안 받아요?"

정도의 차 조수석 쪽 문이 벌컥 열렸다.

"대체 여긴 어떻게 알고 왔습니까?"

정도가 황당하다는 얼굴로 주변을 살폈다. 2단지에서 차로 10분도 넘게 떨어진 생판 남의 동네인데 대체 여길 어떻게 왔나 싶었다.

"동네 사람들요."

"여긴 그 동네 아닌데요."

"동네 사람들 눈이 다 CCTV라구요. 동네 어르신들이 맨날 집에만 계신 줄 알아요? 할머니 할아버지들이 얼마나 부지런하신데요. 소일거리로 아침 시장에 매일 물건 팔러 나오시는 분들도 많고."

"허……."

정도가 헛웃음을 흘렸다.

"어제 아침에 형사님 차가 남산동 주택단지로 들어가더라. 제가 이 얘기를 몇 명한테 들었게요? 여기서 뭘 했길래 연락이 안 돼요?"

"잠복입니다. 잠복."

정도가 눈가를 꾹 눌렀다. 어제부터 쭉 이렇게 있었는지 조수석 발치에 햄버거 봉투와 빈 음료수 컵이 굴러다녔다.

"할머니가 연락이 안 돼요."

은조가 입술을 씹었다.

"어제 오후에 가게에 들르셨거든요. 땅 계약하러 가신다고. 근데 여태 연락이 안 돼요. 집에도 안 계시고요."

"서에 있는 팀원들한테 연락해 줄게요. 보다시피 이런 상황이라 데려다주지는 못하……."

"아뇨."

은조가 말을 자르자 내내 전방을 주시하던 정도가 흘끗 은조를 쳐다봤다.

"지금 이거 누구 잡으려고 이러고 있는 거예요?"

"오용근이라고, 로터리클럽 멤버인 건설사 대푭니다. 부시장과 대대가 만날 때마다 같이 있던 사람인데……."

"건설사 대표가 아니라 용역업체를 운영하는 깡패고요."

핸드폰을 두드리던 은조가 말을 잘랐다.

"어떻게 알았습니까?"

"미숙 언니요. 그 언니가 우리 동네에서만 마당발인 게 아니거든요."

은조가 씩 웃으며 정도에게 핸드폰 화면을 들이밀었다.

"봤죠? 그놈 여기 없어요. 이 주소로 가요. 할머니도 거기 계실 거 같으니까."

관리 사무소 문을 벌컥 열고 들어간 세라가 미숙의 책상 위에 종이 뭉치를 툭 올려놓았다. 인터넷 기사를 인쇄한 것이었다.

"딸내미가 너 갖다 주라더라."

세라의 말에도 미숙은 고집스럽게 계산기만 두드려 댔다.

"말해 봐. 그놈들한테 정확히 얼마 받았는지."

계산기 위를 오가던 미숙의 손이 뚝 멈췄다.

"말 못 하는 거 보니까 안 받았구만. 내 그럴 줄 알았지."

세라가 들으라는 듯 혀를 차며 미숙의 책상 한쪽에 엉덩이를 걸치고 앉았다. 대대가 이 동네에 입맛을 다시던 그때부터 지금까지 쭉. 미숙은 예서 엄마가 아니라 경리 부장 김미숙이었던 거다.

"그러니까 왜 똥고집을 부려? 별것도 아닌 말에 욱해서 센 척이나 하고. 똥고집을 부릴 거면 사람 신경 쓰이게 하지나 말던가!"

"나가 뭘 어쨌다고 근가? 그라고, 언니가 언제부터 내 사정을 신경 썼다고?"

미숙이 울컥 짜증을 내며 세라를 째려봤다.

"밤마다 우리 가게 앞에 한참 서 있다 가는 걸 내가 모를 줄 알았어?"

"애먼 사람 잡지 마소잉. 나가 언제 언니네 가게를……."

"CCTV는 폼으로 달아 놓은 줄 알어?"

세라가 종잇장을 턱짓했다. 잔소리 말고 어서 보기나 하라는 뜻이라는 걸 누구보다 미숙이 가장 잘 알았다.

인스타그램 #핫플이 말해 주지 않은 것들

젊은이들 #핫플레이스 익수동에는 토박이가 없다

도시재생이 아닌 주거지 상업화

익수동, 동네 사람들이 동네를 떠날 수밖에 없는 이유

기사를 훑어보던 미숙이 헛웃음을 흘렸다.

"봐라. 그게 그 대댄지 나발인지 하는 것들이 하고 다닌 짓이다. 동네에서만 마당발이고 똑똑하면 뭘 해? 바깥 사정은 하나도 모르는데."

"그래서? 이제 와서 나가 뭘 한데? 이미 나는 그짝하고 한 배를 타 부렀는디. 신경 끄소. 망해도 나 혼자 망한께."

말은 그렇게 하면서도 종이를 쥔 미숙의 손이 잘게 떨리고 있었다.

"니가 왜 망해?"

세라가 미숙의 손에 들린 종잇장을 휙 낚아챘다.

"하여튼, 김미숙이. 젊을 때나 지금이나 고집은 드럽게 쎄 가지고. 113동 대표가 자리를 비우니까 우리가 일이 제대로 돌아가질 않잖아!"

"나가 뭘!"

미숙이 금방이라도 울 것 같은 얼굴로 세라를 노려봤다. 잠깐 정적이 흘렀다. 점점 눈물이 차오르기 시작하는 미숙의 눈을 바라보던 세라가 혀를 쯧 찼다.

"미안하다."

미숙이 눈을 크게 떴다. 세라의 입에서 이런 말이 나오다니 믿을 수 없다는 눈초리였다. 입을 벙긋거리기만 하는 미숙의 반응에 이번에는 세라가 당황하기 시작했다.

"뭘 꼭 그렇게까지 쳐다봐? 내가 평생 너한테 미안하다 소리 한 번 안 한 것처럼."

"한 번도 안 했제. 처음인디? 알고 지낸 지 30년 만에 처음이여. 왐마야, 내일 천지가 개벽해 불겄어."

미숙이 구시렁거리며 조끼 주머니에서 주섬주섬 핸드폰을 꺼냈다.

"또 해 보소."

"뭐?"

"아, 얼른! 미안하다고 또 해 봐. 나가 믿을 수가 없어서 그런께. 언니한테 언제 또 미안하다는 소리를 들을 줄 알고? 녹음해서 두고두고 가보로 남길 것인께."

미숙이 잔뜩 코맹맹이 소리를 내며 핸드폰을 세라에게 들이밀었다.

"이, 염병헌다. 그래! 미안하다! 미안해!"

세라가 미숙의 핸드폰에 대고 소리를 꽥 질렀다.

서로를 보며 피식피식 웃는 두 사람의 등 뒤에서 관리 사무소 문이 열리고 캔디가 빼꼼 얼굴을 내밀었다.

"둘이 화해했지? 얼른 단톡방 봐 봐. 우리 백 사장한테 SOS 왔어!"

× ◇ ×

은조의 짧은 머리칼 끝으로 한겨울 바닷바람이 엉겨 붙었다.

낮도 밤도 아닌 애매한 시간. 해가 지고 있었지만 아직 가로등이 켜지지 않아 주위가 온통 어스름했다.

나무 상자와 낡은 어망 사이에서 퀴퀴한 생선 비린내가 풍기는 부둣가. 가슴 높이만큼 쌓인 어망 뒤에서 은조가 자세를 낮추며 팔을 쓸었다.

"얼어 죽겠네 진짜."

"내가 바람 다 막아 주고 있는데 뭐가 춥습니까?"

정도가 흘끗 돌아보며 퉁퉁거리자 은조가 그의 등을 아프지 않게 툭 때렸다.

"앞에 봐요, 앞에."

저만치 방파제 앞에 놓인 컨테이너 박스 문틈으로 희미하게 빛이 새어 나오고 있었다.

"저쪽이 몇 명인 줄도 모르는데. 위험하게 꼭 이렇게 따라와야겠습니까?"

"그래서 지원 불렀잖아요. 근데 형사님 진짜 증거도 증인도 없이 이래도 되는 거예요?"

"그러게요. 근데 내가 여기 내려와서 누구한테 배운 게 이것뿐이라."

정도가 장난스럽게 고개를 기울였다.

"어! 나온다!"

은조가 정도의 등을 팍팍 치며 속삭였다.

컨테이너 문이 열리고 시커먼 남자들이 떼로 나와 앞에 세워져 있던 용달차 두 대에 커다란 나무 상자를 나눠 싣기 시작했다.

"생선?"

정도가 중얼거리자 은조가 고개를 저었다.

"생선이거나 생선 상자인 척하는 뭔가거나. 저런 거 한 번도 본 적 없어요?"

"있죠. 저런 식으로 마약을 들여오기도 합니다."

"그건 영화랑 똑같네요? 근데 일단 저쪽은 그 정도 사고 칠 스케일은 안 되는 거 같고……."

핸드폰 속 사진과 남자들의 얼굴을 번갈아 보던 은조가 신경질을 내며 입술을 씹었다. 짐을 싣는 남자들 중에 오용근은 없었다. 하긴, 대표씩이나 된다는 놈이 여기까지 와서 허드렛일을 할 리가.

"지원팀 도착하려면 얼마나 남았어요?"

"앞으로 5분."

트럭 두 대에 동시에 시동이 걸렸다.

"그럼 너무 늦어요. 타요, 빨리 시동 걸어요."

"따라가려고요? 여기까진 괜찮았어도 이 다음부턴 안 됩니다. 위험한데 어딜……."

"저 용달차들이 같은 곳으로 갈지 안 갈지도 모르는데 혼자 가려고요? 둘 중 어느 차를 따라갈 건데요?"

은조가 쏴붙이자 정도가 입매를 굳혔다.

"어차피 저 컨테이너엔 아무도 없어요. 불 꺼졌잖아요. 저 놈들이 지금 누구 만나러 가겠어요?"

"오용근이죠."

"그러니까 빨리 타요. 둘 중 어느 트럭인지 내가 알려 줄 테니까."

은조의 말대로 나란히 가던 두 트럭은 신원교 삼거리에서 각각 방향을 달리했다.

"오른쪽요."

정도가 말없이 핸들을 꺾었다.

"왜 아무 말도 안 해요? 확실합니까? 이렇게 말할 타이밍인데 지금."

"둘 다 생선을 싣고 다니는 차인 척하고 있지만 지금 따라가는 차는 아닙니다. 부둣가에 생선 실으러 다니는 용달차는 바퀴 주변과 적재함이 염분 때문에 녹이 스니까요. 아까 좌회전한 트럭도 그랬고요. 근데 저 차는 멀쩡하네요."

"뭐야, 어떻게 알았어요?"

은조가 눈을 동그랗게 떴다.

"한번 에이스는 영원한 에이스니까요."

정도가 핸들을 꺾으며 픽 웃자 은조가 따라 웃었다. 젠체하는 게 조금 얄밉긴 했지만 틀린 말은 아니었다. 매번 토박이 티를 팍팍 내는 은조에게 져 주는 듯해도 그는 늘 자신의 몫을 제대로 해내고 있었다. 그의 말대로 에이스는 어딜 가도 에이스인 법이니까.

"아니, 근데 왜 다 알면서 내가 따라오게 놔뒀어요?"

"파트너니까요. 원래 수사는 2인 1조가 기본입니다."

정도가 말끝에 큼, 소리를 내며 은조의 눈치를 살폈다.

"뭐, 그렇다 치고. 그럼 저 멀쩡한 차에 실린 상자에는 뭐가 들어 있을까요?"

"최소 물건, 최대 사람이겠죠."

"그쵸? 물건인 편이 나을 텐데……. 근데 또 사람이어야 하기도 하고요."

종포 해안 도로를 따라 추격전이 벌어졌다. 은조의 기대와
는 달리 지나치게 차분하고 침착한 추격전이었다.

"더 바짝 붙을 순 없어요? 추월도 좀 하고! 자꾸 이렇게 다
양보해 줄 거예요?"

앞서가던 트럭과 차량 두 대만큼 거리가 벌어지자 은조가
안달하며 정도를 닦달했다.

"굳이 그럴 필요 없습니다. 어차피 구시가지 한복판이라
도로도 너무 좁고 신호등도 많으니까요."

"아니, 아무리 그래도 이건 긴장감이 너무 떨어지잖아요!
영화에서 보면 막, 어? 부아아앙 달려서 추월하고 막! 그런 거
있잖아요!"

"그런 건 영화라니까요? 전부터 물어보려던 건데 대체 평
소에 무슨 영화를 보고 다니는 겁니까? 은조 씨, 영화 끊어요.
범죄, 액션, 스릴러, 전부 다. 드라마도 순 범죄 수사물만 보는
거 같던데 그것도 끊고요."

정도의 말에 뭐라고 구시렁거리던 은조가 1차선 쪽을 향
해 손을 휘적였다.

"아마 곧 멈출 거예요. 저 앞에서 좌회전할 거고."

"이젠 어떻게 알았냐고 묻는 것도 지겹습니다. 한 번에 말
해요, 한 번에."

정도가 차선을 바꾸며 은조를 곁눈질했다

"종포 수협 옆에 빈 건물들이 많아요. 어묵 공장이었던 곳,

쥐포 공장이었던 곳, 기타 등등."

은조의 말대로 종포 삼거리 앞에서 트럭이 멈춰 섰다. 신호 대기 중인 트럭의 뒤꽁무니를 바라보던 정도가 손끝으로 핸들을 툭툭 두드렸다.

"신월동으로 간 지원팀이 이쪽으로 다시 오고 있긴 한데 시간이 좀 걸릴 겁니다. 저 트럭이 은조 씨 말처럼 어느 폐공장 건물로 들어간 후에 덮치면 수적으로 너무 밀릴 거고요."

"그럼 어떡해요?"

정도가 고개를 돌려 은조를 바라보고는 입꼬리를 씩 당겨 올렸다.

"어쩌긴요. 안전벨트 잘 맨 거 맞죠? 살살할게요."

좌회전 신호에 초록불이 들어왔다.

트럭이 천천히 왼쪽으로 도는 찰나, 정도의 차가 트럭 옆구리를 들이받았다.

× ◇ ×

"어딜 겁도 없이 그러고 따라왔어? 노인네 죽을까 봐?"

경찰의 부축을 받으며 다가온 팔용이 은조에게 퉁을 놓았다.

어휴, 그냥 고맙다고 하면 될걸. 속으로 중얼거린 은조가 일부러 과장된 폼으로 코를 감싸 쥐었다.

"어우! 할머니, 비린내 장난 아닌데요?"

"호랑말코 같은 놈들! 일흔도 훨씬 넘은 노인네를 생선 상자에 처박아?"

팔용이 줄줄이 엮여 가는 오용근 일행을 향해 퉤 침을 뱉는 시늉을 했다. 앞 범퍼가 완전히 찌그러진 정도의 차 옆으로 나란히 선 경찰 승합차 세 대를 따라 점점 사람들이 몰려들고 있었다.

"거, 뭐 좋은 구경났다고들. 됐다. 이만 가자."

팔용이 혀를 차며 턱짓했다.

순간 팔용을 따라 고개를 돌리던 은조의 시선이 현장을 정리하는 정도의 옆얼굴에 머물렀다.

시선을 눈치챈 정도가 은조를 향해 고개를 가로저었다. 대대의 사주를 받아 팔용을 납치한 오용근도, 오용근의 부하들도 모조리 잡았지만 그들 사이에서 커피홀릭은 찾을 수 없었다.

"네, 일단 병원부터 가요."

은조가 팔용의 팔짱을 꼈다.

"무거워, 이것아!"

입으로는 툴툴거리면서도, 팔용은 은조의 팔을 뿌리치지 않았다.

× ◇ ×

커피홀릭이 인스타그램 피드를 새로고침 했다. 이제 남은 팔로워는 3만 남짓.

검색창에 새 검색어를 넣었다.

#국동아파트2단지

#백조점빵

#노을점빵

#고은슈퍼가맥

맨 위에서부터 차례로 게시물이 많은 순서였다. 태그를 적어 넣는 그 잠깐 새에도 게시물의 수는 계속 늘어 갔다.

저 태그들과 함께 따라붙은 태그들은 #여수한달살기 #고즈넉 #힙 #핫플레이스 같은 것들이었고 간간이 #세라뷰티나 #달려라하니도 눈에 띄었다. 커피홀릭의 번들거리는 눈동자가 게시물을 하나하나 훑기 시작했다.

"한 달 살기 최적화 동네"

"이 동네 봄 풍경도 궁금"

"바닷가로 산책하기 좋은 동네"

"할머니들께 배우는 바둑과 뜨개질"

"외할머니 집에 온 듯"

온통 호평 일색이었다.

"씨발…… 진짜."

이럴 순 없었다. 세탁소 일당들의 팔로워 수를 다 합쳐도 1만이 안 되는데. 본격적으로 오픈한 지 이제 겨우 열흘밖에 안 됐는데. 어째서 이렇게 사람이 몰리는지, 대체 어디서 입소문을 탔는지 이해하기 힘들었다.

덕분에 호박카페도 이전보다 손님이 많아지긴 했다. 한 달살기 여행객들뿐만 아니라 은조의 숍과 함께 오픈한 동네 주민들의 핸드메이드 제품을 파는 플리 마켓이 관광객을 불러들인 덕분이다. 하지만 커피홀릭이 원했던 건 이런 그림이 아니었다.

나만 잘돼야 하는데. 저것들 전부 지근지근 밟아 무시해 줘야 되는데.

혼자 잘되기는커녕 혼자 망하게 생겼다. 다리를 달달 떨고 있으려니 메시지 하나가 들어왔다.

[인생 접을 준비나 해.]

"이 좆같은 양아치 새끼들……."

핸드폰을 움켜쥔 커피홀릭이 자리에서 일어섰다.

× ◇ ×

"야, 그때 그 형사 연락처 알지? 계속 여기 드나드는 거 같던데."

세상에, 이 여자 좀 봐!

"미쳤어요? 어디 있다가 이제 나타나요?"

"좀 닥쳐. 자수하려고 온 거니까."

"그럼 경찰서로 직접 가면 되지 왜 여기로 와요? 한 번 가 봐서 익숙할 텐데?"

커피홀릭이 앞머리를 쥐어뜯을 듯 움켜쥐었다.

"짜증 나게 하지 말고 그 형사나 빨리 불러."

"보니까 부탁하러 온 게 아니네. 그럼 어쩔 수 없죠. 직접 하세요. 그냥 112에 신고하면 돼요."

아무리 짖어 봐라 내가 먹이를 주나. 자, 보고 있던 영상 볼륨도 좀 높이고, 다림질을 착착 해 볼까나?

"아, 진짜! 야, 그럼 또 집으로 찾아올 거 아냐! 우리 할머니 숨 넘어가는 거 보고 싶어?"

와…… 진짜 치사하게. 할머니를 걸고 넘어지냐?

"째리지 말고. 좀 도와줘."

"도와줘?"

커피홀릭의 입술이 달싹거린다. 그래, 하기 싫다 이거지. 끝까지 그러고 있어라. 나도 한고집 하거든? 아 잠깐, 지금 백은수가 "은조, 이노옴!" 하는 소리가 들린 거 같은데? 아씨…….

"……도와주세요."

이거 봐, 언니. 내가 이겼지? 언니 동생이 이렇다? 맘먹으면 막 이렇게 끝까지 물고 늘어져 버린다니까? 다 백은수 닮아서 이렇다. 어휴.

[정도 씨, 커피홀릭 찾았어요. 10분 줄게요. 빨리 와요. 이 사람이랑 오래 말 섞기 싫으니까.]

[10분은 너무한 거 아닙니까?]

불만 섞인 답장이 왔지만, 알고 있다. 그는 10분이 채 지나기 전에 도착할 거다.

"갑자기 이러는 이유가 뭐예요? 증거 없다고 발뺌할 줄 알았더니."

어디 들어나 봅시다.

다리를 꼬고 앉아 발끝을 달랑이던 커피홀릭이 픽 웃었다. 저런 웃음이 어떤 의미인지 알고 있다. 체념이다.

"내가 먼저 그 새끼들 처리 안 하면 그 새끼들이 날 처리하게 생겼거든."

어…… 이렇게 솔직하게 말할 줄은 몰랐는데?

"나도 하나만 묻자. 어떻게 한 거야?"

야? 그래, 이번만 봐 준다 진짜. 나는 대단한 대인배니까.

작업대에 있던 틴 케이스를 가져오니 커피홀릭이 미간을 찡그렸다. 저 표정도 무슨 뜻인지 안다.

"뭐 그런……."

"구질구질한 걸 갖고 있냐고요? 이런 거 본 적 없어요?"

"있긴 있지. 우리 할머니 문갑 안에도 그런 거 천지 삐끼린데. 요."

케이스에서 명함을 꺼내 건네자 미간에 더 깊게 주름이 잡히고 목 끝까지 빨개진다. 참…… 사람이 이렇게 알기 쉬워서야. 포커페이스야말로 교양 있는 현대 시민의 기본 소양 아니냐고. 하긴, 교양이 없으니 그런 걸 알 수 있을 리가.

"와……. 완전 사기꾼이네? 니가 이런 큰 방송국 기자를 어떻게 알아? 무슨 수로? 너 무슨 줄 있나?"

"있죠. 줄."

내 줄. 나! 나! 나! 백은조!

커피홀릭이 핸드폰을 꺼내 뭔가를 검색하기 시작했다. 뻔하다. 기자님이 보도한 우리 이야기, 나와 친구들과 이 동네 사람들에 대한 이야기가 나온 기사를 찾는 거다. 와, 우리 진짜 한동안 엄청 핫했는데 이 사람은 뉴스도 안 보고 사나? 어, 찾았네. 얼굴 또 시뻘게지는 거 보니까 맞네. 맞아.

"이 정도면 뒷광고도 아니고 앞광고야. 요새 얼마나 난린지 몰라?"

"아아……. 그래서 그쪽이 자기 가게 아닌 척 뒷광고를 하셨구나."

"야!"

"그거 잘 봐 둬요. 뭐…… 그쪽 성격에 숨겨 둔 증거 하나 없이 이럴 리는 없고. 증언이든 증거든 그걸로 파헤쳐질 사건들, 그 후에 쏟아져 나올 이야기들, 전부 다 그 기자님이 아주 대대적으로 보도해 주실 거예요. 아주 앞광고처럼 대놓고 포털 메인에도 걸릴 거니까 고마운 줄 알아요. 그쪽 유명해지는 거 진짜 좋아하잖아요. 그죠? 그러니까 하나도 빼놓지 말고 잘 이야기하는 게 좋을 거예요. 꼼수 쓰지 말고. 아, 저기 오셨네. 이정도 형사님."

"은조 씨……."

"슴?"

장난스럽게 대답하자 정도 씨가 나를 따라 소리 없이 웃었다.

"웃어? 하이고……. 좋댄다. 세탁소 넌 인생이 즐거워서 참 좋겠다?"

그런 우리를 비꼬는 커피홀릭의 말에 어쩐지 더 큰 웃음이 터져 나왔다. 왜? 인생 참 즐겁고 좋은데.

× ◇ ×

태블릿에서는 여전히 같은 프로그램이 재생되고 있었다.

"이 중에 세상에 자기 이름이 알려진 사람이 있나요?"

은조는 참가자들의 대답을 따라 하는 대신 작업대 한쪽에 놓인 명함 상자를 흘끗 쳐다봤다.

백조 점빵

Designer Boutique

대표 백은조/한세은

활짝 열어 둔 문을 통해 가게 안으로 길게 봄볕이 들었다.

그 위로 이따금 가게 안을 흘끔거리며 서성이는 사람들의 그림자가 드리우기도 했다. 불과 얼마 전까지만 해도 은조의 어깨를 움츠러들게 했던 상황이지만 이젠 별로 개의치 않았다. 어쩌면 저 사람들이 다음 달엔 이 세탁소를 찾는 손님이 될 수도 있으니까.

여전히 돌돌이 테이프를 굴릴 때는 신속 정확하게. 다림질을 하기 전에는 허공에 스팀 두 번.

길게 진동이 울리는 핸드폰 화면 위로 익숙한 이름이 떠올랐다.

"왜, 또 왜요?"

―기사 봤습니까?

"봤죠. 징역 2년을 선고한다! 근데 너무 적은 거 아녜요? 폭행에 납치까지 사주했는데!"

―항소한다던데요?

"와……. 큰 게 좋은 거고 좋은 게 좋은 거라더니 뻔뻔함도 사이즈가 완전 대자네 대자. 근데 정도 씨, 서울 안 가요?"

―특진이 그렇게 쉬운 줄 압니까? 사진 하나 보낼 테니까 그거나 좀 봐 줘요. 파트너 의견이 필요합니다.

"아, 내가 탐정이야 뭐야?"

―탐정 맞는데요.

"아무튼 일단 끊어요. 오늘 주말이라 동네에 사람 진짜 진짜 많거든요? 완전 바빠. 급하면 아쉬운 분이 오시든가. 노을 광장 플리 마켓에 일손 달리거든요. 비번인 거 다 아니까 놀지 말고 와서 일해요, 일!"

숨 가쁘게 말을 뱉고 전화를 끊었더니 [숨!] 하는 메시지와 함께 도착한 사진이 세 장.

하여튼…… 혼자서는 뭘 못 하지. 무슨 형사가 이래? 핸드폰을 보며 중얼거리다가 자리를 정리한 은조가 가게 문을 걸어 잠갔다.

〈영업시간〉

월~금: 오전 10시~오후 7시 / 브레이크 타임 오후 1시~3시

토요일: 오전 10시~오후 1시

일요일은 쉽니다.

* 배달은 전화 요망

〈세련되게, 옷 고쳐 드립니다.〉

이젠 조금 낡은 티가 나는 종잇장을 유심히 보던 은조가 다시 가게 안으로 들어갔다. 그러고는 펜을 들고 나온 뒤 눈앞에 쪼그려 앉아 종이 맨 아래에 작게 새 메모를 써넣었다. 꼭 필요한 사람만, 정말로 원하는 사람만 발견할 수 있을 만한 크기로.

백조 세탁소 탐정 사무소

세련되게 해결해 드립니다.

작가의 말

작가 이재인은 대체로 운이 좋은 편입니다.

가족들과 아주 친한 친구 몇 명만 알고 있었던 소설 쓰기라는 은밀한 취미를 이쯤에서 그만둬야 하는 게 아닐까, 하던 공부를 마저 해야 하지 않을까, 고민하던 즈음 안전가옥이 주최한 공모전에 당선되었습니다. 두 번째로 당선된 공모전이었어요.

첫 공모전 때만 해도 당선만 되면 소위 '대박 작가'가 되는 줄 알았거든요. 그런데 해 보니까 아니더라고요. 세상에는 재미있는 이야기와 잘 쓰는 작가님들이 이미 너무 많아서요.

'이제 슬슬 그만할까?'라는 생각을 처음으로 했던 딱 그때쯤, 고향인 항구도시에 다녀올 일이 있었어요. 딱히 그럴 이유도 없었는데, 괜히 일곱 살 때부터 열네 살 여름까지 살았던 동네에 가 봤거든요.

여전히 동네 벤치를 장식하고 있는 등나무 넝쿨과 이젠 건물보다 더 높게 자란 조경수들, 입구에 출입 금지 팻말이 붙은 놀이터, 어릴 때는 그렇게 크던 아파트 단지가 이제 보니 왜 이렇게 작은지…… 기분이 이상하더라고요.

이 이야기는 그날, 그 이상한 기분에서 시작되었습니다. 아주 오래전, 그리고 지금도 여전히 저의 마음을 움직이는 작고, 사소하고, 평범하고, 느린 것들에 관한 이야기고요. 자전적인 이야기는 아니에요. 저는 남들 앞에서 제 이야기를 하는 게 익숙하지 않은 사람이거든요.

단순히 구상에만 그치다 끝났을지도 모를 이야기였는데 공모전에 당선된 걸 보니, 다시 생각해 봐도 운이 좋았습니다.

거기에 마음이 딱 맞는 이은진 PD님, 박혜신 PD님 덕분에 작업하는 내내 즐겁기까지 했으니, 이 작품이 제게는 아주 복덩이가 될 모양이에요. 처음 해 보는 협업을 두 분과 함께할 수 있어서 행복했습니다. 쓰는 내내 느꼈던 그 행복함이 이 책을 읽어 주신 독자 여러분께두 전해지면 좋겠어요.

상상만 하던 바로 그 '대박 작가'의 꿈을 언제쯤 이룰 수 있을지는 모르겠지만 저는 일단 가늘고 길게, 아주 오래오래 소설을 써 볼 생각입니다. 그러니 이 책을 발견하고 작가 이개인을 발견해 주실 독자 여러분, 제가 오래오래 쓰는 동안 오래오래 함께해 주세요.

독자님들께도 여러분만의 다정한 이들과 함께 쓰는 다정한 이야기와 동화 같은 해피 엔딩이 있기를 기도할게요.

마지막으로 나의 다정한 사람들, 오랜 친구들과 사랑하는 어머니께 감사를 전합니다.

2021년 여름
이재인 드림

프로듀서의 말

《세련되게 해결해 드립니다, 백조 세탁소》(이하 《백조 세탁
소》)는 코지 미스터리 장르를 테마로 한 2019년 하반기 안전가
옥 스토리 공모전에 당선된 작품입니다.

마을 단위의 공동체 안에서 벌어지는 소소한 사건을 소시
민이 자신만의 기지로 해결해 나가는 코지 미스터리 장르 특
성을 잘 갖춘 이야기였습니다. 그때 저는 심사 평에 '은조가 보
고 싶다'라고 썼습니다. 아마도 그때의 저는 응원하고 싶은 캐
릭터를 만난 것이 기쁘고 그가 보일 행보가 기대되는 마음이
가득했던 것 같습니다.

여수 구도심을 배경으로 한 이 작품은 유행가 가사에 담긴
여수의 낭만적인 면모만이 아니라 항구도시가 지닌 이면의 모

습까지 잘 담기 위해 노력한 작품입니다. 이 작품을 집필하신 작가님의 고향이기도 하기에 여수가 이토록 구체적으로 그려질 수 있었습니다.

코지 미스터리라는 장르 특성상 형사가 아닌 평범한 시민이 사건을 해결해 나가야 하는 만큼 고장에서 벌어지는 사건에 대한 정보가 쉽게 흘러들 수 있어야 한다는 조건과 주인공만의 강점이 그 사건의 결정적 실마리를 찾는 데에 쓰여야 합니다. 은조는 동네에 하나뿐인 세탁소라는 장소 덕분에 사건의 실마리가 되는 정보들을 습득할 수 있었고, 배달에 사용하는 스쿠터로 동네 이곳저곳을 누비며 형사 못지않게 조사를 펼쳐 나갈 수 있었습니다. 무엇보다 세심한 작업에 익숙한 패션 전공자답게 작은 단서도 놓치지 않는 눈썰미가 은조의 무기가 될 수 있었습니다.

《백조 세탁소》에는 저마다의 이유로 아직 펼치지 못한 꿈을 가슴에 품고 사는 인물들이 등장합니다. 은조는 패션 디자이너가, 형사 이정도는 유능한 형사가, 커피홀릭은 유명한 유튜버가 되고 싶었고, 팔용은 관람차가 들어선 청사진을 몇십 년째 고이 모셔 두고 있습니다. 하지만 그 과정이 참 쉽지 않습니다. 그럼에도 불구하고 이 이야기는 야속하게 멀어져만 가는 꿈을 향해 조금 느리더라도, 조금 우회하더라도 천천히 다가가는 사람들을 보여 줍니다. 팔용이 관람차가 그려진 청사진을 떠올리며 폐지 리어카 바퀴를 굴린 수많은 나날처럼 은조 역시 은조 나름의 방식으로 꿈을 향해 나아갑니다. 크고 작은 사건에 일일이 참견까지 해 가면서, 나 혼자 살기도 바쁘지만 놓을 수 없는 것들을 놓지 않으면서. 어쩌면 코지 미스터리에 우리가 기대하는 것은 세상에 대한 다정하고 따뜻한 시선 아닐까요.

프로듀서로서 이야기를 다 읽고 난 뒤에 남는 감상을 생각하지 않을 수 없는데, 독자 여러분은 어떠셨는지 궁금하네요. 유년의 기억이 남아 있는 동네를 떠올렸거나 여러분의 마음이 잠시나마 둥글둥글해졌다면 그것만으로 족할 것 같습니다.

이재인 작가님의 성실함과 특유의 유머 감각 덕분에 원고를 읽는 과정을 포함해 이야기를 함께 고민한 시간이 수월하게 지나갔습니다. 작가님과 공동 프로듀서 박혜신 PD님, 두 분의 긍정 모드 덕분에 이 이야기가 만들어질 수 있었던 것 같습니다. 두 분께 박수를 드립니다.

이야기를 끝까지 읽어 주신 독자님, 감사합니다.

안전가옥 스토리 PD
이은진 드림

세련되게
해결해 드립니다,
백조 세탁소

1판 1쇄 발행 2021년 8월 20일
1판 3쇄 발행 2022년 11월 1일

지은이 이재인

기획 안전가옥
콘텐츠 총괄 이지향
프로듀서 박혜신, 이은진
          고혜원, 김보희, 신지민, 윤성훈,
          임미나, 조우리, 황찬주
퍼블리싱 박혜신, 임수빈
편집 남다름
일러스트 윤예지
디자인 박연미
경영전략 나현호
서비스 디자인 김보영
비즈니스 이기훈
경영지원 홍연화

펴낸이 김홍익
펴낸곳 안전가옥
출판등록 제2018-000005호
주소 04779 서울특별시 성동구 뚝섬로1나길 5,
      헤이그라운드 성수 시작점 201호
대표전화 (02) 461-0601
전자우편 marketing@safehouse.kr
홈페이지 safehouse.kr

ISBN 979-11-91193-15-2 (03810)